沖縄 記憶と告発の文学

目取真俊の描く支配と暴力

尾西康充

大月書店

沖縄　記憶と告発の文学

目次

はじめに

権力におもねる〝忖度《そんたく》〟という言葉が今日の日本の政治状況をとらえるキーワードとして着目されたが、沖縄の作家・霜多正次《しもたせいじ》によれば「中央志向、大国志向の発想が支配的になっている風土」では、「良心的な人びとの心は地方や小国への同情となりやすい」という。しかしこの「同情」こそ、見かけは抵抗のそぶりを示すものの、最終的には現状追認を受け入れる人びとの贖罪の護符になっているときがある。

霜多は、本多勝一『戦争の村』、岡村昭彦『続 南ヴェトナム戦争従軍記』といった戦場ルポルタージュの中にみられる「同情は連帯を拒否したときに生まれる」という記述や、南ベトナム解放戦線にカンパを集めたいと話した日本人に向かって「それよりも日本人が自分の問題——オキナワとオガサワラ——で、自分のためにアメリカのひどいやり方と戦うこと、これこそ、結局は何よりもベトナムのためになるのです」と応えた解放戦線のファット副議長の言葉を例にあげながら、次のように記している。

沖縄でも、本土の人が沖縄に同情するのを拒否して、本土でみずからの戦いをたたかってほしいという声が強かった。沖縄協定の批准阻止のために上京した沖縄代表団は、会う人ごとに「沖縄はたいへんですね」といわれたという。「いや、われわれはもう二十七年も基地のなかでたたかってきたから、べつにたいへんではありませんよ。たいへんなのは、むしろあなたがたでしょう。この協定が批准されると、本土も沖縄のようになりますからね」。しかし、こういわれてピンと反応する人は少なかったという(1)。

沖縄返還協定書は一九七一年六月一七日に署名された。国会で「核抜き・本土並み」返還に触れた佐藤栄作首相に対して、屋良朝苗《やらちょうびょう》琉球政府主席は、沖縄にも非核三原則を適用し核兵器を撤去することや、米軍基地を本土並みに整理縮小することを要求した。霜多が言及している「本土が沖縄並み」になるというのは、沖縄を含めた日本全国の米軍基地を削減するのでなければ、沖縄の基地を本土に移転して、その過重な負担を均等に分け持つことになるという意味である。しかし実際には、日本政府は沖縄返還後の在沖米軍基地の整理縮小を米国に要請した記録はなく、むしろ日米両政府間では「沖縄米軍基地の自由使用」が合意されており、後になって判明したことではあるが、日本全土で「米軍基地の自由使用」までもが密約されていたのである。実質的には、米軍基地全体の機能の無制限な拡大とともに、日米共同作戦区域の拡大にともなって沖縄への自衛隊派遣を含意する日米共同宣言の内容を知り、失望した屋良主席は、首相官邸でおこなわれた沖縄返還協定調印式への出席を拒んだ。

ベトナム戦争さなかの一九七二年に返還された沖縄は、米軍にとって「核兵器の貯蔵庫と直接的な軍事戦闘作戦を認めること、米軍の自由な基地への出入りや自由な基地使用に関し、いかなる法的な制限も停止されていること」がメリットであった。だが、そのときからすでに「沖縄における基地権を、沖縄と日本の双方に適用する」と提言されていた(「国家安全保障研究覚書第五号」一九六九年四月二八日)。「基地の自由使用」権は沖縄に限ったものではなく、米軍は、軍事支配下で獲得した特権を日本全土に広げる野心を抱いていたのである。

米軍および米軍と共犯関係にある日本政府によって抑圧されている沖縄の現実を打破するには、〝同情〟ではなく、目の前でふるわれている暴力に対する毅然とした拒否の行動が求められる。作家・目取真《めどるま》俊《しゅん》がその最前線でかかわっている辺野古闘争は、「個の志の集合体によって支えられた徹底的非暴力実力闘争」として、今日もっとも際立った抵抗運動になっている(2)。

二〇一九年二月二日午後、三重県伊勢市小俣町の陸上自衛隊明野駐屯地に、米国海兵隊のオスプレイが飛来した。かつて耳にしたことのない凄まじい爆音に、筆者はこれまで米軍基地の負担を沖縄に一方的に押しつけていた本土のエゴイズムをあらためて痛感させられることになった。平和憲法は、沖縄を軍事拠点化するという犠牲を沖縄の市民に払わせることを通じて護られてきたことを忘れてはならない。米軍による暴力と直接向かいあうときこそ、沖縄への連帯が生まれる瞬間だろう。究極的には、北朝鮮の完全な非核化に加えて中国・ロシアとの信頼関係の醸成による極東アジアの緊張緩和を通じて、在日米軍の撤退を実現させることが求められる。

しかし日本政府の方針は、新防衛大綱に「二隻のいずも級ヘリ搭載型護衛艦を多目的空母に転換する決定」を含めている。二〇一九年五月二八日、大相撲観戦を含む四日間の訪日スケジュールを終えたトランプ大統領は、「Ｆ35ステルス戦闘機一〇五機を日本政府が購入する」という約束を取り付けて帰国した。この結果、アメリカの友好国の中で日本はもっとも多くのＦ35を保有する国となったのだが、Ｆ35を搭載した護衛艦は攻撃型空母と同然のものとなり、専守防衛を基本としていた安保政策からの転換を意味している。日本政府は、地域安全保障に対する積極的姿勢――「積極的平和主義」の詭弁――をとるというが、周辺諸国の眼には専守防衛政策からの大きな逸脱として映るだろう。

米ブルームバーグ通信（二〇一九年六月二五日電子版）によれば、トランプ大統領は親しい人物との私的な会話の中で、日米安保条約の破棄を検討しているとし、日米両政府が進める沖縄の米軍基地の一部返還について、「土地の収奪」として金銭補償を日本側に求める考え方を示した。米軍普天間飛行場の土地には約一〇〇億ドル（約一兆七〇〇〇億円）の価値があるというのである。トランプ大統領には、G20サミットを直前にして、通商と安保をからめて日本を牽制する意図があったと推測されるが、日本政府はこの報道の火消しに追われた。トランプ流儀のディールの果てに、米軍の駐留経費の大幅負担増を引き受けさせられた韓国のケースと同様に、今後継続して日本にも負担増が求められるに違いない。その姿勢からは、沖縄の土地は「米兵の血によってあがなわれたもの」だと考える米国の尊大な態度が見えてくる。武装兵を出動させて沖縄県民の土地を暴力的に収奪したのが米国であったことは、いまさら確認を必要とするまでもない事実である。

本書では、地政学的につねに緊張状態におかれてきた沖縄社会の葛藤をテーマにした文学作品をとりあげる。それら小説に共通するのは、記憶の痕跡を描き出すことよって、民衆を抑圧してきた暴力の実態を告発しようとする強いモチーフである。ありきたりの言葉では表現できない感情や、意識の外に忘却された記憶、公式の歴史には記述されなかったできごとにまなざしを向けるのが文学である。共感に端を発しはするが、共感だけにはとどまらない、連帯と行動を読者に広く喚起させるという文学の可能性に託して、沖縄社会の問題を考えてみたい。

＊　＊　＊

霜多も目取真も、沖縄本島北部の国頭郡今帰仁《なきじん》の生まれである。霜多は山之口貘に「那覇人から、やんばらあと呼ばれたりしたときほどいやなおもいをしたことはなかった」と語っているが、それは差別された体験を告白するためにではなく、「いかに幼少のときから反撥の精神、抵抗の精神に生きて来たかを物語るもの」を示すためであったという(3)。沖縄県立第一中学校（県立首里高等学校）に在学していた当時、霜多は首里市に下宿して通学していたが、那覇の言葉はよく話せなかったために、東京の標準語を使っていた(4)。沖縄の戦後史を描いた小説「沖縄島」にも、「この島の北部の山村に生れたものは、これまで「ヤンバラー」といわれて、首里や那覇や南部のひとたちから軽蔑されたものである。いかな山原の行《い》ち果てやん（どんな山原の果てでも）さと（あなた）と二人《たい》ならば花の都、という唄があるくらいで」と、《ヤンバラー》が肩身の狭い思いをしていたことが霜多の実感を込めて描かれている。

中野重治も「沖縄島」の《ヤンバラー》《ヤンバル方言圏》に着目して、次のように論じている。

> 日本の問題が辺土の沖縄島を通して、沖縄島の問題が首都のナハを通して、ナハの問題がそのうちの昔は差別待遇を受けたヤンバル衆の肉体を通して語られたというところにも大きな問題があると思います。つまり一番古いところから、一番苦しめられたところから、一番のどん底から上までつきぬけに描かれることがここでできた。これが作に基本的な力をあたえたものの一つであったでしょう(5)。

ここには、沖縄文壇、さらには日本文壇でも主流派の位置に決して席を持つことのない目取真の文学が、沖縄はもとより日本、さらには今日の世界を突き抜けるエネルギーを秘めている理由が示されている。目取真の場合は、辺野古・高江で国家権力と闘争する日常が、〝自発的隷属〟の姿勢で権力に追従しようとする人びととは完全に訣別する、強烈な反措定の主体を打ち立てたのである（霜多の場合は、《ヤンバラー》の生まれに加えて、軍規に違反して捕虜となったブーゲンビル島の体験が重要であろう）。

権力を振りかざして力で押さえつけようとする支配体制が継続して存在すると、支配された人びとのあいだには次第に権威に依存する心性が形成されてくる。それがいわゆる〝自発的隷属〟の姿勢で、権力者に隷従して少しでも自分の分け前を多く得ようとする奴隷根性となってあらわれる。権威主義と事大主義——自分の信念をもたず支配的な勢力や風潮に迎合して自己保身を図ろうとする態度や考え方——とが共謀するもとで多くの市民が犠牲になる構図は、沖縄に限らず日本全国、さらには世界のいたるところで見られる現象である。とりわけ沖縄では、沖縄戦と米軍占領時代の暴力が、その構図を際立たせることになった。その典型的な事態が集団強制死（集団自決）の悲劇であった。それをいかに乗り越えてゆくのか——本書で取りあげるのは、このような現代の課題に対して真剣に取り組んでいる文学作品である。

＊　＊　＊

本書には《ヤンバラー》がもうひとり取りあげられている。霜多や目取真と同じ今帰仁に生まれた仲宗根政善である。『沖縄今帰仁方言辞典』を編纂した言語学者としての功績だけでなく、沖縄戦で犠牲となった学徒看護隊を記録する『沖縄の悲劇——ひめゆりの塔をめぐる人々の手記』をまとめた元教師として知られている。沖縄戦では、南風原《はえばる》陸軍病院第一外科壕から島尻摩文仁《まぶに》村波平第一外科壕へと移動、喜屋武《きゃん》海岸でついに米軍に包囲されて生徒一二名と投降した体験から、仲宗根は日記に「死の苦しみは、決して生き残った者には想像できない」と書いている(6)（一九八一年一月一四日）。米軍に包囲されて手榴弾自決した教師や女学生たちは、「決して殉国の至情に燃えて、天皇陛下万歳を叫んで自決したのではなかった。彼女らの最後に浮かんだのはオカーサンであったのである。彼らは自らすすんで死をえらんだのでもなかった。死へとおいつめられて行ったのである」と苦渋を滲ませる(7)（七七年三月二日）。友人や仲間たちに壕の中に置き去りにされた負傷者たちの絶望、それは生者からはとても想像できないものであったとする。

くらい洞窟の中に幾百人と置き去りにされた傷病者の死にたえて行ったことを考えて見るがよい。青酸加里を配られてもそれを飲むことを拒み、暗い洞窟の中で飢えに苦しみながら最後の最後まで生きようと苦しんで行ったあの苦しみ、一体、生き残った人間が本当にその苦しみを体をもって実感しうるであろうか。絶対不可能である。想像することさえ出来ない。負傷兵や負傷住民のあの苦しみは、誰にも知られずに永遠に暗い洞窟の中にうずもれて行っている。(8)（八一年一月一四日）

女学生たちを戦争で死なせてしまったことに生涯苦悩しつづけた仲宗根は、自分も砲弾の破片で頸部を負傷して九死に一生を得た体験をしていたのだが、「死ぬ思いと死ぬような思い」とのあいだには深淵が横たわっていることに気づく。

われわれは沖縄戦の体験をして死ぬような思いをして九死に一生を得た。それは死ぬような思いであって死ぬ思いではない。死ぬ思いと死ぬような思いとは、隔絶してその差ははかり知ることが出来ない。沖縄戦でなくなった二十余万の人々は、死ぬ思いをして死んで行ったのである。生き残った者はどんな苦しい死ぬような思いをしたからとて、死ぬ思いをせず生のよろこびを感じている。(9)(八四年二月一八日)

死者は語ることができない。死を体験したことのない生者は、死について語ることができても、死そのものを説明できない。だが死者を追悼するのは、「慟哭」をもってその死を語り継ぐことでしかなしえないのではないか――。(七四年一一月一一日)。仲宗根は日記の中に「生涯にあの時一度だけ、私は慟哭した」ことを告白している(10)。戦後、ひめゆり遺族会が結成されて、はじめての会合が那覇のある会館の二階で開かれたときのことであった。仲宗根が挨拶に立つと、会場が狭く感じられるほど多く集まった遺族たちの視線が、一斉に仲宗根の顔に注がれた。

私は座っている親たちの間に、娘たちの顔がむくむくとあらわれたのを感じた。死んでいった娘と生き残った親たちが一緒になって私をにらんでいるように感じた。矢のような鋭い視線が私にあつまったのであった。私は声が出なかった。いつのまにか手足がふるえ出し、全身に悪寒が来て全身身ぶるいした。こらえようとしてもこらえられない。私は大声をあげて泣き、机に顔をうつぶせた。(中略)
どうして慟哭したのか、全くとっさのことであった。はっきり生徒たちは生きてその場に集まったように感じられた。(11)

自分をにらみつける「矢のような視線」――普段の生活では無意識下にあったものの、挨拶をはじめようとしたそのとき、生徒を死なせ、自分が生き残ったことへの罪責感が一気に意識に上ったのである。息も詰まるような罪責感を抱えた生存者は、死者の代理はそもそも無理だとは知りながらも、死者の記憶を語り継がなければならないという使命感にうながされて、重い口を開いてゆくのである。

仲宗根は日記に「ものいわぬ死者に語らせることは不可能である。二十余万の生霊に我々は何を語らせるべきなのか。沖縄人のすべてがまよいつづけていることである」と書いた[12]（七五年七月八日）。戦後、平和憲法を掲げて民主主義国家へと生まれ変わったはずの日本が、依然として沖縄に冷淡であることに直面して、沖縄の市民のあいだには、差別的な処遇に対する憤りがふたたび高まっていたのである。

霜多の「沖縄島」には、米軍政下の琉球政府時代、沖縄で最初のメーデーとなった一九五一年のメーデーに参加した主人公の山城清吉が「聞け万国の労働者」を歌う場面が登場する。だが皮肉なことに、「この歌は清吉に妙な錯覚をおこさせるのだった。というのは、それは「万朶の桜か、襟の色」という日本陸軍の歩兵の歌と同じ節まわしだったからである」。「歩兵の本領」という軍歌とメーデー歌でトーンが共通するのは、異民族による軍事的植民地支配からの解放をめざす祖国復帰を通じて、民族の独立に加えて民主主義と自治を手に入れようとしていた沖縄の社会運動の喩となっている。しかし本土との民族的連帯を強調して、日の丸鉢巻きを締め、日章旗をなびかせて高揚していた復帰運動は、やがて祖国という言葉の幻惑から醒まさせられることになる――ベトナム戦争で沖縄基地を使うことを正当化するために、「極東における沖縄の使命の達成に努力することが、かえって理想の祖国復帰の悲願を早期に実現することになるのであって、革新勢力の基地撤去論こそ復帰を妨げるものである」という詭弁が使われたことなど（一九六五年四月一六日、自民党沖縄視察調査団の発言）、沖縄の民意は踏みにじられることになる。

日の丸が抵抗のシンボルとして一定の戦闘性を持ち得ていたのは、「アメリカ帝国主義の沖縄支配が永久的な様相」を帯びたなかで、「日の丸＝反米＝共産主義者」という図式――新川明氏はこれを「笑うべき超論理的発想」と呼んで、その荒唐無稽さを揶揄している――を使って、占領権力が沖縄の市民を弾圧していた現実があったからである。しかし、それは所詮「異民族支配からの脱却というナショナリズムから発想されたものでしかなく、究極において戦闘性を持つどころか、逆にみずからの足元をすくう役割しか持たなかった」という。(13)《反復帰》の代表的論者である新川明氏によれば、「沖縄から日本に対して強固な差意識＝異質性を徹底的に、果しなく突きつけていくことを、すべてのたたかいの組織と実践の根底に据え、〈国家としての日本〉の存立自体を否認」することを通じて、「思想的に個的な位相において構築し、実践していく時、真の意味の沖縄と日本のたたかう部分の「連帯」は結果されるものであろう」と主張した。(14)日本への忠誠意識に貫かれた復帰思想をいくら注入しても決して拭い去ることのできない、ウチナーンチュがもつ日本人に対する「差意識」は、「同化思想で培養される国家幻想」で形成された「国家としての日本」を破砕する「異質性＝異族性」のエネルギーとして使われるべきというのである。(15)

《国家》への同化を個の位相であくまで拒否しつづける精神志向こそが《反復帰》の思想である。それは〝琉球独立論〟として単純に片づけられるものではない。なぜなら、新たに独立した琉球国に市民が従属させられるようでは意味がないからである。市民の自立に重きを置く精神志向を確認しあうことから、市民のあいだに真の連帯が芽生えるのである。

＊＊＊

一九一一年四月三日、地割制度調査のために沖縄本島を訪れていた京都帝国大学教授の河上肇《はじめ》は、沖縄県教育会の要請で講演会をおこなった。河上によれば、内地に比べて言語や風俗、信仰、思想などが異なる「沖縄人」には「忠君愛国の思想」が乏しい。しかし過去の歴史を振り返れば、時代を支配した偉人の多くは「基督《キリスト》の猶太《ユダヤ》に於ける、釈迦の印度に於ける何れも亡国が生み出したる」ものであったという（「新時代来―河上法学士講要項」、「琉球新報」一九一一年四月三日）。河上は「沖縄人」に対して大きな期待を表明したつもりであったのだが、彼の意に反して、「琉球新報」は「旅行家の本県評」というタイトルの記事を同日一面トップに掲載し、河上が沖縄県民には「忠臣愛国の思想」の乏しいとしたことや、ユダヤやインドの亡国の民族と同一視したことに対して、強い批判を加えた。

河上のほかに、ユダヤ人と「琉球人」を類推して筆禍事件を起こしたのは、広津和郎であった。彼の短篇小説「さまよへる琉球人」（『中央公論』第四一巻三号、一九二六年三月）が発表されると、日本無産青年同盟の地方組織である沖縄青年同盟は、この作品によって「我々県人」が「誤解をうくる恐れ」が生じるという抗議をおこなった。広津自身は差別意識は持たなかったものの、その抗議を正当なものとして受けとめ、その後いかなる作品集にもこの小説を収録させなかった。

広津は、十字架を背負って刑場へ引かれてゆくイエスを嘲笑したユダヤ人が永遠の罰を受けて放浪しているという《さまよへるユダヤ人》伝説に着想を得て、コンロやストーブの行商をして暮らしている見返民世と、雑誌『解放』の懸賞小説に当選した文学青年Oという二人の「琉球人」を作品の中に描き出した。

小説家の「私」は、「滅び行く琉球」で生きるよりも九州での炭坑生活のほうに希望が持てるという話を見返から聞き、「義憤」を感じ「同情」も湧く。「琉球人といふものは、ほんたうに呪はれたる人種だと思ふ」とするものの、「自分がその境地にない悲惨事」は「他人事」でしかなく、「義憤も同情もぐうたらに」なってしまう。

農村問題に「一生を賭したい」と思っている見返によれば、「琉球の中産階級は、殆ど今滅亡の外ない」原因は「問屋と内地の資本主義とが協力」して「甘蔗《かんしょ》」が低価格でしか売れない、「那覇の税金が、東京の何倍も高い」という外的要因によるという。だが作品の中で見返は詐欺に近い商売をし、Oはモオパッサンの翻訳書を借りたまま返さない人物として設定されている。読み方次第では、ウチナーンチュが怠惰で信頼できない性格を持った人たちであるかのような誤解を与えてしまう可能性がある。

社会心理学の《集団間の帰属のバイアス intergroup attributional bias》理論（Miles Hewstone）では、自分が所属している内集団（in-group）の成員は外集団（out-group）の成員に比べ、実際には優劣の差がないにもかかわらず、人格や能力が優れていると評価されることがある。その一方、もし失敗すると外的状況の責任にする。このような心性は《内集団バイアス in-group bias》と呼ばれるが、外集団の場合は対照的に、ポジティブなものは外的要因によるものとし、ネガティブなものは内的要因によるものと考える傾向がある。たとえば昨今の愚かな〝嫌韓〟論では、日本の経済的発展は日本人の「勤勉さ」や「協調性」のおかげだが、韓国の場合は「日本による支援」があったからであるとされる。

これと同じように、沖縄が発展しない原因を「道徳を守らない」「努力勤勉の気に乏しい」などと内的要因に求めようとするのは、この作品が書かれる前から日本社会に根強くあった偏見《バイアス》のためであったといえる。ただし広津は、登場人物の中でもっとも「ぐうたら」で「怠惰の暢気主義」が巣食っているのは他の誰でもなく「私」であると自嘲していることを見逃してはならないだろう。

　祖国を失った《さまよえるユダヤ人》は歴史的に各地に分散し、国家権力への屈従を強いられ、妥協を耐え忍びながら生活していた。国家による暴力的支配が苛酷さを増すにつれ、ユダヤ共同体内部の結束は強固なものになっていった。しかし、そこにはラビを頂点とする階級構造が存在し、ユダヤ法におけるジェンダー意識の欠如をはじめ、アシュケナジム（白系ユダヤ人）とセファルディム（アジアおよび南欧、中東系ユダヤ人）との対立、シオニストと西欧同化ユダヤ人との確執など、多様で深刻な問題が発生した。

　ユダヤ人を「パーリア（社会から見捨てられた人）」と呼ぶハンナ・アーレントは、一九四〇年代、ヨーロッパにおけるユダヤ人の強制移住に対して一度も異議を唱えなかったシオニズム機構——西欧社会に同化してユダヤ人らしさを失ったユダヤ人が強制収容所で死に絶えたとしても、最終的にパレスチナに純血ユダヤ人によるユダヤ自治区が獲得できればよいという野心を抱いていた——に対して、「自分自身の死刑宣告に署名するなど、けっしてすべきではない」と唾棄した。[16]

　「ユダヤ人とは《宗教》ではなく、《血統》《人種》《血》が決定的要素であり、ユダヤ教徒でない者にも《ユダヤ人性》を追及しうる」とナチスの内務大臣が発言したものの、「両親と祖父母のうちだれか一人でもユダヤ教徒であれば、その人をユダヤ人とみなす」という「アーリア条項」を制定しなければならなかったほど、同化ユダヤ人は西欧社会に溶け込んで暮らしていた。実際に当時、誰がユダヤ人なのかわからなかったのであり、ナチスの御用学者たちが遺伝学や人類学を駆使しながら有標のユダヤ民族をつくりあげていったのである。ゲットーや強制収容所にユダヤ人を連行しはじめてからもなお、ユダヤ民族を厳密に定義できないでいたナチスは、「ユダヤ人問題の最終的解決」を策定するに当たって、「容貌がユダヤ人に見えるなら「ユダヤ人である」という愚かであいまいなルールに頼らざるを得なかった。民族はつねに、少数者の排除をもくろむ国家によるバイアスのかかった状況下で発見されるもので、あらかじめ自然に存在するのではなく、あとから作為的に創り出されるものである。この意味において民族とは国家による軛《くびき》の下で発見される擬制の共同体であり、日本民族であれ琉球民族であれ、国家イデオロギーの狡知によって、政治的に差別化されて形成されたといえる。「同一民族同一国家」という論理は、本土の返還運動と沖縄の復帰運動において不可侵の前提として絶対化されていたものだが、そもそもそれは国家権力によって巧みに操られる幻想でしかなかったのである。ガス室に送られた混血ユダヤ人の中には、ドイツ人の血が半分混ざっていた者も含まれており、「ハーフ」とはいえ同じドイツ人を殺すのはいかがなものかという批判の声が、女性や子どもを銃殺することによって士気の低下を招いていた親衛隊内部からも上がるようになっていた。ナチスはアーリア人種の純血を追求するあまり、ドイツ人どうし殺戮しあうという大きな矛盾におちいっていたのである。

　本書のねらいは、国家との闘争に加えて《共同体との格闘》という観点から、共同体のもつ閉鎖性や差別構造をとらえた目取真俊の文学を中心に分析を加えるところにある。目取真の文学には、国家の暴力に対する異議申し立てと同時に、国家との緊張関係の中で内部規制を強めようとする共同体を内破しようとするエネルギーが孕まれている。《反復帰》のもうひとりの代表的論者である川満信一は、戦後の沖縄では天皇制イデオロギーと、それを内面化させて戦争に協力していったウチナーンチュにおける戦争責任の追及が疎《おろそ》かにされていたとする。「沖縄全体を戦争の総被害地域として自分をもそのなかに埋没させることで内側への目を閉ざし、国家や国民に償いを求めていった」。それは「明治以来の差別論と重なり、本土への激しい告発となるが、沖縄および自己の内部の矛盾を止揚する論理とはなり得ず、国家求心志向の新たな意識をよそおっていく」とする。(17)国家への同化欲望に回収されてしまうのではなく、共同体内部の矛盾に目を向け、その矛盾を告発してやまないところに、国家に対する抵抗の基点を見出そうとする目取真の文学の特徴がある。

＊　＊　＊

近代国民国家による支配機構は、〝規格化された国民〟を創出することからその統治をはじめた。徴兵制にもとづく国民軍を設置するためには、上意下達の命令系統に従って作戦行動を展開できる、言葉が標準化され身体が規格化された兵士を必要としていた。この観点に立てば、沖縄県学務部が指導した方言撲滅という教育政策は、民衆に多大な犠牲を強いた沖縄戦への一里塚であったといえる。沖縄方言論争（一九四〇年）は、柳宗悦をはじめとする日本民芸協会のメンバーが、方言を否定して標準語を励行する運動に批判を加えたことに端を発した。この論争の中で、日本民芸協会は「沖縄言語問題に対する意見書」（『月刊民芸』一九四〇年一一・一二月合併号）を発表する。沖縄以外の一般の人びとの「沖縄郷土文化に対する認識の不足」と理解のなさからもたらされる「あまりに冷酷な態度」にこそ、沖縄言語問題の「間接」の責任が帰せられるとする。そして、次のような印象深い情景を紹介する。

雨の降る暗い闇夜であつた。われわれは、沖縄出身の労働者のおほく集つてゐる大阪市四貫島をおとづれた。そして、沖縄の蛇皮線の音にひかれてせまい路次に入り、いろいろ沖縄の話をきかうとしたが、われわれが沖縄以外の人間であると、その主人は口を緘しておほく語らなかつた。われわれは別の店にいつた。そして今度は『私は沖縄人だ』といつてみたが、その店の主人もまるで信用しなかつた。かさねて沖縄人であることを主張したら、その主人は冷笑をうかべて、『それでは沖縄語ができるか』とたづねた。『いや小さい時に郷土をでたので話せないが』と答へたが、しかし依然としてその主人は信じなかつた。それで『実は母だけが沖縄で、父はちがふ』といつた瞬間、その主人はわれわれの予想だにせぬ意外な言葉を口にした。『それではあなたはあいのこですね』[18]。

この言葉を聞いて柳は「はつと胸をつかれ、しばらくは何もいふことができなかつた」という。「あいのこ」という言葉にひっかかりを感じたからである。そして、今後は沖縄県に在住する人だけではなく、本土に住む人びとに対しても「沖縄文化に自信を持て」と説かなければならないとする。

紡績関連企業や日雇い労働市場のある大阪市内には、四貫島のある此花区を含めて大正区や西成区、港区など、ウチナーンチュの民族的な集住の地区があった。一九三〇年代には、沖縄出身者による同郷者ネットワークが、「脱沖縄人《ウチナーンチュ》」をめざして言語矯正や姓名改称、服装改善などの生活改善運動を展開していた。当時、コンプレックスを抱いていたウチナーンチュの一部は、本土に移住すると日本に転籍して改姓し、自分がウチナーンチュであることを隠し、同郷人との交際も一切おこなわないということがみられた。また別のウチナーンチュは、日本人を母に持つことを強調することによって、自分を日本人と等質性を持つ人間であると周囲の者に認めさせ、沖縄人との異質性を感じて優越感を味わうということも存したのである。[19]

「あいのこ」が抱こうとする優越感と、「あいのこ」が抱かされる劣等感――どちらも国家権力によって操られるコンプレックスである点は共通し、いずれも最後は〝国家のために〟生命を捧げる（奪われる）に至るのである。国家への帰属感は、国家によって仕組まれた幻想にすぎないことを看破し、過剰な同調圧力が加わりがちな日本社会を、その内部から破っていくことが求められるだろう。

最後に本書の構成を示しておこう。第Ⅰ部では、「風音」「水滴」「魂込め」「眼の奥の森」「群蝶の木」「虹の鳥」という目取真俊の主要作品を取り上げ、沖縄戦をめぐる記憶の痕跡から現代の沖縄社会につながる暴力の実態を告発した目取真の文学を考察する。第Ⅱ部では、霜多正次の「虜囚の哭」「沖縄島」、大城立裕「棒兵隊」と大城貞俊「K共同墓地死亡者名簿」、又吉栄喜「ギンネム屋敷」など現代沖縄文学を代表する作品を取り上げ、沖縄戦の戦禍による影響が残る戦後沖縄社会の葛藤がどのように描き出されているのかを検証する。最終章では、最新の話題作である真藤順丈「宝島」を取り上げ、沖縄の戦後史が新鮮なタッチで描かれた、この小説の魅力を明らかにしてみよう。

注

（1）霜多正次「日本国家の成立と朝鮮」（『霜多正次全集』第五巻、沖積舎、二〇〇〇年）二七七頁。
（2）新崎盛暉『新版　沖縄現代史』（岩波新書、二〇〇五年）二三二頁。
（3）山之口貘「沖縄島の霜多正次」（『新日本文学』第一二巻一一号、一九五七年一一月）一六七頁。

（4）武藤功編「霜多正次年譜」、引用は前掲『霜多正次全集』第五巻、八一三頁より。
（5）中野重治「「荷車の歌」と「沖縄島」」（『文学』第二六号、一九五八年八月）一四〇頁。
（6）仲宗根政善『ひめゆりと生きて　仲宗根政善日記』（琉球新報社、二〇〇二年）二七四頁。
（7）同右、一九八頁。
（8）同右、二七五頁。
（9）同右、三一三頁。
（10）同右、一四一頁。
（11）同右、一四〇―一四一頁。
（12）同右、一六一頁。
（13）新川明「「非国民」の思想と論理――沖縄における思想の自立について」（谷川健一編『叢書わが沖縄』第六巻、木耳社、一九七〇年）二七―二八頁。
（14）同右、四〇―四一頁。
（15）同右、六八頁。
（16）ハンナ・アーレント「マイノリティ問題によせて」（『反ユダヤ主義　ユダヤ論集1』山田正行ほか訳、みすず書房、二〇一三年）一八四頁。
（17）川満信一「沖縄における天皇制思想」、引用は前掲『叢書わが沖縄』第六巻、一二三頁より。
（18）日本民芸協会「沖縄言語問題に対する意見書」（『月刊民芸』一九四〇年一一・一二月合併号巻頭）、引用は谷川健一編『叢書わが沖縄』第二巻（木耳社、一九七〇年）一〇九―一一〇頁より。
（19）新川明「「非国民」の思想と論理」の中にも、「日本を出生の血とする母親を持つ同僚」が「典型的な日本コムプレックス」を抱くケースが紹介されている。引用は『叢書わが沖縄』第六巻、一八頁より。

I

第1章 《知る》ことと《語る》ことの倫理
——目取真俊の文学を考えるために——

1 「基地引き取り—県外移設」論

沖縄の米軍基地の「引き取り—県外移設」を唱える本土の知識人に対して、目取真俊は厳しい批判を加えてきた。目取真によれば、「ヤマトゥで基地引き取りを言っている皆さんは、沖縄からの声に自分たちは誠実に対応しているという満足を得て、良心の呵責は解消されるかもしれません。でもそれをやっているからといって沖縄に応答していることにもならなければ、基地問題を解決するための一歩の前進にもならないんです」[1]。彼は『沖縄の米軍基地——「県外移設」を考える』（集英社新書、二〇一五年）を著した哲学者の高橋哲哉に対し、『アエラ』誌上の対談で、県外移設論が机上の空論であることを指摘している。厳しい論調の根底には、沖縄を憂える本土の知識人が自己満足におちいっているだけなのではないか、との不信感がある。

基地はいらないからヤマトゥに持っていけ、という素朴な心情の延長線上で基地の引き取り運動を全国に広げましょうというのは哲学者の役割でしょうか。それは沖縄に犠牲を強いているという後ろめたさや罪悪感を慰撫することにはなっても、いま辺野古で進められている工事を止める力にはならない。むしろ日本政府は引き取り論が広がっていくのを喜んでいると思いますよ。(2)

帝国日本の捨て石とされた沖縄戦から、米軍による統治、そして本土復帰後の日米安保による日米共同管理体制まで、まさに《戦後なき戦後》を歩んできた沖縄現代史を考えれば、「引き取り―県外移設」論には「戦争体験の風化や戦争に対する絶対的な否定感のなさ」がみられる。仲里効氏の言葉を借りてそれを分析すると、「引き取り―県外移設」論の背景には、「「平等」を国民主義に還元していく欲望」と「暴力を装置化した基地と軍隊のグローバルな軍事文化への深刻さのなさ」との併存がある。そのような思考の仕組みを知れば、「安保の負担平等を前提にした「基地引き取り―県外移設論」」にはどうしても妥協できない、ということになる。(3)

その一方、目取真は本土の知識人に向かって「あなた方今年に入って何回、辺野古のゲート前で座り込みしましたか」と問うと同時に、ウチナーンチュの責任も問う。「翁長さんを支援するための集会に四万何千人集まった。この皆さんが百日に一回、三カ月に一回来れば阻止できるんですよ。だけど実際には三十人しか来ないわけです。これはいったい何なのか。これが現場の状況なんです。ウチナーンチュはその程度の事しかしてないわけです」(4)。那覇の奥武山公園での集会には大勢の参加者が集まるが、本島北部の山原《やんばる》まではやって来ない。普天間から辺野古への「移設」問題には、沖縄内部の地域間格差が背景に存しているのである。

ここで目取真の怒りは頂点に達するわけだが、現場を知らずして何を発言できるのかという〝現場主義〟へのこだわりにとどまらず、実はさらに深い、《知る》ことの倫理、そして《語る》ことの倫理にかかわる問題がここには同時に示されているのではないか。社会現実と知との接点について、ユダヤ人のホロコーストの経験も敷衍しつつ、以下論じてみよう。

2 マイケル・R・マラス「ホロコーストの使用と誤用」

マイケル・R・マラスは、ユダヤ人絶滅政策（ホロコースト／ショアー）研究の第一人者である。マラスによれば、第二次世界大戦中、スロヴァキアのヴォイテク・トゥカ首相は、国内の反対意見をはねのけるために、ユダヤ人を速やかに移送せよとの圧力をかけるよう、ドイツにはっきりと要請したという。[(5)]《衛星国根性》、すなわち属国根性の抜けないトゥカ首相の態度は、海兵隊基地を沖縄にとどめるよう米国に要請した日本政府と酷似している。だがそれとは対照的に、ナチスに対して毅然とした態度を示したブルガリアでは、戦後生き残ったユダヤ人の数が戦前の人口よりも多くなっているという記録が残っている。[(6)]これを見てもわかるように、マイノリティの運命は政府の手に握られているのである。民族差別の極限がユダヤ人絶滅政策であるが、沖縄の状況を考える際、国家による民族支配という観点から多くの示唆がそこに得られるのではないか——。

《善き市民の育成》という目的で、欧米の政府教育機関はショアーをテーマにした歴史教育に取り組んでいる。しかしマラスは、ユダヤ人絶滅政策研究に携わるあいだに、通常用いられる意味での《教訓》はショアーから得られない、ショアーは《人権》について何も教えない、という結論に達した。一見すると意外にも感じられる結論だが、恐怖の深淵を垣間見た人間だけが発する言葉の重みが伝わってくる。「ホロコーストの使用と誤用」という論文の掉尾でマラスは次のような自説を展開している。「ショアーからは何の《教訓》も得られない」ことの理由である。

最後のコメントとして、クラウス・バルビー裁判についてフランスの年配のカフェ店長が発した言葉が思い出される。「やれやれ、バルビーは去来した」と彼は言った。「しかし私は何も気分が良くない」。カフェ店長は何か重要なことに触れたと思った。われわれを「良い気分にする」こと――自分たちの政治的判断を確かめるために、あるいはユダヤ人の苦境に対する理解を高めるために、「人間の理解」を改善させるだけのためなどに――を意図的に引き受けているのなら、ホロコーストに関する研究と人びとへの普及は困難におちいるように思われる。(7)

ここで触れられているクラウス・バルビーとは、「リヨンの虐殺者」の異名を持つゲシュタポ所属の親衛隊大尉である。戦後ボリビアに逃亡し軍事政権樹立の首謀者となるが、一九八三年にフランスに引き渡される。八七年リヨンにおける戦犯裁判では「自分はフランスがアルジェリアでやったのと同じことをしたにすぎない」と主張して物議を醸し、終身禁固刑の判決を受ける。マラスによれば、レジスタンスの弾圧やユダヤ人の強制移送に携わったバルビーをいかに厳しく裁いても、決して「良い気分」にはならない。

想像の域をはるかに超えた暴力による犠牲は、何によっても補償されないからである。それと同じように、ユダヤ人絶滅政策に関する研究は何ものをも補償しない。右の引用に続けてマラスは次のように述べる。

> 私の見方では、本質的な人間の疼きから発する、そしてわれわれが見出したような世界に関連してくる、これらの身の毛のよだつできごとへの凝視は、それ自身が命令となる。あのようなことが起こり得たことは、それを畏怖の念をもって考察し、科学的好奇心をもって研究するための十分な理由になる。そのような恐怖を理解するようになった後に「良い気分になる」べきかどうかは疑わしいし、そのような意図で人びとが取り組んでいると、私は居心地悪く感じることがある。たとえどのように利用されたとしても、説明の取り組みを歴史家は決して確信をもって使えない。しかしわれわれの多くは、無知のままでいるよりは知ること、あるいは知ろうとすることのほうがよいという信念を共有している。そして私たちが調査するところの酷い記録において十分な証拠がある。(8)

知ること、そのものを目的とすることが求められている、何らの教訓を引き出すことなく——マラスの達した答えがこれである。理性の命令に従って、ただ《知ろうとする》ことだけが「これらの身の毛のよだつできごと」を前にした人間の態度であるという。カント倫理学を想起させる厳格な立場であるが、厳粛な歴史に触れようとする際、つねに忘れてはならない戒めになる。目取真の言う、現場で座り込むことの対極にある振る舞い方であるだろうし、過去のできごとに対応する場合と、現実に起こっているできごとに対処する場合という差があるには違いない。しかし、まず《知る》ことの倫理を考える鍵が、そこにあるといえるのではないか――。

3　《声》を奪われたと感じた生存者

次に、《語る》ことの倫理について考えてみよう。ふたたびマラスの説から議論の手がかりを得てみる。マラスは、ショアーの生存者が、歴史学者によって自分の歴史を奪われたと感じたというエピソードを紹介している。

ホロコーストの生存者は、自分自身がかかわったエピソードについて歴史学者が話すのを聞き、異常なほど不安になることもある。このような不安は、「ジェノサイドの生存者に限ったことではない。実際に経験したわけではないのに、自分の話を通して見解を主張する者から自分の歴史を奪われた」と感じる恐怖をあらわしていると、フランスの歴史学者アネット・ヴィヴィオルカは書いている。また、人びとがホロコーストの生存者たちに、虐殺を耐え抜いてきたことの「意味」を求めると、彼らの多くは当惑する。(9)

ここでマラスが触れているアネット・ヴィヴィオルカは、ショアーに関する記憶と証言についての考察を深めたフランスの研究者である。彼女の主著『目撃者の時代』(プロン社、一九九八年)によれば、ジェノサイドの生還者は収容所からの解放後、耳を傾けてくれる者もいなかったので、自分の体験を語れないという不満を抱いていた。しかしテレビ番組『ホロコースト』（NBC、一九七八年）が全米で放映されて話題になり、ホロコーストという言葉が流行語になると、生還者たちが持つ不満の内容が変化した。彼らにとって、自分たちの《声》がそのとき「突然奪われただけでなく、さまざまな専門家たちの間で、疑うことなく進行中であるかけひきにおいて不当に扱われ具体化された」と感じられたのである。「歴史家と目撃者の間の争い」は、「同時代の歴史だけでなく、個人の表現が知的な言説との間でコンフリクトを生じさせる他の領域」でも同様にみられるのだという[10]。

《声》を奪われたと感じた生存者は、歴史学者の側からみれば、ショアーの自己体験を語る《ネイティブ・インフォーマント（フィールド調査における現地の情報提供者）》である。彼らの《声》を拾いあげるという歴史学者の行為は、さまざまな《声》を加工して編成する、知識人自身の表現の欲望と表裏一体と化しているのである。

G・C・スピヴァクは、コロニアルおよびポストコロニアル時代の知識人のありかたについて論究した。周縁化された社会集団（サバルタン）の声は、支配する側の言葉や思考法を媒介にして表現される。ここで従属する側の人間が抑圧者側に耳を傾けてもらえるのは、抑圧者たちの言語を使って話す場合だけである。知識人の役割は、ヘゲモニーを掌握する権力によって言説から疎外された人びとに代わって、ありのままに語ること（代表・代理＝表象）にあった。しかしそれは同時に「「ネイティヴの」主体―位置」に「みずからを〈帝国主義〉の対象（＝客体）という位置として書き直し」を命じる「帝国主義の知《エピステーメー》の暴力」そのものである。「主人《マスター》と現地民《ネイティヴ》という表象戦略プラン」において「他者化の生産」がおこなわれることによって、「最初は権利と感じられていたものが、義務として――強いられたものとして――受けいれられる」に至るのである。[11] このようにして、権力／欲望／利害のネットワークは、「知の暴力」を通じ、人種／階級／ジェンダーによる異種混淆的（heterogeneous）な社会を構造化する。

知識人は、「主人《マスター》」による抑圧から解放された「現地民《ネイティブ》」がみずから発話するというシチュエーションを設えようとする。そして、彼らの声を拾いあげて伝えようとするのだが、実は「彼らを表象しながら、知識人たちはみずからを透明な〔目に見えない〕存在として表象」しているにすぎない。[12] 自分はいかに黒子役に徹しようとしても、彼ら自身の表現する欲望を消し去ることはできない。「語るサバルタンの腹話術は左翼知識人の商売道具なのだ」[13]——そこにおちいる弊を免れるには、どのような方策が可能なのだろうか。研究者はサバルタンの経験について知りたがるが、サバルタンたち自身による経験の説明を求めているわけではない。しかし、研究者によって収集された記録の中には、研究者によって翻訳——ときには改竄——された《声》とは異質の言葉が混じっている。それを聴き分けることが大切とされるのである。

沖縄戦にかかわる記憶と証言の問題群を、具体的に論じたのが屋嘉比収である。一九七〇年代の『沖縄県史』や『那覇市史』の刊行を皮切りに、ほとんどの自治体で市町村史の編纂がはじまった。戦争体験の聞き取り調査が精力的に進められ、実証主義に立脚した歴史学の手法に従って、事実性や客観性を重視した沖縄戦体験記録が収録された。しかし屋嘉比によれば、一九八四年に刊行された『浦添市史』では、「浦添市出身以外の若い学生」たちが「当時の浦添の集落の情況や戦闘状況を理解しないまま調査表を機械的に埋めるような聞き取り調査も少なくなく、それによる調査の濃淡が浮かび上がった」という。[14] それに対する反省をふまえて、それ以降の市史編纂の取り組みでは、たとえば一九八七年の『西原町史』戦争記録編では「各字に地元出身の戦争体験者を調査員として関与させる」ようにした。その結果「調査票の精度はより詳しいものとなった」[15]。九〇年代には、ビデオによる証言記録の採録――「島クトゥバで語る戦世《いくさゆ》」――が試みられた。映像の中では「島クトゥバを母語とするインフォーマントの自由な語りが中心であり、インフォーマント自身が聞き取りの主導権を握っている」という。「生まれ育って自然に身につけた母語である島クトゥバ」を使って語ることは、「文字記録の編集の際に疎外され削除されてしまう、インフォーマントの島クトゥバによる表情豊かな主観的な語りへ着目し、それをすくい取る試み」であったといえる[16]。

目取真にみられたような、基地移設を訴える本土の知識人に対する不信感は、そもそも彼らに語る資格はあるのか、という疑いから発せられている。すなわち、彼らが発言すればするほど本土と沖縄との差異が明確化する。それのみならず、ウチナーとウチナーンチュとの関係性の中で《他者としてのウチナーンチュ》が一方的に生産され、沖縄内部の地理的および階層的な差異が消滅させられてしまうのである。本来、同じウチナーンチュであっても世代や階級、地域によって身に付けている文化資本は大きく異なる。《声》を解き放つには《知》の権力を脱中心化しなければならないのである。

スピヴァクは「〔サバルタン女性の〕沈黙化についてはわたしたち自身も共犯関係にあるということを承認することが重要であると考えている」として、《女性であること》自体も権力関係におかれていることを自覚する必要があることを説いた[17]。女性が他の女性の《声》を書き換えてしまっていることもあるからだ。《ウチナーンチュ》もまた、自己の脱中心化を図ることが求められるのではないか。すなわち、誰が沖縄を代表・代理表象するかという問題である。少なくとも地理的には、《山原《やんばる》》や離島への注視が不可欠となるだろうし、ジェンダーの観点からは、女性の中でも劣位に置かれた、性暴力の犠牲者たち――

「軍性奴隷」はいうまでもなく――、さらに民族的には、帝国日本の版図に組み入れられていた朝鮮半島の人びとの《声》にも耳を傾けなければならないだろう。

4 文学作品に描かれる《生》と《死》の様相

本部町《もとぶ》教育委員会が発行した『町民の戦時体験記』（一九九六年三月）には、町民八〇名の戦争体験の記録が収録されている。『沖縄県史』第一〇巻「沖縄戦記録二」（一九七四年三月）から転載した二八名、編集委員会の委員と事務局職員が聴き取りをおこなった一八名の体験記が含まれている。『沖縄県史』同巻で「本部半島」の解説を担当した仲地哲夫氏によれば、同地域の戦禍には次のような特徴がみられるという。

また、この間に、米兵による戦時強姦が多発したこともこの地域の特徴である。ある部落では、はじめからその意図をもって米兵の集団が軒なみに襲いかかり、逃げおくれた婦女子の多くがその毒牙にかかった事例がある。その被害者も今では多くが平和な家庭の主婦であり、ここに直接の証言として採録することはできなかった。

ともあれ、本部半島で多発した日本軍の残虐行為とともに、米軍もまたけっしてヒューマニズムの体現者どころではなかったことを銘記しておくべきであろう。(18)

この地域には「米兵による戦時強姦」が多発したとされる。『町民の戦時体験記』には、女性を略奪しようとするアフリカ系アメリカ兵の姿が多数報告されている。「拳銃を持った黒人米兵が女を求めて谷間を登って来た」（仲宗根安昌証言）、「そこへしばしば黒人兵たちが現われるようになった。女が欲しいから世話をしてくれ、という素振りであった」（日高清考証言）など、いずれも衝撃的なエピソードである。

アメリカ陸軍では当時、人種隔離の差別意識が濃厚にあった。アフリカ系アメリカ兵のみで編成された第二四歩兵連隊がアジア・太平洋地域に配備され、終戦後は沖縄の占領任務に携わっている。その一方、太平洋戦争の末期になって人種混成部隊が編制され、沖縄戦に投入された。ほとんどが後方の支援活動に従事していたとされる。彼らは戦闘が終息した地域に姿をあらわし、その一部が沖縄の女性に性暴力をふるったのである。

保坂廣志氏によれば、日本軍は、米兵の厭戦気分を高めるために「前線の黒人部隊」という宣伝ビラを作成していた。部隊内での厭戦気分を高め、任務放棄をうながす目的で、数百部から一千部単位で印刷されて撒布されたという。(19) このビラとほぼ同じ内容の記事が「朝日新聞」西部本社版（一九四五年五月一三日）第一面に掲載された。「沖縄本島従軍第一報」として、宗貞利登那覇支局長が「水もなく乾麺麭噛り／鬼神も哭く奮戦／敵最前線に黒人部隊」という三段組の記事を執筆している。その記事によれば、最前線におかれた「黒人部隊」を後方から「白人部隊」が監視するという編成がおこなわれていた。米軍内の人種差別がいかに苛酷なものかを伝え、兵士たちに戦線離脱を呼びかけたのである。

実際のところ、沖縄戦を戦ったアメリカ陸軍第一〇軍には、最大八〇二四名の黒人兵が含まれ、全体の約五パーセントを占めていた。ほぼ全員が戦闘以外の任務に就いていた。これらの経緯を調査した保阪氏は、「沖縄戦証言の多くの中で、住民や兵士が初めて黒人兵を見た時の印象が記述されているが、それだけ黒人兵は、住民接触が多く、人々に与える印象も強烈だったといえる」と指摘する。[20]そして米軍の調査書には、限られた事例ではあったが、「黒人部隊」は戦闘場面に遭遇すると「十分責務を果たしているとはいえない」状況であったと報告されているという。アメリカ軍第一〇軍の報告概略には、次のように記録されていた。

例外はあるが、黒人部隊の任務遂行の姿勢は、実際の戦闘場面では十分責務を果たしているとはいえない。いくつかの事例が報告されているが、空襲の最中、その場を離れるものが多く、当局から退避指示を与えられるまで部隊として組織を維持するのは非常に困難である。あるいは、ごく小さな誘発に対し、掩体《えんたい》から飛び出してしまい、警戒警報の解除後直ちに再集合することは困難である。[21]

これが偏見《バイアス》の加わった認識であることはいうまでもない。彼らが怯懦であるとするのは、沖縄出身の兵士を蔑視していた日本軍の見方と同じであろう。米軍が尋問した日本軍兵士捕虜は、自分たちのあいだでは「沖縄人は劣等国民と見なされており、「汚れた者」(dirty people)と呼ぶものすらいた」という。[22]「逃亡を企てた沖縄出身の兵士を殺せ」という指示を日本兵が受けていたとさえ証言している。[23]ウチナーンチュの兵士は国家に対する忠誠心が薄く、兵士としての資質や鍛錬も不十分であるとみなされていたのである。

沖縄現地での男子徴集は、軍用航空基地の整備と警護のための第一期(一九四三年六月)、飛行場建設のための第二期(四四年一一～一二月)、戦闘要員の確保のための第三期(四五年二～三月)の三回を通じて根こそぎ動員された。正規兵士の最下層に属する「防衛隊」として編成され、軍事訓練を受けることもなく武器も支給されなかった彼らは、戦闘下における弾薬運搬、水汲み、負傷者の担架運送などを任じられた。しかし戦局が急速に悪化すると、待ち伏せ攻撃や爆雷攻撃に参加させられた。その結果、約二万五〇〇〇名のうち約一万三〇〇〇名が戦死することになったのである。

そもそも日本軍はウチナーンチュを「皇室国体に関する観念徹底しあらす《ママ》」、「進取の気象《ママ》に乏しく優柔不断意志甚た薄弱なり」とみなし、帝国の臣民としての適性が不足していると考えていた[24]。沖縄戦では、ウチナーンチュの兵士たちのあいだに「紀律嫌忌ニ出ツルモノ極メテ多ク」、上官から「私的制裁」を受け、逃亡が多発する状況になっていた。第三二軍（球一六一六部隊）法務部は、「近時逃亡犯ノ極メテ多発シアルハ　軍ノ駐屯地域ノ地理的特性ニ鑑ミ解ス能ハズ　他ニ其ノ類ヲ観ザルトコロナリ」という認識を持っていた[25]。「逃亡犯ニ関スル若干ノ参考」とする文書には、逃亡兵の現状とその対策が記され、「沖縄県出身現地入営兵ノ逃亡」という項目が立てられている。

> 本県出身現地入営初年兵ニシテ「オ祭ダカラ一寸家へ帰ツテ来ル」「腹ガヘツタカラ家へ帰ッテ飯ヲ食ツテ来ル」等軍紀ヲ解セズ軽易ナ考ヘヨリ脱柵シ其ノ儘帰隊セザルモノアリ　又些細ノコトニ「オ前ハ銃殺ダ」ト申向ケラレ其レヲ真ニ信ジテ之ヲ慮レテ逃走スルモノアリ又所謂逃亡癖アリテ一度逃走シ軽易ナル取扱ヲ受ケタルトキハ数回ニ亘リ逃走ス　而シテ逃走後ノ立寄先ハ概ネ実家　情婦先　親戚　友人宅ナリ　現戦局及情勢ヲ平易ニ解説シ軍隊ノ紀律ノ何タルカヲ教育シ又的確平易ニ刑罰教育ヲ実施シ刑罰ト懲罰ノ異同ヲ明確ナラシメ置クヲ要ス　而シテ一度逃亡シ逃亡罪成立スルニ至ラス　懲罰処分ニ附スルトキハ厳重ナルヲ要スベシト思料ス「営倉ニ居ル方ガ楽ダ」ト称スル者スラアルヲ以テナリ[26]

右の引用からは、「沖縄県出身現地入営兵」に差別的なまなざしが注がれていたことがわかる。軍隊内は上意下達の規律が厳しいとはいえ、「些細ノコト」に「オ前ハ銃殺ダ」と上官から告げられれば、兵営から逃げ出したくなるのは当然だろう。「一般ニ惰弱ナリ」とみなす差別意識にもとづいて、彼らに対する加虐的な雰囲気が強まっていた。[27] しかし、彼らに戦争忌避の傾向が強いのは、そもそも沖縄が帝国日本の侵略戦争に巻き込まれたという経緯が存するからである。

サイパン島に集団海外出稼ぎに出かけた経験のあるウチナーンチュの兵士捕虜によれば、「マリアナ諸島やマーシャル諸島から帰還した海外出稼ぎ組の士気は、非常に低かった」。「我々の仲間うちで、米国と戦おうとして軍服を身につけた者など一人もいない。捕虜は、この島で起こった中で（米軍の）沖縄占領は最良のことだと感じている」という。[28] このような戦争忌避の感情について保坂氏は次のように指摘する。

考えようによっては、軍属に従事した地元沖縄出身者は、危機に際して自己判断し、確実に危機を越える行動をとったということであろう。ただし、防衛隊員として戦場動員された兵士の約半数は戦場死している。あの沖縄戦において生と死との境界を定めることは不可能だが、生存した沖縄出身兵士や軍属は、確かに生への挑戦を試みたことは事実である。[29]

戦争忌避の感情を強く持った者たちが試みた「生への挑戦」——ここに沖縄の内なる声が存するのではないか。しかし、それを抑圧していたのは、本土の権力に従属する形で形成された、沖縄社会内部の支配構造であった。

だが、どれほど支配構造が強力であったとしても、一人ひとりの《生》と《死》は、抑圧を潜り抜けて存在する。事実、戦場にはさまざまな《生》と《死》が交差するのである。

　目取真の「露」（『三田文学』第九五巻第一二七号、二〇一六年一一月）は、語り手の「私」が大学を卒業した後、本島北部の小さな港で荷揚げ作業のアルバイトをおこなったエピソードを回想する。一九八六年の春から夏の半年間、「私」を含むさまざまな年齢層の男性六名がひとつのグループとなって作業に当たった。七三歳の上原にはシベリア抑留、六八歳の宮城には初年兵教育を受けた熊本での「沖縄人《ウチナーンチュ》」差別の体験があった。だが宮城には、中国大陸に出征していたとき、現地の人びとに対する加害体験があった。宮城の部隊は行軍中に喉の渇きに苦しめられ、「シナ人を見つけしだい殺《くる》さんねー気がすまん」ようになった。次の村にたどり着くと「片っ端から皆殺してー。女子は強姦して、陰部《ぼー》んかい棒を突っ込んで蹴《き》り殺《くる》ち、童は母親の目の前で切り殺して、足を摑まえてぃ振り巡らち頭を石で叩き割ったしん居ったさ」という。

　喉の渇きから常識を超える行動をとった体験は、六五歳の安吉にもあった。沖縄戦で小禄《おろく》の洞窟《がま》に潜伏していたとき、鉄血勤皇隊の中学生が爆風で飛ばされて虫の息になっていた。水が飲みたくて仕方がなかった安吉は、中学生を丸裸にして、洞窟の入り口近くの平たい岩の上に置いた。気温の下がる明け方、岩の表面には人体から出た水分が露となって落ちる。安吉はその露をなめて生き延びたという。島クトゥバで発せられた「我《わん》や、露なめ《ちゆなん》てぃ生き延びたんよ」という安吉の声は、おそらく沖縄の公式の歴史にはあらわれない、目取真の小説を通してはじめて語られる《生》と《死》の真相であろう。

　すぐれた文学作品は、人びとが意識の外に押し出してきた記憶をよみがえらせ、忘却されようとしていた生々しい体験を言語化することによって、それまで語られなかった真実の声を伝えようとする。記憶の抑圧とトラウマの回帰をめぐる目取真の小説は、現代日本文学の中でもっとも激しい葛藤のドラマを描き出しているのである。

注

（1）目取真俊と仲里効の対談「行動すること、書くことの磁力」（『越境広場』第四号、二〇一七年一二月）一九頁。
（2）同右、二一頁。
（3）同右、一八頁。
（4）同右、一七頁。
（5）マイケル・R・マラス『ホロコースト　歴史的考察』（長田浩彰訳、時事通信社、一九九六年）一一〇—一一一頁。
（6）同右、一一二頁。
（7）Michael R. Marrus, "The Use and Misuse of the Holocaust in Lessons and Legacies," in Peter Hayes ed, *The Meaning of the Holocaust in a Changing World*, Evanston, IL, Northwestern University Press, 1991, p.119.
（8）同右。
（9）マイケル・R・マラス『ホロコーストに教訓はあるか——ホロコースト研究の軌跡』（真壁広道訳、えにし書房、二〇一七年）一三三頁。
（10）Annette Wieviorka, *The Era of the Witness*, translated by Jared Stark, Ithaca, N.Y.: Cornel Univ Press, 2006, pp. 129-130.
（11）ガーヤットリー・チャクラヴォルティ・スピヴァク『ポストコロニアル理性批判』（上村忠男・本橋哲也訳、月曜社、二〇〇三年）三〇七、三〇八頁。
（12）同右、三七一頁。

(13) 同右、三六八頁。
(14) 屋嘉比収「戦後世代が沖縄戦の当事者となる試み」(『友軍とガマ――沖縄戦の記憶』(社会評論社、二〇〇八年)二九頁。
(15) 同右。
(16) 同右、四〇、四二頁。
(17) 前掲、スピヴァク『ポストコロニアル理性批判』四四九頁。
(18) 『沖縄県史』第一〇巻(各論編九　沖縄戦記録二、一九七四年)四六五頁。
(19) 保坂廣志『沖縄戦下の日米インテリジェンス』(紫峰出版、二〇一三年)一八二―一八四頁。
(20) 同右。
(21) 「報告概略C」NARA RG338 Records of the US Army Commands Headquarters, Tenth AtmyBox 6. 引用は同右(一八四頁)より。
(22) 保坂廣志『沖縄戦捕虜の証言――針穴から戦場を穿つ(上)』(紫峰出版、二〇一五年)八二頁。
(23) 同右、九二頁。
(24) 「沖縄県の歴史的関係及人情風俗」(一九二二年一二月)、引用は『沖縄県史』資料編二三(沖縄県教育委員会、二〇一二年、五〇四頁)より。
(25) 「逃亡犯ニ関スル若干ノ参考　昭和一九年二月一〇日　球第一六一六部隊法務部　石第三五九四部隊写」、引用は同右(七九一―八〇頁)より。
(26) 同右。
(27) 「昭和九年第一冊　密大日記　陸軍省」(沖縄連隊区司令部　庶発第二六号　沖縄防備対策送付之件)、引用は同右(五〇八頁)より。
(28) 前掲、保坂『沖縄戦捕虜の証言』六六頁。
(29) 同右、六五頁。

第2章　「風音」
――死と性をめぐる記憶の葛藤――

第1節　戦争の犠牲者をめぐる表象のポリティクス

1　沖縄戦の記憶を継承するために

過去のある行為や発言が実際にあったのかどうか、を判断するのが困難なケースがある。沖縄戦のように、日本軍によって「軍官民共生共死の一体化」(「報道宣伝防諜等ニ関スル県民指導要綱」一九四四年一一月一八日)を一般住民が強制され、地上戦に巻き込まれ多数の犠牲者が出ていた状況では、冷静で客観的な証言を生存者に求めること自体、過度に心理的な重圧がかかるのは避けられない。

文部科学省の教科書検定において、一九八二年には日本軍による住民の虐殺、二〇〇七年には集団自決における日本軍の強制の記述を削除するという検定意見が示された。集団自決の強制が削除されるのをマスコミ報道で知った沖縄県民は、宮古と八重山もあわせて全県で一一万人以上が参加する大規模な反対集会を開いて、検定意見の撤回と記述の復活を求めた。集団自決は軍の命令や強制・誘導によるものであったとする住民――軍の加害責任を明確にするために「集団自決」とは呼ばず「強制集団死」の言葉を選んで使う――に対して、政府は集団自決を、住民がみずから犠牲的精神を発露したとする殉国美談に仕立て上げようとしていたのである。

さらに、家永教科書裁判第三次訴訟や、新沖縄県平和祈念資料館における展示改竄事件、大江・岩波沖縄戦裁判などを通じて、沖縄戦をめぐる歴史認識の相違が政府と県民のあいだで次第に表面化していった。

だが、これらの対立とは別に、サンフランシスコ平和条約が発効し、被占領状態が解除されてからの時代、「戦傷病者戦没遺族等援護法」（一九五二年）の適用拡大のプロセスにおいて、歴史が書き換えられていくという問題が生じていた。米軍占領下の沖縄には、本土なら当然支援を受けられるはずの軍人・軍属でさえ援護法が適用されなかった。〝国内で唯一の地上戦を体験したという特殊事情〟を考慮した日本政府は一九五七年に、軍人・軍属はもとより一般住民の犠牲者にも対象を拡大し、遺族給付金が受けられるように閣議決定した。だがそこには重大な陥穽が潜んでいて、認定を受けるためには、一般住民が戦闘に積極的に参加して戦死したことを証明しなければならなかった。政府が示した、戦闘参加者として取り扱うべき二〇例の中には、食糧や壕《ガマ》の提供に加えて「集団自決」が含まれ、それらに該当すれば準軍属とみなされて援護法が適用された。たとえば、母親によって窒息死させられたゼロ歳児であっても遺族年金が給付され、軍人同様に祭神として靖国神社に祀られることになったのであった。このような対応策が講じられた背景には、沖縄県民の不満が蓄積し、アメリカ統治を揺るがすような暴動にまで発展しかねないという危惧を当時の日本政府が抱いていたということがあった。石原昌家氏は、〝復帰〟以前から沖縄は

「日米両政府による軍事植民地状態の沖縄とヤスクニ化された沖縄という、同質の二重構造の社会」になってしまっていたと批判する。(1)

二〇一五年四月六日、文部科学省は、翌年から中学校で使用する教科書の検定結果を公表した。教科書会社八社のうち七社が集団自決に関する事項を記述したものの、それが日本軍によって強制されたものであったことを明記したのは教育出版株式会社だけであった。しかしその教育出版が、集団自決を「強いられた」から「追い込まれた」へと自主的に変更したために、日本軍による強制を明記した出版社が一社もなくなるという事態におちいってしまった。

政府による歴史の書き換えが狡猾におこなわれていったのに対して、沖縄戦の記憶を文学作品の中で語り継ごうとしているのが目取真俊である。沖縄の女性史家・宮城晴美との対談の中で、彼は「沖縄の戦場にはいろんな人間がいたわけで、それをどうやって描いていくか。証言の中では伝えられなかった、残されなかったものを、どうやって考えていくかということが大切だと思います」と語っている。(2)

一九六〇年一〇月六日、沖縄県国頭郡今帰仁村仲宗根に生まれた目取真は、戦争をみずから体験した世代ではない。だが高校生まで故郷で過ごした彼に向かって、一四歳で鉄血勤皇隊に参加した父親や、壮年期に戦争に巻き込まれた祖父母たちが《島くとぅば》で自己の体験を語った。目取真によれば、それらの体験談は「歴史として整序される以前の、一人一人の生々しい痛みを持った記憶」である。それを「小さいころから繰り返し繰り返し聞いて、話される場面場面を頭の中で映像として思い浮かべてきた」。沖縄戦の風化の危機が叫ばれた大学生時代、大量に出版された体験集や研究書を入手し、「もう少し相対的に、視点をアジアにまで広げて読む」ことを通じて「自分の追体験を核に沖縄戦をいろんな角度から考えた」

という。(3)

2　慟哭する死の絶対性

「風音」には、基本的に三つの本文がある。初出は「沖縄タイムス」（一九八五年一二月二六日―八六年二月五日）、その後単行本『水滴』（文藝春秋、一九九七年）に収録された。二〇〇四年の映画化にともなって大幅な加筆修正がおこなわれ、『風音　The Crying Wind』（リトル・モア、二〇〇四年）が刊行された。「死者の声の残響としての音に恣意的な意味づけを行う手前で踏み留まり、出来事を未了の状態に留め置く音といかに向き合うことができるか」というテーマに着目し、一九九七年版で作品の完成をみたとする村上陽子氏の説に従って、本書では一九九七年版を主に取りあげる。(4)

主人公の名前は初出形では「当山清裕」だが、単行本に収録された際には「当山清吉」に変わっている。なお本文の異同に着目して、村上陽子「喪失、空白、記憶――目取真俊「風音」をめぐって」（『琉球アジア社会文化研究』第一〇号、二〇〇七年一一月、五一頁）の中で、単行本形「風音」は「意味を成さない死者の声＝音が体験者を領有している」という指摘がなされている。さらに高口智史「目取真俊・沖縄戦から照射される〈現在〉――「風音」から「水滴」へ」（『社会文学』第三一号、二〇一〇年二月、六一頁）では、「水滴」と「風音」との共通項として〈儀礼としての追悼〉があげられ、それが「生き残った者たち相互の負い目が生み出した、過去と断絶した〈現在〉を合理化、肯定するための、そして死者の口を封じるための、共同体維持装置だった」ことを批判している。これらの先行論文をふまえながら、物語化が図られる共同体の記憶には統合されてしまわない、言葉にすることさえ難しいトラウマ記憶――初出形ではより明確であったモチーフ――が重要な役割を果たしていたことを明らかにしたい。

沖縄戦から四〇年が経過した、六月の近づくある日、当山アキラは友人の少年たちを連れて、入神川の河口に面した崖にある古い風葬場の跡に出かけた。「所々に艦砲の跡が残る黄褐色の岩肌を剝き出しにした崖」の一角の中腹にある窪みには、「泣き御頭《うんかみ》」と呼ばれる頭蓋骨が置かれていた。「左のこめかみのあたりに小指が入るくらいの穴」が開いている。海からの風が眼窩を吹き抜けるたびに、空洞に反響して風音を発する。

戦前までは「崖に沿って頑丈な石段」が造られていて、風葬場に上ることができた。その崖は「四、五十メートルの高さはあるだろうか」（単行本形では「三十メートル」）。しかし「艦砲がその石段を破壊し、上陸した米軍が基地建設の資材としてその大量の石を運び去った」。沖縄戦に巻き込まれた住民は、自分たちの身を護ることが精一杯であったという。「口にする者こそなかったが、石段とともに何かが崩れ去ってしまったことを誰もがぼんやりと感じていたのだ。ふたたび造りだすことは不可能な何かが」――この表現は単行本形では削除されている。風葬場の頭蓋骨は、風が吹くと物悲しい音を発することから「泣き御頭」と呼ばれるようになった。戦禍によって多くの人命が喪われただけでなく、共同体にとって大切な信仰の場も損なわれてしまったことへの悲しみが伝えられているかのようである。

友人に唆されたアキラは、テラピアの入ったマヨネーズの大ビンを、頭蓋骨の横に置きにゆく。遺体は「数十年の間、風雨にさらされ、汚れを落とした一体の美しい白骨」と化していた。遺体はうつぶせに横たえられ、頭蓋骨は本来あるべきはずの位置にはなく、窪みの入り口の縁石の上に置かれていた。アキラには、それがまるで「何者かの手で動かされた」ように感じられたのである。アキラは、テラピアのビンを「泣き御頭」のそばに置こうとして崖を登る。しかし蟹が近寄ってくるのに驚いて、ビンを白骨のそばの砂の上に斜めに落とし、彼自身も転落してしまう。このような墜落の光景は、作品の中でいくども反復される。四〇年前の沖縄戦当時、アキラの父親・清吉もまた同じ場所で転落していたのである。

「深い眼窩が遠く海を見つめていた」という遺体がそこに運び込まれたいきさつは、清吉が知っていた。米軍が沖縄に上陸して一カ月以上が経ったある日、山中の洞窟《がま》に避難していた清吉は、食糧を手に入れるために、父親の喜昭とともにマングローブの泥の中を歩いていた。そのとき偶然、満ち潮によって漂着した若い兵士の死体を発見した。昨日の攻撃で、敵艦に突入できずに海上に不時着したのだと思われた。風葬場まで運び、泥にまみれた特攻服を脱がしてみると、「まだ二十歳前にしか見えない若者の体は、傷らしい傷もなく、腐敗も進行していないようだった」。清吉にとって、それまで目にした死体が「ほとんど腐乱して膨らみ、皮の破れたところから悪臭を放つ汁を流して蛆がたかっていた」のに比べ「美しい死に顔」だった。「こういう死に顔もあるのかと奇異な感を抱かせるほど穏やかな表情」をしていた。「痩せてはいるが柔らかな線を失っていない肉体の中央に茂った陰毛が生々しく、清吉の目をとらえる」という描写からは、ホモセクシュアルな欲望が感じられる。このような欲望そのものを描き出すことが作品の主たる狙いであれば、それには一定の評価を与えることができるかもしれない。だが特攻隊員の漂着した死体という設定を考えると、このテクストが図らずもさまざまな読み方を許しているといえる。

たとえば、次のような社会的コンテクストにおいてみると、この作品から違った意味が生じるだろう。二〇〇〇年四月、新しい沖縄県平和祈念資料館が開館された。企画段階では、壕の中に避難していた住民に日本兵が銃剣を向ける姿が展示されていた。だが稲嶺惠一沖縄県知事が「反国家的な展示はいかがなものか」との異論を示すと、事務当局が知事の意向を汲んでそれを撤去しようとした。監修委員会への相談や事前通告もなく、無断で展示を変更しようとしたことに、委員の大城将保・石原昌家たちが猛烈に抗議した。結局は元の企画通り展示されることになったのだが、展示を批判し「なぜ特攻隊を展示しないのか」と難癖をつける投書があったという。それに対して大城・石原両氏は次のように反論している。

もちろん資料館では特攻機の出撃を説明した展示もちゃんとあるが、投書者が言いたかったことは「日本兵の悪い面だけでなく特攻隊のような尊い姿も展示すべきだ」というのが真意だったのだろう。しかしそのような発想はかつて「ひめゆり神話」で沖縄戦を殉国美談に描こうとした政府筋の発想とウリ二つである。数千の特攻機の墓場となった沖縄の戦場には数十万の目撃者が彼らの無惨な末路を見届けているのであり、誰があのような残酷な特攻を命令したかと考えれば、特攻隊といえども決して美化して描くことはできないのである。(5)

「美しい白骨」と「美しい死に顔」——この作品における遺体は、図らずも多様な読み方を許してはいないだろうか。国民学校に通っていたころ、「戦闘機に乗ることは誰もの憧れ」だった清吉には、「若者の死体に傷ひとつなかったのが天才的な戦闘機乗りであったからだと思えた」とある。高口智史氏は、単行本収録時に加筆された作品の結末部分に着目し、特攻隊員の死を美しいものとしてとらえるのとは逆の読み方を示している。「泣き御頭」が破砕した後も消えることがなかった風音は「戦後の時空を彷徨う特攻隊員の怨嗟の声」とし、死者に対して罪の意識を持つ生者が構成する村落共同体、および「儀礼としての追悼」に呪縛されてきた戦後日本を糾弾するものであると意味づける。(6) この読みに対しては、村上氏が「風音に「怨嗟の声」という意味が充填される時、死者の言葉の埋めきれない空白が切り捨てられ」てしまうとし、「死者の声が断定的な意味づけを拒み、音として響いているという点に立ち止まって考察を進めていくことが重要となる」と指摘している。(7) 美談か糾弾か、あるいは空白のまま判断停止しておくべきか、死者の声の領有をめぐる闘争がここに現出している。だがそれは、沖縄の集団自決をめぐる歴史記述と同質の問題であるともいえ、表象のポリティクスを争点とするケースになっている。

一九四五年四月六日から六月二二日までのあいだ、沖縄におよそ一九〇〇機の特攻機が投入され、学徒動員された予備将校や少年航空兵が出撃した。陸軍機には一七歳、海軍機には一六歳の若者も搭乗していた。練習機を改造した粗悪な機体と訓練不足、米軍の周到な迎撃態勢などの条件から、実際に命中したのは一割あまりしかなかった。無数の特攻隊員の遺骸が沖縄県北部の海岸に漂着し、今帰仁村の運天港から四〇キロ北にある伊平屋島には、不時着して運よく救出され住民にかくまわれていた特攻隊員も数名いた。(8) 乙羽岳に避難していた今帰仁村仲宗根の住民は、特攻機が連日飛来していたが、米軍艦から一斉に高射砲が発射され、空中で爆発し黒煙を残して墜落していたことを覚えている。(9)

一般に沖縄では、「自殺や溺死者、ハンセン病、ハブにかまれて死んだ人」は「ヤナジニ（悪死）」といって忌み嫌われる。(10) 非常死をとげた人の霊は祀られざる霊なので、それが浮遊霊になって祟っている。指さしただけでも祟られるし、風葬がおこなわれる崖には絶対に近づかない。だが作中、清吉の父の喜昭はひたむきな態度で遺体に向きあう。その遺体が若者であったからなのか、特攻隊員であったからなのか、非常死をとげた者であったからなのか、喜昭のそばにいた清吉にはまるで見当がつかない。月明かりの下、米軍の機銃掃射を浴びせられる危険をかえりみず、夜明けまでに壕に戻れるのかもわからないのに遺体を運び、崖を「心もとない足どりで必死に登っていく父の姿に胸を打たれ」さえしたのである。喜昭は「懐から取り出した手拭でていねいに遺体をぬぐい、全身を清らかな砂でまぶしはじめる」。すると「異様なまでに白く若々しい肉体」は「朝の冷気にさらされて燐光を放っている」ようにみえた。「耳殻の細かい襞や瞼の裏側まで念入りに泥をぬぐいとる」と、頭をそっと砂の上に置いた。そのとき「左のこめかみに銃弾の貫通した跡」のあることに清吉は気づいた。

「お父」

小さく声をかけた清吉は、父の苦悶の表情を見て驚いた。両手を合わせ、跪いて小声で祈っている父は涙を流していた。砂の上に仰向けに横たわった若者は大和人《やまとんちゅー》に間違いなかった。父がなぜ泣いているのか分からないまま、戸惑った清吉は目をそらし若者を見た。

いかなる遺体にも畏敬の念をもって処しなければならない。それは人類普遍のモラルである。だが息子の清吉にも理解できないほど、喜昭の面持ちは悲痛に満ちていた。その理解のできなさは、痛哭する死の絶対性を示しているのではないか。この絶対性は、一人の若者の死に対して——彼の死にまつわる歴史を停止させて——死そのものの厳粛さをもって受けとめることを要請する。それは、物悲しい風音を耳にすれば「誰の胸にも犯すことのできない畏れが生じる」とされていることに通底する。「風音」のテクストは、特攻隊員の死を、安易に殉国美談に祀りあげることを拒絶しているのである。

3　共同体への違和感

さてここで、沖縄戦をめぐる現代の言説に目を向けてみよう。評論家の加藤典洋は『この時代の生き方』（講談社、一九九五年）の中で、次のようなエピソードを紹介している。沖縄へ校外実習に行った本土の女子学生が、ひめゆり平和祈念資料館を見学して、「私はもう嫌だった。戦争の惨事は確かにこれでもか、これでもかの砲撃だったのだ。それくらい分かっている。この資料館の悪意が嫌なのだ。悪意と呼ぶには余りにも失礼なら死者とその生き残りの者、その同窓生たちの怨念が嫌だったのだ」という感想を報告書に記した。案内役を務めた沖縄の学生たちが、これを読んで憤慨し反論集を編んだ。自分の教え子もその中に含まれていたという加藤は、顰蹙《ひんしゅく》を買った女子学生を擁護し、いかに「認識不足」「不勉強の結果」と批判されようとも、「自分の最初の反応、唯一の考える足場を、自分で守ってやれ」と励ましたという。(11)

祈念館はそもそも、自分もそこにいたかもしれないという実感を抱かせ、追体験を可能にするための展示をおこなっている。そして何よりも、死者の追悼を目的とする場である。学習のために追悼施設を訪れるのであって、テーマパークに遊びにきたわけではない。女子学生は「それくらい分かっている」と報告書に記していたが、何がどのようにそれくらいなのか、本当に分かった人間ならこのようには書かないはずである。初発の感想を自己の内面でとらえ直し、他者に対する理解を深めるプロセスを経験することが目的であって、初発の感想にとどまってしまって「それくらい分かっている」というのは開き直りにすぎない。

他方、川村湊氏によれば、女子学生の発言が沖縄の人びとの神経を逆なですることになったのは、「何よりも沖縄戦の「悲惨」さを「もう嫌だった」と拒絶する」ことによって、「沖縄が「本土」に対して持つ自分たちのアイデンティティーを主張する権利を否定することになる」からであった。「沖縄植民地論であれ、琉球独立論であれ、沖縄戦の悲劇や悲惨さを前提とし、それを「本土」に対する自分たちの自己同一性、言葉を換えれば「自己完結」性の根拠としているように思われる」という。(12)そして、もし「観光地的な沖縄」「基地問題の沖縄」といったステレオタイプの沖縄イメージを否定しようとするのなら、「沖縄の「本土」に対するアイデンティティーの主張である「沖縄戦」の沖縄、悲劇の「ひめゆり」の島としての沖縄をまず否定してゆかなければならないことは明らかだろう」とする。

戦争の記憶を抹殺したいわけではない。沖縄戦の記録の価値を否定したいわけでもない。だが、終局的には「恐怖」の強制と、死者や生き残った人たちの「怨念」に対する全面的な承伏しか許さない戦争と戦場の「体験」や「記憶」の特権性に対して、「沖縄文学」のなかから自己批判が湧き上がってきたといえるのである。(13)

この引用の中で、川村氏は「「体験」や「記憶」の特権性」という言葉を使いながら、「「沖縄文学」のなかから自己批判」が起こることを期待しているのだが、「風音」では、「「恐怖」の強制」「「怨念」に対する全面的な承伏」とは異なる視点を採ろうとして、「美しい白骨」と「穏やかな表情」の描写がおこなわれたという読みの仮説を立てることができるのだろうか。

たしかに目取真は沖縄の地域社会への批判意識を持っている。彼によれば、「沖縄的な土壌」は「小説を書く上ではマイナス面も大きいと思います。書き手がダメになっていく要素がたくさんある」。「共同体としての力がまだ強いんですが、それは同時に、個の自立を抑圧する力が強いということでもあるんです。共同体が、個人の過激な部分の角をとって丸め込んで、なし崩しにしてしまう」という。(14) 共同体への同調圧力に抵抗し、個人の自己意識を高めることが必要とされるのである。なぜなら作品創作の現場にとどまらず、戦争体験の証言に際しても、地域社会からの圧力が加えられるからである。

目取真が沖縄の共同体への違和感を唱える背景のひとつには、沖縄にも戦争に協力する人びとがいたことがあげられる。沖縄島北部では、日本軍が壊滅した後も、ゲリラ戦をおこなう遊撃隊——国頭支隊（宇土武彦大佐）——が山岳地帯に潜伏して残っていた。運天港の海軍特殊潜航艇基地——海上特攻用の艦艇が密かに配備されていた——の隊員たちも、基地が壊滅した後、陸に上って遊撃隊に加わった。だが米軍に次第に追い詰められた彼らは、住民を脅迫して食糧を徴発する一方、協力者や密告者を組織化して住民の生活を監視し、自分たちの要求に応じない住民にはスパイの汚名を着せて拷問し虐殺する事件が相次いだ。今帰仁村では、日本軍が撤退し米軍占領下の戦後生活がはじまってから、警護団長や英語通訳が敗残兵によって惨殺されるという事件が三件発生し、あわせて五名が死亡した。(15) 秘密基地の存在が米軍に知られていたのはなぜか、住民の中に軍事機密を漏らした人間がいるのではないかという疑いがかけられたのである。目取真によれば、「住民の中に日本軍に組織化された密告者がいたことは、私も肉親から聞いている。私の叔母は「日本軍のスパイ」と言っていた」という。米軍と昼間接触していた住民をこっそり日本軍に知らせる協力者が、住民の中に組織されていたのである。

今帰仁村で日本軍に虐殺された住民のひとりは、私の中学の同級生の祖父である。別のひとりは小学校の先生の兄である。私の父や祖父も日本軍に命を狙われた体験を持ち、日本軍の住民虐殺は私にとって身近な過去の出来事だった。(16)

「風音」では、戦争体験の証言に関して、石川徳一区長が一四歳のときに鉄血勤皇隊員となって従軍した体験を語る場面がある。

一四歳以上の少年が防衛召集によって動員された鉄血勤皇隊は、弾薬運びから爆雷を抱えての斬り込み攻撃まで、軍人と同じようにあらゆる任務に就かされていた。彼らはひとつの村で年に数名しか進学できないエリートたちで、皇民化教育を徹底的に叩き込まれ、戦闘に参加することが臣民としての義務だと考える生徒もいた。実際に、動員された一七八〇名のうち八九〇名が戦死している。

「得意気に喋りはじめた」徳一の語りには、自分に都合が良いように嘘とデフォルメが加えられている。年齢の割に身体が小さく召集を免れた清吉であっても、一緒に山中を逃げ惑った「父や母に対してさえ、あの強烈な事実だけがるいるいと重ねられた日々を過ごしてからは、いくら言葉を費やしても本当のことは伝わらないと感じられた」のである。戦争の体験を真摯に語ろうとするならば、死者を悼む気持ちと同時に、自分が生き残ったことの負い目を感じずにはいられないだろう。住民がこれまで「泣き御頭」のことを村の外に積極的に知らせようとしなかったのは、「戦死者のことをむやみに口にすることに、負い目のような感情を生き残った者らが感じていたから」だとされている。

先に紹介したように、目取真の父親も徳一と同じく鉄血勤皇隊に一四歳で動員された。銃を手に米軍と戦った体験は「およそ殉国美談とはかけ離れたもの」であったという。[17] 目取真は沖縄戦の特徴について、「住民を巻き込んだ地上戦の中で、友軍と呼んで信頼を寄せていた味方の軍隊から、虐殺や暴行、食糧強奪、壕追い出しなどの仕打ちを受けるという体験は、ヤマトゥではなかった」ことを強調している。[18]

「風音」では、沖縄戦のドキュメンタリー取材のためにテレビ局の藤井安雄が本土からやってくる。藤井も特攻隊の生き残りであり、「泣き御頭」の噂を徳一から聞いた藤井は、彼と同じ日に出撃するはずであった特攻隊員の加納の遺骨ではないかと感じている。「泣き御頭」の取材を認めるかどうかで清吉は徳一と争論になるのだが、そのとき「突然、左のこめかみから右耳の後ろに激しい痛みとともに甲高い音が突き抜けた」。清吉は「親指と薬指で側頭部を押さえ、うずくまって痛みに耐えた」とある。これは特攻隊員が拳銃で自決した瞬間を自分の身体において再現し、そのときの痛みを共苦《コンパッション》しているのであって、この「甲高い音」は射撃音であるといえよう。ここでは、非合理的な現象を通して、自分の身に起きたこととして特攻隊員の死を引き受けているのを読みとることが求められるのである。

4 《声なき声》そして《音》

右の場面のほかに、登場人物が入れ替わる場面がいくつかある。「泣き御頭」の置かれた風葬場の崖で、清吉と藤井は偶然顔をあわせる。二人とも密かに頭蓋骨を確かめにきたのであるが、ヤマトゥグチを話して取材を申し入れる藤井に対して、清吉はウチナーグチで拒絶する。崖下から二人が走って帰る途中、石灰岩の石塊の径で清吉はゴム草履を失くし、足の裏に裂傷を負う。吊り橋の上で勢いあまって歩調を乱し、大きく前にのめる清吉の姿を藤井は目の当たりにする。

「危ない」

藤井は飛びついて作業着の襟首をつかみ、橋板から上半身をはみ出してもがいている清吉を助け起こした。振り向いた清吉の目に、特攻隊の若者の顔が青白くぼんやりと映る。清吉は相手を突き殺しそうな恐怖とともに、内臓の感触が指先に感じられるまで強く抱きしめたいという喘ぐような衝動に襲われた。肩をつかんでいる細い指を強く握りしめ胸に引き寄せた。だが、すぐにやせた体を突きとばすと、清吉は集落の方に走りつづけた。

藤井は、吊り橋から落下しかけた清吉の襟首をつかんで助けようとする。このとき清吉の目には、藤井の顔が特攻隊員の若者のように見えた。村上陽子氏は、「ジェンダー的・植民地主義的な構造によって分断されている他者に対して、清吉が憎しみと同時に届かぬ愛をも感じているということからは、憎しみの対象としてあらわれる他者をすでに愛してしまっているという構造を読み取ることができるのではないか」と指摘している。(19) この場面でもホモセクシュアルな欲望が噴出していることがわかるのだが、初出形「風音」を読めば、清吉が欲望を抱いていた相手は藤井ではなく特攻隊の若者であったことが明確になる。

父と風葬場から戻ってから、清裕（清吉）は「今朝からずっと押さえようとして押さえきれない思いがこみ上げてきた。死んだ特攻隊員の美しい体が鮮やかに目に浮かんだ」（第一八回）、「若者の死体が傷ひとつなく美しかったのも天才的な戦闘機乗りであったからだと思われた。汚れのない砂に横たえられたあの若者の神々しい体をもう一度目にしたかった」（第一九回）とある。

清吉が喜昭とともに死体を風葬場に運んだとき、「縁石の間にはさまっていた黒い突起物」を発見する。「父の眼を気にしながらほんの一瞬目にしたにすぎなかったが」、清吉はそれが「高級万年筆」であることを疑わなかった。この時点では、若者の死体を見ることも万年筆を拾うことも、同じように欲望の対象とされ、特攻隊員の死を美化するというよりも、彼の壮健な肉体の美しさに惹かれるところに重要なモチーフが置かれていたと思われる。

加納によって藤井が投げ落とされるという場面がある。藤井と加納は、一九四五年五月一七日に出撃する予定を知らされた。出撃前日の深夜、二人は兵舎の裏にある崖を登った。崖の縁に腰をかけた加納が「つまらなくはないか」と口にした。自分の死にあらゆる意味づけをおこなおうとして、結局はその空虚さに気づくしかなかった藤井にとって、その言葉はもっとも恐れていた問いであった。そしてふと、いままで誰よりもニヒリストを気どっていた加納が、実はひどい恐怖感に耐えかねているのではないかという気がした。加納はタバコを吸うために火を貸してくれと藤井に言う。

藤井はポケットをまさぐりマッチを捜した。一本擦って差し出したが、それはすぐに風にかき消された。加納は煙草をくわえて顔を近づけた。火の中に浮かんだ顔は驚くほど幼かった。藤井は痛々しい思いに駆られておもわず目をそらした。火照った耳にやわらかな息がかかり、かすれた低い声が何かをささやいた。

「えっ、何？」

振り向いた唇にやわらかいものが触れた。と思った瞬間、襟首をわしづかみにされた藤井は、闇の底へ放り出された。


空白に意味を充塡させることの暴力を戒めながらも、「振り向いた唇」に触れた「やわらかいもの」とは、加納の唇であったといえるかもしれない。ホモセクシュアルの濃厚な欲望が伝わってくる場面である。ここでは加納に襟首をわしづかみにされて藤井が投げ落とされる姿が描かれているが、先の吊り橋の場面では、清吉の襟をつかむのは藤井であった。「闇の底」へ放り出された藤井は、「手足をはじめ数カ所骨折した他に脊髄を痛めていて絶対安静」の重傷を負う。転落したのは事故であったと加納が供述してくれはしたが、特攻を忌避するためにみずから投身したのではないかと憲兵から疑われることになった。

藤井が戦後、特攻隊員にかかわるドキュメンタリー製作の仕事をするようになったのは、「語られることのなかった彼らの胸の内」を伝えるためであった。「加納は何かを訴えたかったのだ。そのためにこそおれを生かそうとしたのではなかったか」と思うのだが、どうしてもその最後の言葉を思い出すことができない。たとえ思い浮かんでも「恣意的な匂い」のしないものはない。「加納によって生かされた者として、死んでいった者らの生と死の姿とその意味を明らかにしていくことが自分の責務」だと信じる一方、「同僚を裏切って生き延びることに賭けた自らを永遠に断罪していくために」映像を撮り続けてきた。だが、それらはすべて言い訳でしかなく、「おれはただ生き延び、自らを慰めるために加納の幻影を追っていたにすぎない」と思うようになる。

加納を悼む藤井の気持ちに曖昧さが残っていることは、加納の両親や兄妹が健在であることを二〇年以上も前に知り、母親の姿を遠くから確かめることさえしていたにもかかわらず、取材には決して行かなかったことからも明らかである。ただひとり生き延びてしまった自分には、死んだ戦友への疚《やま》しさ――タンカで後送される自分に投じられた「寝不足と激しい憎悪で赤く膨れあがった仲間の目」――が存するのであった。結果的に藤井の命を救った加納との最後の光景は、自己に都合の良いように無意識の下で変形されつづけているのである。

この曖昧さは実は清吉も同じで、彼は特攻隊員の死を悼むこと以上に、万年筆を盗んだことが発覚することを恐れつづけている。風葬場で万年筆を手に入れて洞穴をのぞき込んだとき、遺体は蟹の群れによって「目も鼻も見分けることのできない黒い残骸」と化していた。清吉は「深い闇をつくっている口腔が誰かを呼ぶように動いている」のを目撃し、ふと「若者の喉から漏れたかすれた音を聞いた」。「死者が最後に身につけていたものを盗み取ったという意識」は、年を経るに連れて「単なる恥辱感」から「死者を汚したことへの恐れ」へと変わっていった。戦後、戦没者の遺骨収拾がはじまると、自分の盗みが露見しないように清吉は「泣き御頭にだけは誰も手を出さないよう、恐怖を煽りたてる噂」を流した。清吉の個人的な「恥辱感と恐れ」が原因となって「泣き御頭」の伝説が形成されていったのであった。

共同体の集合的記憶は、個人の「恣意的な匂い」の影響を受けて再構成される。それが記録されて歴史となる。客観的かつ公正なものでは決してない。石原昌家氏によれば、地域社会における戦争指導者層が、戦後になっても戦争責任を問われることなく指導者層を形成していたために、沖縄の地域社会では戦争体験を客観的かつ公正に語ることが妨げられてきたとする。

戦後、県民は戦争体験を個人レヴェルにおしとどめ、沖縄戦の本質を見極めるべく地域の戦争指導者層の戦争責任の追及を欠落させてきたのである。そのことが今なお沖縄戦の実相が明確には把握されることなく謎に包まれている部分をかなり残している原因でもある。戦前の翼賛体制下の村落共同体がその共同体的規制を通して各成員に天皇制イデオロギー注入の補完的役割を果たし、国家意識として侵略戦争の国策を受容させていったのであるが、そのメカニズムの推進役を担った地域の戦争指導者層が、戦後、なんら戦争責任を問われることなく依然としてムラ（村落共同体）の指導者層の地位につくことをその成員は容認してきた。[20]

歴史は歪曲される。それは個人の「恣意的な匂い」が原因である場合もあれば、地域社会の権力関係が原因である場合もある。貧農の清吉は、狭い村の中で破壊され尽くした生活を復興してゆくためには、村で有数の富農であった徳一の家のツテを頼らざるを得なかった。初出形「風音」では、「屈辱に耐えながら虚偽の言葉の繭で自分を覆い、物資をまわしてもらった」（第一〇回）とある。地域社会に張りめぐらされた権力関係は、証言を封じ記録を歪めてしまう。改竄の痕跡さえとどめずに歴史は記述されるのである。

「風音」の結末に近い場面で、「泣き御頭」が泣かなくなったという噂を聞いた藤井が、それを確かめるために入神川の河口へ向かう。河口への径を歩いていると、藤井の耳元でふいに「やりきれなくはないか」という加納の声がした。それは出撃の前夜「つまらなくはないか」と口にした加納の言葉の回帰であった。記憶はそれを語る人間の内側から再生し、表現を変えて反復される。死者の声は外から聞こえてくるわけではない。死者とかかわりのあった生者の内から響いてくるのである。アキラが大ビンを置いて「泣き御頭」が泣かなくなったといわれた後も、藤井と清吉の耳には風音が聞こえている。初出形「風音」では、藤井が吊り橋から落ちる場面の直後、「風音はいっそう鮮やかに清裕の頭蓋の奥深く入っていくのだった」（第二二回）とある。

だが、藤井は自分が最後に耳にした、加納が「かすれた低い声」でささやいた「何か」の内容がわからないまま苦しんでいる。自分ひとりが生き残ってしまったという負い目のために、みずから出撃を忌避したと見られかねない、あの夜のできごとの記憶を抑圧しているのである。あのときの光景をどのように再現しようと試みても、どうしても納得がゆかないのは結局、彼が戦友の死に向き合おうとしていないからである。加納に襟をつかまれて崖から落とされたとすれば、自分だけが生き残ったという罪の意識を転嫁できるのである。他方、清吉もまた、万年筆を手に入れたときに聞いた「若者の喉から漏れたかすれた音」の正体がわからない。死者が後生《ぐそう》に旅立つ聖域を汚したことへの畏れを抱いているために、盗みを働いたときの光景を冷静に想起できず、若者はそのとき生きていたかもしれないという幻想を抱いて苦しむ。なぜなら、本当に若者が生きていれば死者を冒瀆したことにはならないからである。

どちらのケースも、罪の意識から逃れたいという潜在的願望を充足するために、記憶に《検閲 Zensur》が加えられているのである。死者の声――《声なき声》そして《音》――は、生者の心理的圧力によって封じ込められている。消されてしまいそうな声の痕跡をたどって、葛藤を繰り広げる様相を描き出そうとするところに文学固有の領域がある。

5　垂直方向に屹立する倫理的志向

「泣き御頭」が泣かなくなったという噂を聞いたアキラは、「神聖な場所を汚した者に加えられるという様々な罰の言い伝えが脳裡をよぎった」。藤井が河口に向かって歩いていたとき、万年筆を返すために清吉も、風音が聞こえなくなった原因のビンを取るためにアキラも、風葬場の崖をめざしていた。歩きながらアキラは「はるか以前にもこのヤドカリを見た記憶があった」と感じるが、四〇年前に同じ場所で「子供の頭蓋骨ほどもある大きな白い巻貝を背負ったヤドカリ」を目撃したのは、万年筆を手に入れようと走っていた清吉であった。清吉、アキラ、藤井の三人の耳に聞こえる風音は、胸奥にあるわだかまりから発せられるものであった。

藤井は、アキラによって風葬場の崖から投げ捨てられた頭蓋骨を受けとめようと地上を走っていた。

「加納」

藤井は落下する頭蓋骨を受けとめようと走った。ものがなしい音が藤井の胸を貫く。揺らめく明かりの中で加納が最後につぶやいた声はこの音であったような気がした。腕を伸ばしてダイビングした指先をかすめて、泣き御頭は藤井の目の前で白く砕け散った。

両膝をついて頭蓋骨の破片を見つめた。

「藤井」

頭上から喘ぐような声で誰かが呼んだ。

榕樹の枝から垂れた昼顔のつるにしがみついている男の顔が、月明かりに浮かぶ。その傍らに胸の前に手を組んで深い祈りの姿勢をとっている少年の姿があった。


この場面には、出撃前夜、藤井が崖から落ちた光景が反復されている。あのときは落下する藤井の姿を崖上から加納が見ていたのだが、ここでは加納と思われる頭蓋骨が落下し、崖上から清吉が見ている。落下する頭蓋骨は、作品の冒頭近く、大ビンを置いた直後に数匹の蟹に驚いて落下したアキラの姿に重なる。村上氏によれば、「ずれを伴って反復される出来事において、清吉と藤井は互いの記憶の中に存在する死者の位置を担っていく」とされ、「出来事の記憶が別の者によって生きられていく可能性を示しているように思える」という[21]。

死者の声は生者が代わって発し、死者の記憶は生者が代わって証言する。しかし〈死〉そのものは〈生〉の外部にあるため、誰も直接それを語ることができない。その一方、〈生〉は〈死〉によって限局されるため、〈死〉との関係を通じてのみ〈生〉の同一性を確かめられる。清吉は「若者の喉から漏れたかすれた音」、藤井は加納の「かすれた低い声」にとらわれながら、戦後四〇年の歳月を生き延びてきた。死者とともに生きる人間の現在に〈死〉が痕跡として憑依し、死者によって生者は生かされることになるのである。

しかし、生者の同一性を引き裂いてしまう死者の声がある。それは清吉や藤井のように死者との体験がトラウマになっている場合で、生者は心理的な防衛メカニズムを作動させ、死者の記憶を、自己保存のために合理化させたものに変形するか、あるいは回帰しないように封印してしまう。

さらに、この場面で着目すべきは「胸の前に手を組んで深い祈りの姿勢をとっている少年の姿」である。特攻隊員の若者の遺体に向かって悲痛に満ちていた喜昭の面持ちを想起させる。あのときも清吉には、父がなぜ泣いているのかわからず、喜昭が「苦悶の表情」を見せていたというのも、清吉の憶測であったかもしれない。この場面もまた、アキラは傷ついた指を抱えて呻いていただけで、藤井の誤解であったにすぎないのだが、「深い祈り」という言葉は、このテクストにおいて死者への悼みを喚起させる――喜昭からアキラへと、清吉と藤井の世代をまたいで継承している――垂直方向に屹立する倫理的志向となっているのである。

沖縄では、近世から戦後まで風葬による洗骨改葬がおこなわれていた。海岸の岩穴や洞穴、山中の崖の窪地で風葬された遺体は、死後三～七年目の七夕の日に洗骨され、厨子甕《ずしがめ》に改葬される。そして三十三回忌（終わり焼香）が済めば死霊は神になると信じられていた。作品は戦後四〇年に当たる年に設定されている。「泣き御頭」は慰霊されたといえるのだろうか。そもそも遺体は、あおむけに埋葬されていたが、いつのまにかうつぶせになっていた。頭蓋骨もいつのまにか位置が変わっていた。風葬は、人間には測り知れない自然の力を借りて遺体を葬る方法である。人間の力を超えた「何者かの手」「何か見えない力」の存在が、至るところに仄《ほの》めかされている。「風音」を読む場合、なぜ遺体が動かされていたのかを問うよりも、トラウマを抱く生者にその疑念が強く生じていることを読みとるべきである。

「泣き御頭」が落下した後、マヨネーズのビンから音がし、飛沫が散る。蟹によって「肉を食いちぎられ、背ビレの付け根の骨まで剝き出し」になりながらも、テラピアが生きていたことがわかる。「生きてる」とアキラが声を発する。この言葉はひとつの象徴形成、すなわち蟹に食われながらも若者が生きていたことを信じたかった清吉と、自分の生命を救ってくれた加納が実在の人物であったことを確かめたかった藤井との願望が投影されている。彼らはアキラの声を聴くことで、自己再生の契機をつかむのである。

藤井と清吉はふたたび別の人生を歩きはじめる。藤井は、加納の実家を訪れて「自分に向けられた戦友たちの憎しみに、今こそ裸で向かいあわねばならない」と自分に言い聞かせた。もはや逃避をおこなわず、「戦友たちの憎しみ」と対峙しようとする決意を持つに至るのである。清吉は「泣き御頭」の破片と万年筆を沖に放ち、「恥辱感と恐れ」から解放されたかのようにみえた。このような二人の別れは、頭蓋骨が落下して破砕された後、藤井がもと来た径を戻る途中、吊り橋から落下する場面に象徴されている。

吊り橋まで来たとき、泥にまみれた上着を脱ぎ捨てようとしてバランスを崩した。誰もつかまえてくれる者はいなかった。藤井はそのまま数メートル下の川に転落した。

その一方、川に転落した藤井の姿を、清吉が目撃していた。

清吉はアキラを促し、集落の方に歩いた。吊り橋を渡る時、川の中に胸まで浸かり目を閉じて立っている藤井を見た。溺れるほどの深さではなかった。溺れようと知ったことでもなかった。

二人は別れて、それぞれの道を歩みはじめた。しかし、自分に課せられた使命を再認識しても藤井は「深い徒労感」から逃れられず、清吉の「胸の奥の穴」では「風音は消えることがなかった」。わだかまりを払拭できたわけではないが、死者の記憶をお互いの身体を借りて映し出す、相互依存的な主体化の段階を脱したといえるのではないか。だが、まだそれは途上にすぎない。

その後アキラは「泣き御頭」を破砕してしまったことに苛まれるのだろうか。そしてアキラの口から新しい歴史が語られるのだろうか。初出形「風音」では、「恐ろしいことですよ。誰かが壊したんです、恐ろしいことですよ」（第三七回）と住民が怯える。そして「まるで戦争が終わって山の奥から初めて姿を現した時のように、ある者は呆然とし、ある者は泣き、笑い、怒りに興奮しながら、老人から幼い子供たちまで列をつくって村人達が入神川の河口へ足早に歩いている」（第三八回）過去の光景が再現され、歴史が回帰したような錯覚におちいるのである。

村上氏は「アキラは清吉とは別のかたちで、泣き御頭の記憶にとらわれ、その記憶の中に自分とは異なる痛みを抱えていた二人を内包していく」と指摘する。(22) 崖を登る父子の関係は、戦時中の喜昭と清吉から、戦後四〇年経った清吉とアキラへと交替した。風葬場周辺の描写も「青灰色の薄い幕の向こうにアメリカの艦船がぼんやりみえる河口の開けた場所」から、「凪いでいた河口の水面にさざ波が走る。川上に登る小魚の群れを風が追い越し、波が静かに輝く」へと変貌している。沖縄から本土に帰った藤井とは異なる意味で、ウチナーンチュには過去のできごとに関する葛藤が存続しているのである。

6 死を痛哭する文学

ところで、特攻隊員時代の藤井が加納に興味を持ちはじめたのは、加納には「少年の面影の残る白皙《はくせき》の顔には不似合いな冷酷さを秘めた影」があると感じたからであった。しかし、加納が「ニヒリスト」であるかのように感じられたのは、加納のことをよく知らない藤井の推測にすぎない。「実はひどい恐怖感に耐えかねているのではないか」とも見えるし、「痛々しい思いに駆られて思わず目をそらした」ほど、「驚くほど幼かった」ようにも感じられる。

軍の厳しい規律の中で殴られる若者のイメージは、インテリ学生の加納とは随分異なるものの、ウチナーンチュのそれでもある。ウチナーグチ（琉球方言）のわかる者が少なく、徴兵検査には通訳が必要なときさえあった。軍からみれば、彼らはわざとわからないふりをして徴集を免れようとしているように疑われた。両親が沖縄出身で、一九二七年大阪市大正区に生まれたという男性は、徴兵検査を受けた際、「沖縄からきた県人も検査を受けていたが、言葉がはっきりしなかったので名前を呼ばれても返事をしなかった。それでみんなの前で殴られていたのも、ナイチャーに腹がたった事柄の一つである」と回想する。(23)

日本軍の部外秘「沖縄県の歴史的関係及人情風俗」（沖縄連隊区司令部、一九二二年）には、「皇室中心主義、体格の進化、勤労主義、文化程度の向上は、本県民に対し第一に要望すべき件にして就中皇室及国体観念の徹底に就いては全力を用ふるにあらざれば将来英国の愛蘭に於ける悔いを遺す事なきを保し難きものあり」とある。「愛蘭」とはアイルランドのことである。かつてロンドン市内には〈NO IRISH NO

BLACKS NO DOGS〉（アイルランド人と黒人と犬はお断り）という紙が貼られていた。英国への忠誠心が希薄なことから、第一次世界大戦ではアイルランド人は英国軍への徴兵を免れることができた。目取真は、文学が「地方や辺境に向かう」のは「差別性や、異物としての存在を打ち出すことによって、緊張感を出しやすい場所」だからと主張している[24]。

「風音」では、乙羽山がウッパ山と呼ばれてきた理由が語られている。沖縄戦のときに幼児や足腰の立たない老人を背中にウッパ（背負う）して登ったからだとされる。清吉は「あれはちょうど今頃の季節だった。背中にひこばえを生やした村人たちの長い行列が、森の奥深く分け入っていったのが、昨日のことのように目に浮かぶ」と回想している。それは「伊豆味を追われるように逃げて乙羽岳をめざしていたのは、私達だけでなく山道で大勢の人達が合流して一つの流れになっていた」という今帰仁村の住民の記憶と重なる[25]。

歴史は戦争体験者の証言を記録する。証言にならなかった死者の声、それらの中には、記録が間に合わなかったものもあれば、地域社会における権力体制や個人における防衛本能の心理的メカニズムなど、さまざまな要因によって封印されてしまっているものもある。戦争をめぐる記憶は、表象のポリティクスの影響を避けられず、ヘゲモニー争奪の戦場になっている。死を痛哭する文学は、遺された痕跡を手がかりにして、無意識の領域で抑圧されている死者の声を探り当て、変形された記憶を再構成しようと試みるのである。

第2節　戦争の記憶をめぐる《共同体の語り》と《個人の語り》の葛藤

1　特攻隊員の遺体

宮里真厚『少国民のたたかい　乙羽岳燃ゆ』の扉裏には、「この本を、対馬丸で亡くなった級友と今帰仁の海浜にたおれた二人の特攻隊員の御霊に捧げる」という献辞が記されている。沖縄戦の直前、那覇に住んでいた宮里は、内地に疎開しようと父親が提案するものの対馬丸沈没の悲報があって断念、やむなく山原《やんばる》——国頭郡今帰仁村越地——へ疎開した。本部半島を占領した米軍が本島南部に移動し、村の生活も平和を取り戻しつつあったころ、同村渡喜仁の海岸近くに特攻隊員の死体が上がっているという噂が広まった。そこには大井川の広い河口部の「対岸の浜の大きな岩陰の珊瑚礁の上に戦死体が二つ」横たわっていた。

一体は頭部が焼け焦げて一部白骨化していた。海軍航空隊の浮き袋の付いた焦げ茶色の飛行服は傷んでおらず、胸の名札もはっきり「戸畑健次」と読み取れた。もう一つの方はバラバラの状態に近かったが、腹巻きの千人針と半長靴の「田代」と言う名前で日本の航空兵であることが分かった。(26)

傷みの激しい遺体、それに対して飛行服はそれほど傷んでいなかった。もう一体は散乱した状態で、遺品から名前が読み取れるだけであった。宮里によれば、おそらく伊江島に艦砲射撃を加えていた米軍の軍艦に体当たり攻撃をしようとして戦死した、あるいは乙羽岳の近くで目撃した特攻戦で戦死した海軍航空隊の兵士の遺体であった。かつて見かけたことのある航空兵はみな「とても恰好良く、風を切りながら突き進むその雄姿にしびれたものだった」[27]。だが「あの時、〈何時の日にか自分も……〉と思いながらうっとりと眺めたあの人達の仲間がこのような姿に変わり果てているとはとても信じられなかった」。同書が刊行されたのは戦後五〇年が経った一九九五年であった。「いまにして思えば遺品の一部でも持ち帰るとか、遺体を埋めるとかしてあげれば良かったと思うのだが、あの時は何もすることができなかった。ただ残念でならない」という[28]。

変わり果てた遺体への驚き、埋葬できなかったことの悔いがいまなお宮里の胸の奥に残っている。当時の記憶をありのままに描くことを通じて、戦争の悲劇を後世に伝えようとしている。ある意味で戦争の語り方のもっともオーソドックスな話型である。それに対して目取真俊の「風音」はどうであろうか。この作品にはあえて「美しい白骨」が描かれているのはなぜか。そしてこの作品を読むとき、戦死した者たちへの追悼と生き残った者の魂の再生という、わかりやすい図式が使えないのはなぜか。登場人物が抱く罪悪感には、さらに複雑な要素がからんでいるように思われる。

2 《共時性 synchronicity》

「風音」では、黒い軍服や軍靴と対比されながら、白骨の美しさが際立たされている。時間が経過していることもあるのだが、それは宮里が目撃した死体の傷み具合とは大きく異なる。

風葬墓は、自然の力を借りて遺体を風化させ、死後の世界——後生《ぐそう》であるニライカナイ——へ死者の魂を旅立たせる。ニライカナイで死者の魂は親族の守護神に生まれ変わり、祖霊神として現世にふたたび戻って豊穣をもたらす。死と再生をめぐる共同体の信仰がそこにあることを考えれば、「美しい白骨」は悲しむべき死以上に、魂の再生を暗示するイメージである。

アキラはテラピアの入ったビンを「泣き御頭」のそばに斜めに落としてしまう。その泣き声が聞こえなくなってしまったことをきっかけに、死者の記憶にとらわれてきた人間が新たな行動を起こす。「風音」は、聞こえない死者の声を聞きとろうとしながら、魂の再生が試みられる物語であるといえる。

《共時性 synchronicity》、これが「風音」における表現の特徴である。アキラの父・清吉は「突然、左のこめかみから右の耳の後ろあたりに激しい痛みとともに甲高い音が突き抜けた」。左のこめかみに銃弾の穴がある「泣き御頭」に、清吉が同一化して苦痛を共有しているのである。「美しい白骨」となった特攻隊員は、搭乗機が墜ちて自決に追い込まれたのだと推測される。《墜ちる》イメージはこの作品全篇を貫いている。

米軍が上陸して二カ月以上経ったころ、清吉の父親の喜昭は、偶然みつけた特攻隊員の死体を風葬場に運び上げた。軍服を脱がせると「まるで浜辺に打ち上げられたイカのように異様なまでに白い若々しい肉体」であった。父親とともに死体を目にした清吉はもう一度その「美しい体」を見てみたいという衝動に襲われるようになる。特攻という無謀な作戦のために、若者の尊い生命が犠牲になったという考えは、ここにはまったくみられない。むしろ彼が強くこだわっていたのは、「縁石の間にはさまっていた黒い突起物」――「高級万年筆」――を手に入れたいという願望であった。しかしそれは死者の遺品を盗むことにほかならず、彼の胸裡に「羞恥心」を招くのであった。

万年筆への欲望を駆り立てられた清吉は、夜明け近くなって、ひとりで風葬場まで戻ってくる。崖をよじ登るかどうかの決断がつかないまま、尿意をもよおして放尿する。性器が露出される光景は、万年筆が高級筆記具としてだけではなく、他の男性の性器であることを連想させるきっかけになっている。清吉には、高級文房具を使ってみたいという所有欲だけではなく、同性に対する性欲も同時に生じていたことが暗示される――そして死姦への誘惑である。

崖を登った清吉は「今にも、海の彼方から発射された銃弾がこめかみを撃ち抜きそうな気がした」。薄暗い穴の中をのぞき込むと、「何か黒いぼんやりした大きな塊」が視界に飛び込んでくる。さらに目を凝らせば、それは「若者の死体に群がる青紫色のはさみをしたこぶし大の蟹」であった。蟹の群れが押し寄せ、清吉は転落してしまう。どれぐらい時間が経ったのかも分からなくなるほど、ひとりで意識を失って倒れていた。意識を取り戻すと「目も鼻も見分けることのできない黒い残骸」の中に「さらに深い闇をつくっている口腔が誰かを呼ぶように動いている」光景が思い返された。「網膜に焼きついた白い歯の動き」――死者が発しようとした声、聞きとることのできなかったその声――は清吉にとって戦後四〇年間トラウマになって遺りつづけたのであった。
戦後になって、清吉は風葬場の崖に出かけてはみたが、石段が破壊され、崖を登ることができなかった。そこで彼を待っていたのは「泣き御頭」が発する「あの音」であった。「以来、四十年もの間、清裕〔清吉〕はつねにその万年筆とあの音に脅されてきたのだった」とされる。

死者が最後に身につけていたものを盗み取ったという意識は、目のくらむような恥辱感に清裕を陥らせた。同時に、青白い美しい肉体が無残に蟹に食い荒らされていく様が地獄絵のように鮮やかに脳裡に浮かんだ。
（初出形）

この部分は、単行本形では、次のように加筆されている。

死者が最後に身につけていたものを盗み取ったという意識は、年を経るにつれて単なる恥辱感から、死者を汚したことへの恐れに変わっていった。風葬場は死者が最後に浄められる場所だった。体に詰まった汁や肉を落とし、まっさらな骨になって後生へと旅立っていく過程を見ることは許されなかった。清吉は文字の上に指を這わせた。目の前に若者の変わり果てた姿が浮かぶ。

風葬場に立ち入り、死者を汚したことがどれほどの「恥辱感」をもたらすものなのか、読者にそれを伝えるために風葬という葬制が説明されている。単行本形では「死者が最後に身につけていたものを盗み取ったという意識」は「年を経るにつれて単なる恥辱感」から「死者を汚したことへの恐れ」に変化していったとされる。それに対して、初出形ではそのような清吉（清裕）の心境の変化よりも、「目のくらむような恥辱感」そのものが強調されている。あのとき若者は本当に死んでいたのか。もしかすると「まだ生きていた若者を蟹の餌食にしてしまったのか。それとも起き上がったように見えたのは恐怖からくる目の錯覚だったのか」。遺体の位置から考えれば、頭蓋骨が縁石の上に置かれていたのはいかにも不自然であった。「若者は背中に数百匹の蟹をのせたまま虫のように這って、顎を縁石に乗せたところで事切れたのではなかったのか」――。「ただ、時が経てば経つほど恥辱感と罪悪感が混沌とした恐怖の中でますます勢いを増し」、清吉は「狂気の淵」まで追いつめられてしまう。戦没者の遺骨収集作業によって「泣き御頭」にも調査が及び、「自分の盗みが露顕するかも知れない、という恐れに苦しみながら」、戦後の日常を生きながらえてきた。初出形では、「泣き御頭」は神秘性をまとって語られるのだが、単行本形では、清吉が「恐怖を煽り立てる噂を村の中に流すということもやった」という説明が追加され、「泣き御頭」を脱魔術化しようとしている。

3　トラウマに結びついた幻影

ところで、清吉が転落しかかって助けてもらう場面もある。藤井が「泣き御頭」を撮影するために村を訪れる。「これまで泣き御頭のことを村の外の者に積極的に知らせようとは誰もしなかった。それは戦死者のことをむやみに口にすることに、負い目のような感情を生き残った者らが感じていたからだし、何よりもあのものがなしい風音を耳にする時に、誰れの胸にも犯すべからざる畏れが湧き起こるからだった。それがいつの間にか、そういう暗黙の禁忌が徐々に崩れはじめていた」という。

風葬場の崖の下で清吉と藤井は偶然出くわすが、清吉は取材に応じる気がない。村への帰路、ワイヤーロープの吊り橋の上で大きくつんのめって「橋板から上半身をはみ出してもがいている」清吉を、藤井が助け起こす。振り返った清吉の目には「藤井の顔と特攻隊の若者の顔が重なりあった」。それと同時に「相手を突き殺しそうな恐怖とともに、内臓の感触が指先に感じられるまで強く抱きしめたいという喘ぐような衝動に襲われた」。なぜなら「いつかこの男とどこかで会ったような……そういう気がしてならなかった」からである。清吉は藤井の「白い肉体」を突き飛ばし、ふたたび走りはじめる。風音が聞こえはじめ、「いっそう鮮やかに」清吉の「頭蓋の奥深く入っていく」。彼には風音が「赦ち、赦ちとらせ……」と聞こえたのは、そこに《投射 projection》と呼ばれる防衛心理――望ましくない考えや要求を認めると葛藤や不安を生じるために、それを他人に移し替えて責任を転嫁する心的機能――が働いていたからだろう。

藤井と清吉との関係は、藤井と加納との関係の反復である。藤井と加納は、京都の大学から同じ時期に学徒出陣で入隊した特攻隊員であった。沖縄へ出撃する六月一一日――単行本形では「五月十七日」になっている。ちなみに前述の宮里が特攻機を目撃したのは四月一一日ごろであったという[29]――の前日、「壕の中で静かな酒盛り」がおこなわれた後、深夜になって藤井の床に加納が訪れる。兵営の裏にある崖に二人で登る。崖の縁に腰かけて身動きひとつせずにいた加納が、いきなり体をよじって「つまらなくはないか」という。

「もっと近く」

加納は口に煙草をくわえると、膝をついて体を寄せ、藤井の肩に腕をまわして顔を近づけた。火の中に浮かんだ加納の顔は驚くほど幼かった。藤井は痛々しい思いに誘われておもわず目をそらした。火照った耳にやわらかい息がかかり、かすれた低い声が何かをささやいた。

「えっ、何?」

振り向いた唇にやわらかいものが触れた、と思った瞬間、襟首をわしづかみにされた藤井は、恐ろしい力で闇の底へ放り出された。

（初出形）


特攻を忌避するためにみずから投身したのではないか、という疑いを藤井はかけられる。しかし事故で転落したのだと加納は弁護した。その後、加納は出撃して戦死したのに対し、藤井は三年間寝たきりで過ごした。本当に加納に突き落とされたのか、あるいは、ただ死から逃れるために自分から飛び込んだのか、藤井は疑念にとらわれるようになった。そして「加納という人間は本当にいたのか」とさえ感じるようになって、「すべては無意識のうちに自分が仕組んだものではなかったか」と疑いはじめる。「ただ自分の戦後の生が自ら選びとった卑怯な生ではなく、加納によって強いられた、生かされた生であることを信じたいだけなのだ。そのために加納という人間が実在したことを自分自身に証明したいだけにすぎない」という。

生き残った人間の後ろめたさ。周囲の人びとがみな犠牲になったのに、なぜ自分だけが生き延びることができたのか。戦争であれ、災害であれ、生存者は同じような思いにとらわれる。彼らを苦しめるのは、ひとり残された悲しみだけではなく、生命をとりとめたことを決して喜んではならないからであるし、生きたかったことを認めてはならないからでもある。このアンビバレントな感情は胸の奥底で罪悪感に変容して、生存者の心理を抑圧する。そして過去の記憶が消えてしまう逆行性健忘症となって発症する。フロイトは「忘却は非常にしばしば無意識的なもののなんらかの意図の実行であり、いずれにせよ、あることを忘れるその人間の密やかな考えを推論させる」と指摘している。[30]加納の身元調査をみずからおこなって彼の母親の姿を確かめることまでしてしまう単行本形に比べて、初出形では、加納は最後までその実在が疑われるような——初出形のみ「加納という人間は本当にいたのか」という独白がなされる——藤井にとってトラウマに結びついた幻影であったことが描かれている。

4 死者の記憶のジレンマ

「風音」のクライマックスは、「泣き御頭」を崖から放擲したアキラの前に、清吉と藤井が姿をあらわすシーンである。村には「泣き御頭」の泣き声が聞こえなくなったという噂が広まっていた。アキラは「ぼくらの悪戯を泣き御頭が怒ったのだ」と感じ、ひとりで風葬場に行き、頭蓋骨を手にとる。

アキラは左のこめかみに開いている小さな穴を見た。指先はその穴を中心にゆっくり回転し、渦を巻いて、迷いもなく汚れを知らない幼い性器のようなその中に吸い込まれていった。次の瞬間、アキラはマングローブの密林に潜むもののすべてを脅かすような叫びを上げて我に返った。振り回した指に食いついている頭蓋骨の眼窩から、三日月状の鋭い爪がのぞいているのが見えた。

この後アキラは、突然蟹に指をはさまれて「穴のきつく閉まった頭蓋骨」を投げ捨てる。頭蓋骨は女性器の喩として読め、指先による性交が象徴されている。初出形では、このように性的な欲望が巧みに表現されているのに対して、単行本形では、風が二つの眼窩から吹きこんでこめかみの穴から吹き抜けるという「泣き御頭」の泣き声の原因が合理的に説明されている。しかし神秘的な現象を脱魔術化してしまうのでは、この作品の持ち味が薄れてしまう。ここには〝沖縄文学〟におけるジレンマ――ある種の神秘性を意図的に織り交ぜて描くと、琉球における異質なものを期待する〝本土〟の読者はそれを喜んで読むが、結局は《異なるもの》として片づけられる。逆に《異なるもの》を抑制し神秘性を合理的に説明して描いてしまうと、人間の内にある非合理的なものをすべて否定することになって、かえって味気ない作品になってしまう――を解決する糸口が見出せない。新城郁夫氏は、作品にみられる「矛盾や葛藤それ自体として読むべきであって、緩やかにイメージを統合しようとする沖縄文学の多彩さをこそ回避して、むしろ欠落そのものを目取真の小説に読んでいくべきなのかもしれない」と指摘する。(31) この意味において、合理性を担保しようとする単行本形ではなく、あえて縫合せずに「矛盾や葛藤」を示している初出形のほうが優れていたといえる。

初出形および単行本形のいずれの本文でも、アキラの指は蟹のハサミにはさまれる。「右の人差指の肉が生爪ともども噛み切られた」アキラは、「左手で傷ついた指をきつく握りしめると、それを胸に抱くようにしてうずくまり、低く呻いた」。蟹のイメージは、性欲に対する抑制の意識――過度に自己を防衛しようとして自傷することさえある――であることから、そのハサミにはさまれるというイメージは、端的に《去勢》を意味しているといえよう。

ちぎれそうな昼顔のつるにしがみついてあらわれたのは、万年筆を返しにきた清吉だった。崖下では藤井が落下する頭蓋骨を受けとめようとしていた。藤井は、「泣き御頭」が加納の遺骨である可能性を持ち、「泣き御頭」の身元が判明すれば「戦後の自分の生が根拠づけられる」かもしれないと思ったのであった。「自己欺瞞」を解く鍵を「泣き御頭」に見出そうとし、その場所に来ていたのである。「ものがなしい音が藤井の胸を貫いた。揺らめく明かりの中で加納が最後につぶやいた声はこの音であったような気がした」という。

落下する頭蓋骨をめぐって清吉とアキラ、藤井が示し合わせたかのようにそこに集まっていた。罪の意識をめぐって、登場人物の間に《共時性》が示された決定的な瞬間であった。

「藤井」
頭上から喘ぐような声で誰かが叫んだ。
「清裕」
崖の上から垂れた昼顔のつるにしがみついている男の顔が、月明かりに浮かんだ。その傍らに膝をつき、胸の前に手を組んで深い祈りの姿勢をとっている少年の姿があった。
（初出形）

このときアキラは傷ついた指を抱え込んでいただけなのだが、藤井にはそれが「深い祈りの姿勢」に見えた。清裕（清吉）の耳には風音が「赦ち、赦ちとらせ……」と聞こえたように、藤井の目にはアキラが「深い祈り」を捧げているように見えたのである。この「深い祈り」は、「風音」作品全体の焦点になっている。戦争の死者に対する追悼はいうまでもなく、罪悪感を抱きつづけてきた生者に対する赦しがもたらされているように感じられる。

この後、藤井は村へ走って帰ろうとする。清吉が足をもつれさせた場所で同じように倒れ、数メートル下の川に転落してしまう。このときは「誰もつかまえてくれる者はいなかった」。しかしそのとき「巨大なテラピアの黒い群れ」が川をさかのぼっていた。藤井には、「ふいに、この魚の群れが、沖に散った戦友の肉を喰ってその意志を細胞のひとつひとつに記憶させ、自分の体を喰いつくすために四十年もの間待ちつづけていたような気がした」。自然の力を借りて遺体を風化させる風葬と同じように、テラピアの群れによって人間の肉体が喰われ、魂の再生がそこでおこなわれるというイメージが描かれる。これは出撃前、加納が「毎日、大量に死んでいく人間の体から発散する蒸気と粒子を吸収して急成長をつづける生き物」のような「雲」をみて、「俺もあいつに食われるわけだ」と語ったことにも通じている。

生き残った者たちにとって再生のきっかけは得られたのか。作品の結末で、藤井は大きな変化を遂げる――「いくら努力しても、加納の顔も声も思い出せないことに気づいた。思い出そうという気力もなかった」。もう二度と戦争をテーマにした番組を作ることもないし、沖縄に来ることもないだろう。「急に怒りとも悲しみともつかぬ激しい感情が、胸の奥から湧き起こってきた」。それは「四十年もの間、味わったことのなかった感情」であった――これらの部分は、初出形と単行本形では大きく異なり、加納を忘れ去る初出形に対して、単行本形では加納の実家を訪れることを決意する。藤井の行動はまったく逆の方向になるのであった。
その反面、共通するところもある。藤井は「いや、何ひとつ終わっていないのだ。まだ、何ひとつとして」と「深い疲労感に抗いながら」自分に言いきかせる。そして「やっと、始まるのだ。何が、と自分にはっきりと言うことはできなかった」と反芻する。「ただ、体に残されたテラピアの嚙み傷のように消し去ることのできない戦友たちの憎しみに、今こそ裸で向かいあわねばならないという気がした」という。
この「戦友たちの憎しみ」とは、加納が出撃前につぶやいた「つまらなくはないか」という言葉に結びついている。

この一週間、自分の死にあらゆる意味づけを行おうとして、結局はその空虚さに気づくだけだった。誰もがその空虚さを見つめるのを恐れるがゆえに、一心不乱に遺書や手紙を書いていた。藤井は「大君のために」と恥ずかし気もなく口にする奴の喉笛を引き裂いてやりたい衝動を何度もこらえた。ぶつける対象のないまま癌細胞のように増殖しつづける憎しみ、それが藤井の内部を喰い荒らした。

「戦友たちの憎しみ」とは、不合理な死――「大君のために」――を余儀なくされた若者たちの納得の行かない心境に由来する。近年、メディアで紹介されることの多い青年詩人・竹内浩三は、わずか二三歳で戦死した。日記に書き残された「骨のうたう」という詩は、「戦死やあはれ／兵隊の死ぬるやあはれ」という言葉ではじめられる。「国のため／大君のため／死んでしまうや／その心や」と、「あはれ」を抱え込んだみずからの胸の裡が詩に託されている（一九四二年八月三日付日記）。「あはれ」とは単なる美意識ではなく、竹内の場合も「風音」と同じように、「憎しみ」に近い複雑な心境であったといえる。

初出形では、再生を予感させる藤井の姿で作品が閉じられるのだが、単行本形では、万年筆を海に投げ捨てる清吉の姿がそれに続く。彼は吊り橋から転落した藤井を目撃するものの、「溺れようと知ったことでもなかった」という。《共依存 Co-dependency》の関係が断ち切られ、清吉もトラウマからの回復が図られていることがそこからわかる。単行本形の結末は「細く、低く、途切れそうになりながらも、海からの風にのって、風音は清吉の胸の奥の穴に流れこんでいく。波の音が高くなった。しかし、風音は消えることがなかった」という言葉で終わる。この部分を村上陽子氏は「死者の声を代弁することの不可能性を手放さず、しかし忘却することも許さないものとして、音は響いている」と整理している。(32)

「風音」では、村上氏が指摘するように、死者の記憶のジレンマが描かれている。スーザン・ブーテレイ氏は、「実際経験のない他者に同じような身体的、知覚感覚的経験をシミュレートすることにより、個人の記憶の分有が可能になるのではないだろうか」とし、「風音」というテクストの「空白の謎」をどのようにして埋めるかという問いに結びつけていた。(33) これに対して村上氏は、沖縄戦をめぐる集合的記憶でテクストの「空白」が埋め尽くされるのではなく、あえて「残余」が取りおかれていると論じたのである。そのような解釈が示されてもなお、読み残したものがそこにまだ何かあるような気にさせられるのはなぜだろうか。あらためて初出形に着目し、無意識に抑圧された個人的記憶が、集合的記憶とのあいだで軋轢《あつれき》を生んでいたことをみてみたい。

5 《共同体の語り》にテクストを領有されまいと葛藤する《個人の語り》

作品における表現の変奏という視点からいえば、登場人物が性的な欲望に襲われる「風音」の印象深い光景は、目取真の他の作品でも登場する。「赤い椰子の葉」（『樹海』第三号、一九九二年四月）は、まだ沖縄が米軍の施政権下におかれ、ベトナムを空爆するB52が嘉手納空港に配備されていた時代が舞台である。小学校六年生の「ぼく」は、ボクシングの試合に連れていってもらったことから級友のSと親しくなる。Sは前年夏に転校してきた「どこのクラスにもひとりかふたりはいるような無口でおとなしい少年」で、基地のゲート前の街に母親と二人でアパート暮らしをしていた。「ぼく」はボクシング見学のお礼に、その翌日「自分ひとりの秘密の場所」に案内する。集落を流れる川が内海に注ぐ地点に二人は出かけ、乾いた砂利の上に腰を下ろす。「ぼくたちは肩を触れ合わせ、もたれ合うようにして、静けさの増していく河口の光景をながめていた」。空に一本のクモの糸が飛んでいるのをみつける。

「動かないで」

耳の後ろに頬を押しあててSがささやいた。やわらかなてのひらの下で胸がふるえ、押しつけられた体の熱さに息ができなくなる。Sの右手がゆっくりと下腹部におりてくる。やがてSの手は同じリズムで動きはじめ、その手の動きに、今まで感じたことのない感覚が芽を吹く。

「動かないで」という声には、「風音」の加納のそれと通じるところがあるのではないか。Sがベルトに手をかけたとき、「ぼく」はSを突き飛ばして立ち上がり走りだす。吊り橋のところで追いついたSは、「ぼく」の「後ろから手をとった」。「ぼく」は決して怒っていたわけではなく「戸惑っていたのだ」。「思いもかけない体の変化も、Sへの気持ちも、何が何だか分からなかった」という。

その夜、「ぼく」は不思議な夢をみる。明け方、目が覚めてからその夢を反芻する。Sの母親に手招きされ、彼女の口から取り出した「真っ赤な飴」を入れてもらおうとすると、「後ろから羽交い締めにされて地面に押し倒された」。そのとき突然Sが母親と入れ替わる。

うつぶせに倒れたぼくの背中に体を重ねて強く抱きしめるSが、耳元で何かささやいている。細い息が首筋をなで、右手がゆっくりと胸から腹へおりてくる。その指先が触れたと思った瞬間、足の付根から爪先に何かが突き抜けた。全身から力が抜け、やわらかく甘い感覚が下腹部にただよう。目を閉じて、しばらくその感覚に身をゆだねていた。

Sが「耳元で何かささやいている」のだが、快感に浸りはじめた「ぼく」は、それを聞きとることができない。それを受け入れてはならないと感じながらSの愛撫を受け入れる。「ぼく」はさらにまた、Sの声を聞こうとしつつ、欲情にほだされたその声を聞いてはならないと感じている。

ところで、「風音」の加納が藤井とはじめて口をきいたのは、藤井が転落する二週間前のことであった。加納は藤井を羽交い締めにし、カミソリを喉にあてた上で「二度と俺をああいう目でみるな」といった。

侮蔑なのか、あるいは憐憫なのか、「ああいう目」の具体的な内容は明らかにされていない。「そのふてぶてしい態度のために、上官に毎日のように殴られていたが苦痛の表情を見せることはなかった」とされる加納に対し、藤井のほうから先に興味を抱いていたのである。加納が最後につぶやいたという声は、実は、藤井が欲していたもの――《投射》された声――でもあったかもしれない。それが聞きとれないのは、聞こえないのではなく、聞きとってはならないと抑制する意識が働いていたからではないか。

「赤い椰子の葉」に戻ると、視点人物の「ぼく」は、思いがけないできごとがあった翌日、Sが差し出した、ボクシングの記事を集めたノートを叩き落とし、彼の胸を突く。それ以来彼は学校を休みつづける。もう二度と会えないという確信めいた予感を抱くものの、「ぼくを苦しめていたのは、Sに対する罪悪感ともうひとつ別の罪悪感であった」という。彼を追いつめたことへの自責の念に加えて、密やかな悪癖となっていた自慰に対する罪悪感を抱いていた。性欲の衝動に襲われ、自慰のたびに自己嫌悪を抱くようになった「ぼく」は、自分に快感を教えた「Sに対する逆恨みさえ生じる」のであった。

このケースから類推すれば、「風音」の登場人物が抱いていた罪悪感は、非常に複雑なものであったといえるのではないか。死者の記憶をはっきりと思い出せず、忘却もできないのは、死者に対する罪悪感に加えて、もうひとつ別の罪悪感があったからである。死者との関係を通じて芽生えた性欲に対する無意識の抑圧がそこに働いていたと推測できるだろう。この作品を読むとき、戦死した者たちへの追悼と生き残った者の魂の再生というわかりやすい図式にならないのは、テクストの根底に、もうひとつ別のモチーフが存していたからではないだろうか。

これまで見てきたように「風音」には、墜落する、ハサミにはさまれる、といったイメージがくりかえし登場する。それらが意味するのは《死》や《去勢》の恐怖——戦争体験という集合的記憶にからみ合いながら、決してそれに統合されてしまわない個人的記憶がテクストの根底におかれている——であったことから、同性愛や死姦といった《性の禁忌》への欲望が抑圧され、それがトラウマ的体験となっていたのである。

初出形から単行本形へと書き換えられるプロセスで、性に関する描写が減り、「泣き御頭」に関する合理的な説明が増える傾向がみられた。その結果、作品が持っていた本来のモチーフ——《共同体の語り》にテクストを領有されまいと葛藤する《個人の語り》——が弱められてしまったという印象が残るのである。個人のトラウマ的体験を他者とのあいだで共有される物語へと変換するのは、ある意味で、患者が自己の体験を言語化して理解し受け入れるという分析療法に通じるものがある。しかしそこに潜む危険について、キャシー・カルースが「物語を言語化し、自分や他人の中にある過去の記憶へと統合させるために、トラウマ記憶を物語記憶に変換することは、トラウマ記憶の特徴である精密さと迫真性とを削いでしまうこともなる」と指摘している。[34] 初出形では、理解の枠組みに収斂させない個人的記憶の衝撃性が強く示されていたのである。

注
「風音」の本文は、初出形は「風音」（「沖縄タイムス」一九八五年一二月二六日—八六年一月五日）、単行本形は『水滴』（文藝春秋、一九九七年）に拠った。「赤い椰子の実」の本文は『魂込め』（朝日新聞社、一九九九年）に拠った。
（1）石原昌家「サンフランシスコ条約とヤスクニの下の沖縄——「構造的差別」を打ち破る道」（『社会評論』第一七一号、二〇一二年一一月）一〇一頁。

（2）目取真俊・宮城晴美「終わらない「集団自決」と、「文学」の課題」（『すばる』第二九巻二号、二〇〇七年二月）一六六頁。
（3）目取真俊・池澤夏樹「「絶望」から始める。」（『文学界』第五一巻九号、一九九七年九月）一八二頁。
（4）村上陽子『出来事の残響——原爆文学と沖縄文学』（インパクト出版会、二〇一五年）二三九頁。
（5）大城将保・石原昌家「監修委員の視点」（『争点・沖縄戦の記憶』社会評論社、二〇〇二年）二七一頁。
（6）高口智史「目取真俊・沖縄戦から照射される〈現在〉——「風音」から「水滴」へ」（『社会文学』第三一号、二〇一〇年二月）五八—六四頁。
（7）前掲、村上『出来事の残響』二三一—二三二頁。
（8）石原昌家『虐殺の島——皇軍と臣民の末路』（晩聲社、一九七八年）一一五頁。
（9）仲嶺盛仁「今帰仁での戦争体験」証言（企画展「今帰仁と戦争」今帰仁村歴史文化センター、二〇一一年七月二五日—一二月二五日、http://yannaki.info/sensou2.html）
（10）名嘉真宜勝『沖縄の人生儀礼と墓』（沖縄文化社、一九九九年）五六頁。
（11）加藤典洋『この時代の生き方』（講談社、一九九五年）一九二頁。
（12）川村湊「沖縄のゴーストバスターズ　風を読む水に書く2」（『群像』第五二巻九号、一九九七年）一五三頁。
（13）同右、一七一頁。
（14）前掲「終わらない「集団自決」と、「文学」の課題」一七六—一七七頁。
（15）大城将保『改訂版　沖縄戦』（高文研、一九八八年）一六四頁。
（16）目取真俊「今帰仁の日本兵」（ブログ「海鳴りの島から」http://blog.goo.ne.jp/awamori777/e/0f5ab60d700a724f12e87cf44c3a153b
（17）目取真俊「沖縄戦の記憶」（『文学界』第六〇巻五号、二〇〇六年五月）一五頁。
（18）前掲（16）と同。
（19）村上陽子「喪失、空白、記憶——目取真俊「風音」をめぐって」（『琉球アジア社会文化研究』第一〇号、二〇〇七年一一月）四一頁。

(20)石原昌家「沖縄戦と村落共同体」(『沖縄国際大学文学部紀要　社会科学篇』第四巻一号、一九七六年三月)五七頁。
(21)前掲、村上『出来事の残響』二四一―二四二頁。
(22)同右、二四三頁。
(23)上原新太郎(昭和二年生、那覇市当間出身二世)の証言(石原昌家「日本本土在沖縄県人の出稼と定住生活の研究(生活記録編―1)」『沖縄国際大学文学部紀要　社会科学篇』第一八巻二号、一九九二年三月)九八―九九頁。
(24)前掲「「絶望」から始める。」一八五頁。
(25)前掲「今帰仁での戦争体験」証言(http://rekibun.jp/taiken01.html)。
(26)宮里真厚『乙羽岳燃ゆ　小国民のたたかい』(私家版、一九九五年)一〇一頁。
(27)同右。
(28)同右、一〇二頁。
(29)同右、八〇頁。
(30)フロイト『夢判断(上)』(高橋義孝訳、新潮文庫、一九六九年)二二一頁。
(31)新城郁夫『沖縄文学という企て――葛藤する言語・身体・記憶』(インパクト出版会、二〇〇三年)一二三頁。
(32)前掲、村上『出来事の残響』二四四頁。
(33)スーザン・ブーテレイ『目取真俊の世界――歴史・記憶・物語』(影書房、二〇一一年)一五三―一五四頁。
(34)キャシー・カルース『トラウマへの探究――証言の不可能性と可能性』(作品社、二〇〇〇年)二三〇頁。

第3章　「水滴」
――地域社会における支配と言葉――

第1節　ウチナーグチとヤマトゥグチをまたぐ

1　差異の抗争の場における権力関係

沖縄戦の研究者・石原昌家氏は、沖縄国際大学教養部講師に着任した一九七〇年から体験者への聞き取り調査をはじめ、四〇年以上にわたる取材を通じて、のべ二〇〇〇人の証言を約一〇〇〇本のテープに収めてきた。調査のきっかけとなったのは、沖縄県民の体験を調査し、体験者の証言を収録した『沖縄県史』第一〇巻（沖縄戦記録二、一九七四年）の執筆に加わったことであった。県史同巻刊行の時代背景として「わけても沖縄「返還」が現実の日程にのぼった一九七〇年以降は、沖縄関係出版物のブームに乗って、沖縄戦に関する戦記物が矢つぎばやに発表された」ことがあった。(1)一一三〇頁におよぶ同書では、「記録の方法は体験者の口述を録音し、執筆者がこれを原稿にまとめた。ただし、あくまで事実の発掘と正確な

記録を第一義とし、強いて形式にはこだわらないことにした」という。(2)

証言は透明で無標の主体によってなされるわけではない。むしろ人種や民族、歴史、政治、階級の特殊性を反映し、差異の抗争の場における権力関係を刻印している。暴力の歴史を掘り起こすことは、できごとの当事者性を告発する。「皇軍と呼ばれた日本軍の非人間性」は「沖縄県民にたいする差別意識や行為を助長」したが、「沖縄県民の側にも、この差別政策に全身を委ねていく姿勢が形成されていたこと」も明らかになっている。沖縄戦において「「沖縄人《ウチナーンチュ》はすべて被害者、ヤマトンチューは加害者」という安易な図式をあてはめて論断する風潮もあるが、このような考え方は事実によって訂正されるであろう」とする。(3)

沖縄戦の証言収集の一環として伊是名島で〝住民スパイ視虐殺事件〟を調査した際、石原氏は「単に日本兵だけでなく臣民としての住民が深く関わっており、それを戦後ムラのタブーにしてきたという事実関係を明らかにした」。住民の証言は「国内が戦場化したとき、地上戦闘に巻き込まれて極限状態に陥った住民同士の最悪の関係図を描いたもの」になってしまったのである。「沖縄戦体験で住民がムラのタブーにしていたほどの深層部分に分け入ってしまった私はその後、刑事二人に身辺警護をしてもらうほどの脅迫を受けた」という。(4)

戦争の記憶について証言することの困難さは、目取真俊の「水滴」(『文学界』第五一巻四号、一九九七年四月)が描き出している。この小説は第二七回九州芸術祭文学賞および第一一七回芥川賞の受賞作品である。前者の賞の選者を務めた立松和平は「水滴」について、「戦争の中の加害者意識を扱った作品は、沖縄の人たちが書いたたくさんの小説の中でも、希少に属するのではないだろうか。そのことだけでも、凡百の沖縄小説とは一線を画する」という。そして「体験を持たない若い作家だからこそ、戦争を対象化して見ることができるのだろう。人の愚かな行為として、戦争を被害者意識から解き放っているのも、作者の手柄である。沖縄の土を踏みしめて書く作家たちの、ひとつの地平を切り開いた作品」と評価したのである。(5)

目取真は、被害者と加害者、沖縄人《ウチナーンチュ》と大和人《ヤマトンチュ》という「安易な図式」を承認せず、自己決定権が与えられてこなかったウチナーンチュの、地政学上複雑に切り裂かれた自我に注視し、その残余を拾い上げて新たな意味を内側から紡ぎだそうとする。証言によって呼び覚まされる戦争の記憶――「水滴」が示してみせた新しい地平を検証してみよう。

2 過去の記憶の回帰

「水滴」は、戦後五十余年が経過した六月半ばの沖縄が舞台となっている。四〇年近く農業を営んできた主人公の徳正《とくしょう》は、突然右足が膨れあがって「中位の――冬瓜《すぶい》ほどにも成長」する。その日から徳正は寝たきりになって、言葉を発せられず合図もできないが、意識だけは明瞭であった。夜になると日本軍の兵士たちがあらわれ、足の親指の先から滴り落ちる水を飲みにくる。彼らは沖縄戦当時、徳正がいた壕《ガマ》で、日本軍から見捨てられた負傷兵たちであった。その中には師範学校の同級生で、同じ部隊に配属されていた鉄血勤皇隊員の石嶺が含まれていた。徳正は、これまで意識の下へと抑圧しつづけてきた記憶と向き合わざるを得なくなる。他方、従兄弟の清裕は、親指の水に育毛強壮の効能があることを発見し、それを販売して大儲けする。しかし水の滴りが止まると効能も失われ、清裕は客から袋だたきにされてしまう。

この小説の軸を構成しているのは、徳正と石嶺の関係である。この作品では女性が排除されているのではないか、という重要な指摘もあるが、作品のテーマに沿って両者の関係から検討してみたい。

なぜ石嶺は徳正の前にあらわれたのか。同じ村から二人しか首里の師範学校に進学できなかったという彼らは、沖縄戦当時一七歳であった（徳正の現在の年齢は七〇前ということになる）。実際に沖縄師範学校の生徒は防衛召集されて戦闘に動員され、第三二軍司令部の直属隊として、三八六名中二二四名が戦死した。戦死率は五八パーセントに上った。彼らの任務は伝令と弾薬運搬であったが、爆弾を抱えて米軍戦車に斬り込みを命じられた少年兵もいた。徳正によれば、本島中部での二度目の戦闘で壊滅状態におちいり、「大和人《ヤマトンチュー》の兵隊数名と行動を共にしながら洞窟から洞窟へと移動を続けた」という。しかし石嶺は艦砲射撃によって腹部を負傷し、徳正は自分の巻脚絆を外して包帯代わりに巻き、砕けた右足首に松の枝の添え木を当てる。負傷した夜、「島尻の自然壕」で「別れた時のままの姿」で石嶺は突然、老いた徳正の前にあらわれたのであった。

右足を引きずり、他の兵士の両肩にすがってしか歩けない石嶺の痛みが、徳正の右足に転換したと考えられる。徳正にとって「とっくに気づいていながら認めまいとしてきたことが、はっきりとした形を取って意識に上ってくる」。それは「兵隊たちは、あの夜、壕に遺された者達だった」ことである。

一晩中あらわれる兵士たちに苛立っていた徳正が「遠くで五時の時報」を聞いたと思ったとき、目の前に石嶺ひとりが立っていた。そのとき徳正は「最後に別れた夜のこと」を想起した。石嶺を襲った至近弾は、同時に三名の女子学生を即死させた。徳正は石嶺を壕まで引きずってきて入り口近くに寝かせたが、夜になって南部への移動命令が伝えられた。女子学徒隊の一員で、同じ村の出身の宮城セツが石嶺を気遣って、「糸満の外科壕」へ追いかけてくるように告げる。徳正は意識が朦朧とする石嶺に、セツからもらった乾パンを握らせ、水筒の水で口を潤そうとする。だが「あふれた水が頬を伝わるのを目にした瞬間、徳正は我慢できなくなって」残った水を飲みほしてしまう。たちまち水筒は空になってしまい、「水の粒子がガラスの粉末のように痛みを与えながら全身に広がっていく」。死にゆく石嶺に水を残せなかった、いや残さなかったという罪悪感は、徳正の右足に身体化した。「冬瓜《すぶい》」のように腫れ上がらせた右足から滴る水を石嶺に飲ませてやることによって、かつての利己的行為を償わせようとしたのである。

水を飲みほした徳正は空の水筒を石嶺の腰の辺りにおき、彼を残して移動しようとする。

「赦してとらせよ、石嶺……」

徳正は斜面を滑り降り、木々の枝に顔を叩かれながら、森を駆け抜けた。月明かりに白い石灰岩の道が浮かび、倒れた兵が黒い貝のように見えた。鱗が一枚一枚剝がれ落ちていく黒い蛇の尾が道の向こうに見える。その後を追って走っていた徳正は、死んでいると思った兵の伸ばした手に引っ掛かって倒れた。這ってくる兵の手を払って立ち上がろうとした時、右の足首に痛みが走った。置き去りにされる恐怖が込み上げてくる。徳正は足を引きずって走り続けた。不意に背後で炸裂音が響いた。森の中腹に立て続けに閃光が走る。米軍に発見されることを恐れ、徳正は走りながら、手榴弾で自決した兵士を罵った。

徳正の右足の痛みは、「這ってくる兵士の手を払って立ち上がろうとした時」の記憶もその症因のひとつになっている。徳正の利己的行為はさらに「自決した兵士を罵った」ことに極まる。生死の境をゆく戦場では混乱の限りを尽くすのだが、危険が去って平静さを取り戻すと過去の記憶が禍々しく回帰するのである。意識の下に抑圧していても、かならず記憶は現在の自我に到来し、なんらかの症状を引き起こすのである。

徳正の前にあらわれた兵士たちは、徳正が水を飲ませると約束しながらそれを果たせなかった負傷兵であった。糞尿の汚水すら舐めるほど喉を渇かせていたのである。徳正は最初、彼らに「殺されるのではないかと恐れた」。この作品を読む上で、この初発の感情は重要になる。徳正は五〇年越しに彼らによって報復されると畏怖したのである。それは同時に、徳正が彼らの記憶をいかに強く封殺しつづけてきたのかの証左になるだろう。だが「その気配がない」ことを知ると「今度は兵隊達の渇きをいやすことが唯一の罪滅ぼしのような気がして、親指を吸われることに喜びさえ覚えた」のであった。しかし彼らは徳正には「まるで無関心」で、「水を飲む前後に敬礼し、頭を下げはするものの、それ以外は見向きもしなかった」。そのために「今は疎ましくてならなかった」のである。この感情の速やかな推移は、実は徳正が彼らの記憶と真剣に向き合ってこなかった、いや向き合えないできたことの投影になっている。

徳正にとって、親指を吸われることは性的な昂奮をもたらすのであるが、その快感のために眠りを妨げられる。性的満足、すなわち自己保存の衝動は、かえって自我に苦痛を与える。しかも彼らから一様に無視されるために、次第に「頭がおかしくなる」と感じはじめた。足を吸われる徳正は彼らに寄生されるだけではなく、「あの夜」の記憶をよみがえらせ、そのときの光景に向き合わざるを得なくなるのであった。

3 「イシミネよ、赦してとらせ……」

「あの夜」からの四日後、徳正は摩文仁海岸まで追い詰められた。爆風を受けて気を失い、波打ち際を漂っているあいだに米軍の捕虜となった。しかし「それ以来、収容所でも、村に帰ってからも、誰かにふいに、石嶺を壕に置き去りにしてきたことを咎められはしないか、と恐れる日が続いた」という。この疚しさは、石嶺の母が徳正のもとを訪れたときに、徳正を思わぬ方向に走らせる。

村に帰って一週間ほど経った時、石嶺の母が訪ねてきた。米軍支給の缶詰や芋を持ってきて、身内のことのように無事を喜んでくれる姿を正視できなかった。逃げる途中ではぐれて、その後の行方は知らない、と徳正は嘘をついた。それから数年間、毎日の生活に追われることで、石嶺の記憶を消し去ろうと努めた。

石嶺を残して逃げたことへの自責の念に加えて、彼の母にその経緯を正しく伝えずに「嘘」をついてしまう。このような「嘘」は、不誠実であるという徳正個人の人となりに帰せられるものではない。戦争や災害など生命の危険をともなった体験の記憶を、無意識の中に封じ込めて忘れようとする心的防衛機制の発動として解釈すべきものである。「嘘」をついてから徳正は酒浸りの生活をはじめる。そして、さらにそれを悪化させるできごとが生じた。「祖母の四十九日の席」で宮城セツの死を知ったのであった。彼女は「糸満の外科壕」が爆破された後、徳正がたどり着いた前日に同じく摩文仁海岸に向かい、徳正が漂っていた波打ち際から「二百メートルも離れていない岩場」で「同僚の女子学生五名と手榴弾で自決を遂げていた」のである。これと同様の、本島最南端に位置する荒崎海岸で女子生徒九名が平良松四郎（沖縄県立第一高等女学校教頭）とともに手榴弾で自決したいきさつは、元ひめゆり学徒の宮城喜久子が証言している(6)。セツの死を知った徳正は、悲しみと怒りに胸をふさがれる。だがそれ以上に、疚しさからの解放を感じる。

親戚や客が帰った後、徳正は独り浜に降りた。水筒と乾パンを渡し、自分の肩に手を置いたセツの顔が浮かんだ。悲しみとそれ以上の怒りが湧いてきて、セツを死に追いやった連中を打ち殺したかった。同時に、自分の中に、これで石嶺のことを知る者はいない、という安堵の気持ちがあるのを認めずにはおれなかった。声を上げて泣きたかったが、涙は出なかった。酒の量が一気に増えたのはそれからだった。以来、石嶺のこともセツのことも記憶の底に封じ込めて生きてきたはずだった。

しかし、うわべを繕っただけの「安堵の気持ち」は、五十年余を経てふたたび自責の念に転じて徳正のもとに回帰する。腫れ上がった醜い右足を抱え、寝た切りになってしまった彼は、「五十年余ごまかしてきた記憶と死ぬまで向かい合い続けねばならないことが恐かった」と感じる。この場面の「冬瓜《すぶい》」は、決して消失することのない罪責感の喩である。

「イシミネよ、赦してとらせ……」

土気色だった石嶺の顔に赤みが差し、唇にも艶が戻っている。怯えや自己嫌悪のなかでも茎は立ち、傷口をくじる舌の感覚に徳正は小さな声を漏らして精を放った。

唇が離れた。人差し指で軽く口を拭い、立ち上がった石嶺は、十七歳のままだった。正面から見つめる睫の長い目にも、肉の薄い頬にも、朱色の唇にも微笑みが浮かんでいる。ふいに怒りが湧いた。

「この五十年の哀れ、お前が分かるか」

石嶺は笑みを浮かべて徳正を見つめるだけだった。起き上がろうともがく徳正に、石嶺は小さくうなずいた。

「ありがとう。やっと渇きがとれたよ」

きれいな標準語でそう言うと、石嶺は笑みを抑えて敬礼し、深々と頭を下げた。壁に消えるまで、石嶺は二度と徳正を見ようとはしなかった。

この場面以降、石嶺を含む兵士たちは二度とあらわれず、水の効能も消え、徳正の右足も元通りになる。ホモセクシュアルな欲望を満たす性的な光景が描写される一方、徳正の心理的葛藤が表出される。(7)彼は「怯えや自己嫌悪」を抱えながら「精を放つ」。そして過去の行為を謝罪すると同時に、これまで五十余年間の哀れな境遇に対する不満を口にする。宮沢剛氏は、徳正の「償い」が「挫折」した理由として「徳正の「老い」の自覚」を挙げる。そして「この時、徳正にとって取り返しのつかないこととは、石嶺を置き去りにしたことではなく、その後の自分の「五〇年」である」と指摘するのである。(8)たとえどれほど償いを施しても、死者はただ沈黙するだけで、それを受け入れて慰撫してはくれない。失ったものは取り返せないという無念さにとらわれたとき、生者は、取り返しのつかない過ちによって生命を奪われた死者と、はじめて心の邂逅を果たす境地に立っていると気づかされるのである。

「イシミネよ、赦してとらせ……」という声は、石嶺が水を吸いにあらわれた最初の瞬間の「イシミネ……」と、彼を放置したときの「赦してとらせよ、石嶺……」とに関連づけられている。目取真は小説の中で沖縄語《ウチナーグチ》を使うことを重視する作家である。「赦してとらせ」は沖縄の言葉で、カタカナは漢字表記よりも口語に近いことを感じさせる。「イシミネよ、赦してとらせ……」という台詞は、ウチナーンチュどうしの会話が意識され、徳正の真意が表出されていることが伝わる。他方「ふいに怒りが湧いた」徳正による「お前が分かるか」という発語は、ヤマトゥグチが使われている。もしウチナーグチなら「やーがわかいみー」となる。怒りに任せて本心をぶちまける際は、生まれ育った土地の言葉を使うのが普通だと思われるのだが、ここで標準語が使われているのはなぜか。松下博文氏によれば、「標準語によるイシミネの返事は、およそ鉄血勤皇隊員という皇軍兵士としての「公」のそれであり、「個」としての彼の思いは徳正を決して赦していないように思う」という。(9) 沖縄駐留の日本軍の部隊では、徴用された住民であってもウチナーグチを使うことが厳禁されていた。もし使えば米軍のスパイと疑われ、ただちに殺されるという事件も発生していた。徳正とセツのあいだの応答も「石嶺さんの具合はどうですか」「私達は糸満の外科壕に向かうから、必ず後を追ってきて」とヤマトゥグチが使われている。だが、徳正が最後にかけた「赦してとらせよ、石嶺……」という言葉は、ウチナーグチが使われ、徳正の真意が込められていた。それを反復するかのように、五十余年を経て徳正は「イシミネよ、赦してとらせ……」と語りかけたのである。

しかしそれに続けて、徳正がヤマトゥグチで「この五十年の哀れ、お前が分かるか」と伝えたので、石嶺は「きれいな標準語」で応えた。この会話は軍隊の規律に従っていたというだけではなく、なぜ徳正がヤマトゥグチを使って話しかけたのかという点を、言語に対する心性の特徴から考察しなければならない。「お前が分かるか」と「お前に分かるか」との違いは、「が」のほうはそれ以外の誰でもない「お前」であることが強く意識されているのに対し、「に」のほうは「どうせ分からないに違いない」という判断が前面に出ているところにある。この場面は、徳正は石嶺にこそ自分の「哀れ」が分かってほしかったのである。

さらにまた、「クヌグジュウネンヌアワリヤ　ヤーガワカイミー」とウチナーグチを使わずに、徳正がヤマトゥグチで「哀れ」を表現していることにも注目しなければならない。石嶺もまた「ニフェーデービル。ヤットゥヌディガーキトリヤビティ」というウチナーグチを使うことなく、「ありがとう。やっと渇きがとれたよ」と「きれいな標準語」で応えていたのである。二人のあいだで規範性の高い言葉が選ばれたのは、日本軍では琉球方言の使用が禁止されていたことなどもあるが、怒りを感情のままにぶちまけるのではなく、あえてヤマトの言葉を使って、ヤマトによる支配の加害性を、ヤマトに向かって告発しようとする意図があったのではないか。ヤマトゥグチの規範化をはじめ、学校や軍隊の制度化によってウチナーンチュを帝国臣民に編入してきたヤマトの暴力性に対する批判が、「この五十年の哀れ、お前が分かるか」というセリフの基底に存していたと考えられるのである。

死者は本来、沈黙を保ったまま何も語らない。「ありがとう。やっと渇きがとれたよ」という反応を得られたものの、石嶺の赦しは徳正自身の無意識の願望の投影であったともいえ、ウチナーグチでもヤマトゥグチでも決して伝えることのできない、それらからはみ出した境域に、死を痛哭する生者の哀しみが存するのである。

4　ヤマトゥグチの身体化と植民地主義のまなざしの内面化

夜中に兵士があらわれると、徳正は「なぜ自分がこんな目に合わなければならないのか」と「日に何十回」も嘆くようになった。だがその嘆きは、戦争に巻き込まれて理不尽な死に方をした人びとすべてに共通する感情である。徳正がそれを共有するようになってはじめて、真に赦しを乞う姿勢が彼の中に生まれる。ただ彼は「その理由を考えようとはしなかった」。なぜなら「いったん考え始めれば、この五十年余の間に胸の奥に溜まったものが、とめどもなく溢れ出すような気がして恐ろしかった」からである。

徳正が「共通語《ヤマトゥグチ》」を話すのは、小学生に向かって教室で戦争体験を話すときである。「この十年来」、六月二三日の沖縄戦戦没者慰霊の日の前になると、毎日講演会に追われるようになる。「そもそもは、同じ字に住む若い教師が、クラスの子供達の前で話してくれないか、と頼みにきたのがきっかけだった」という。

ところで、家永教科書裁判第三次訴訟（一九八四年一月一九日東京地裁提訴）では、沖縄戦の〝集団自決〟をめぐる記述に関して、家永三郎原告側が沖縄への出張尋問を求めた。八八年二月九・一〇日、大田昌秀、安仁屋政昭、金城重明、山川宗秀の四氏が那覇地方裁判所の証言台に立った。県民ぐるみで裁判を支援するために、沖縄県教職員組合は同月五日に「教科書裁判沖縄出張法廷勝利県民決起大会」を那覇市立与儀小学校で開催した。〝集団自決〟が存在したか否かを論じるだけではなく、それをどのように呼称するのか――「集団死」「強制集団死」「強制的集団自殺」ほか――裁判の背景には、戦争の記憶を誰がどの視点から語るのか、というナラティブの問題が存していた。死者がニライカナイへ成仏するという三十三回忌を節目に、沖縄戦を証言する人が増えた。さらにこの裁判をきっかけに、それまで沈黙していた体験者が正しい沖縄戦の記憶を語ろうとしはじめたといわれる。徳正もまた、「若い男の教師」と「女子生徒二人」の熱意に負けて、教室で語るようになる(10)。

六年生の教室で、終始うつむいたまま、徳正は用意してきた原稿を読み上げた。馴れない共通語はつかえ通しで、三十分の予定が十五分ちょっとで終わってしまった。恐る恐る顔をあげると、一瞬の間を置いて拍手が鳴り響いた。泣き顔のまま一所懸命手を叩いている子供達の姿を目にして、徳正は面食らった。何がそんなに子供達を感動させたのか分からなかった。(中略)初めは無我夢中で話をしていた徳正も、しだいに相手がどういうところを聞きたがっているのか分かるようになり、あまりうまく話しすぎないようにするのが大切なのも気づいた。調子に乗って話している一方で、子供達の真剣な眼差しに後ろめたさを覚えたり、怖気づいたりすることも多かった。

徳正が教室で使う言葉はなぜ「馴れない共通語」なのか。嘘をついていたので話し方がぎこちなかっただけなのかもしれない。そして彼の話はなぜ「そんなに子供達を感動させたのか」。これらを考えるには、戦後の沖縄教育界を振り返る必要がある。教科書裁判支援で一角を占めた沖縄県教職員組合（復帰前は沖縄教職員会）は、復帰運動でも重要な役割を果たしていた。〝祖国復帰〟を達成するためには沖縄県民が日本国民としての強い自覚を持つことが急務であるとし、方言撲滅・標準語励行の運動――ヤマトゥグチが標準語あるは共通語であるとする規範化――を展開して、方言札教育を戦前戦中から引き継いだのである。徳正や石嶺がヤマトゥグチを使用したのは、彼らがかつて、それらの運動の担い手であった師範生であったことにもよる。しかし、それだけでは戦前回帰であったとはいえない。むしろ、教室での徳正の語りは〝日本化〟を積極的に推進した戦後沖縄の同化主義的な教育政策――標準語化の度合いが学力向上と文化的生活の指標となる――の典型的な現象であった。通時的にそこに共通していたのは、ヤマトゥグチの身体化と植民地主義のまなざしの内面化なのである。

仲里効氏によれば、「戦後沖縄における言語教育は、一九六二年の教研大会から「国民教育」分科が設置されることによって、国民統合の装置として強力に機能していった」。そして「国語化・標準語化の実践は、教師たちの情熱や使命感に支えられているだけに、皮肉にもコロニアルな言語警察的様相を呈し、琉球諸島の言葉の風景を踏み均していった」。これらの取り組みの結果として「アメリカの植民地から脱し、「日本」を呼び込む文体がより深く植民地主義を内在化する」というアポリアを抱え込んでしまったという[11]。正しい日本人になるために、教室ではヤマトゥグチを使わなければならなかったし、祖国日本への忠誠を示して戦い死ぬことが正しい歴史になるのであった。たとえそれが嘘であっても、その正しさに児童や生徒は感動させられたのである。しかし戦場における勇敢さや犠牲の痛ましさといった《英雄譚の話型》に迎合することの違和感は、実は徳正自身がよくわかっていた。徳正のヤマトゥグチは「馴れない」ものになったというのは、この作品を読み解くカギになるのである。

徳正の妻ウシは、徳正に向かって「嘘物言《ゆくしむぬ》いして戦場《いくさば》の哀れ事語てぃ銭儲《じんもう》けしよって、今に罰被《ばちかぶ》るよ」と難詰する。彼女には「老人会の戦跡地巡りの観光バス」に乗ったエピソードが添えられている。

事実、沖縄では復帰後、本土から訪れる観光客のために南部戦跡をめぐる定期観光バスを走らせるようになった。だが大城将保氏によれば、そこでは「旧日本軍や、これに「進んで協力した」学徒隊などの戦場美談のかげで、一般住民の戦場行動と犠牲の実態というものは一切語られない」。バスの行程は約四時間になっているが、実際に戦跡を案内するのはわずか一時間ほどで、摩文仁を去るときにガイドは「英霊の御霊が安らかに眠られんことを祈りながら……」と断ってから、軍歌「海ゆかば」を乗客と一緒に合唱する。「戦場の死を美化したがる日本人独特の「死の美学」がたっぷりと盛り込まれているのだが、こういう感覚はもともと沖縄にはないものである」という[12]。徳正が教室で語った体験談は、このような「戦場の靖国化」の風潮につながるものであったのだろうか――。

5　どちらの言葉からもはみ出した残余

目取真は「冬瓜《すぶい》」の寓話を着想したきっかけを明かしている。沖縄女性史家の宮城晴美との対談の中で、宮城は、座間味島には足が腫れて水滴が出た男性が実在していたというエピソードを話す。集団自決で家族全員が殺鼠剤を飲むが死には至らなかった。その男性は苦しみもがく妻子を棍棒で打ったり壁にぶつけたりして殺し、自分だけが生き残る。戦後ずっと足が腫れて歩けない状態であったが、あるとき足の皮膚が破れて健康を回復したという。目取真はこれを聞いて次のように話している。

種明かししますが、まさにその話に基づいて、私は書いているんですよ。学生時代の二十何年前にある人から聞いたそのエピソードをずっと覚えていて、それが「水滴」を書くときのひとつの基になったんです。他にも港湾労働をしながら年配の方から聞いた話や、いくつかのエピソードがイメージの基になっています。何もないところから生まれたんではなく、子どもの頃から聞いてきた沖縄戦の話が小説に形を変えているんです。(13)

目取真は創作に際して、家族から聞いた沖縄戦の記憶をモチーフにしている。彼の父親は一四歳で鉄血勤皇隊に動員された。目取真によれば、父親は「米軍上陸後も、日本兵と銃をもって山にこもり、食料を必死で運んだ。だが、米軍につけられるのを恐れた日本兵が、自分を殺す相談をしているのを聞いた」。そのとき、それまで「信じていたものが一夜にしてひっくり返った挫折感で、父親の人生は変わった」という。(14)

沖縄戦では一般住民が米軍のスパイとみなされ、日本兵に殺されるという事件が発生しているのだが、冨山一郎氏は「一貫して「日本人」であろうとした人間が他者(=敵)として殺された」という事実に着目する。「沖縄戦という戦場には、「日本人」としての死への動員と「スパイ」(=敵)としての虐殺という二つの決定的に分割された死」が存在したとされるが、「一方が「殉国美談」として、他方が「抑圧者=日本人」による「被抑圧者=沖縄人」の虐殺として別々に語るべきではないだろう」とする。そこで問題となっているのは「真の国民になりきれない人間が、あるいは逆に敵になりきれない人間が、戦場における二つの死に切り裂かれたときに残る、回収されない領域の行方である」という。(15)

これを考慮に入れれば、ヤマトゥグチを使うから、徳正が沖縄戦の「靖国化」に加担していたとは単純にいえなくなる。教室の児童や生徒たちに記憶を吸い出され、亡霊の兵士たちに水滴を吸われる彼は、過去の体験に寄生され、生を侵蝕されつづけてきた被害者でもあった。石嶺は徳正が自分の罪を認めたから赦したのではなく、戦後五十余年間苦しんできた徳正もまた被害者のひとりであることを、まず徳正自身が受け入れ、そしてそれを声に出せたことによってコミュニケーションの再開につながったのである。

ウチナーグチとヤマトゥグチの境界をまたぐ。ヤマトゥグチを使って赦しを乞うた徳正に向かって、石嶺が「正しい標準語」で応じたのは、ウチナーンチュが標準語を意識的に使用する場合の心性を示している。徳正も石嶺も、地域社会では指導者層を形成する師範学校に通っていた。彼らは標準語を使えるだけでなく、標準語教育を推進する教師となることを期待された生徒であった。中学生や師範生からなる鉄血勤皇隊員は、ほかの若者よりもより強く臣民化されていた。師範生の矜持から「正しい標準語」を使い、フレンドシップを示したといえる。石嶺は五十余年ぶりに徳正の前で口を開いた。彼らにとって規範性の強いヤマトゥグチを使うことによって、声に合理性が与えられ、客観化が図られる。徳正は憤懣をぶちまけるのではなく、感情を抑制しながら五十余年におよぶ「哀れ」を吐露したのである。ウチナーグチを使えば、怒りに任せて石嶺を責め立てることになってしまう。そもそも非は自分にあるのだからそれはできない。どれほどつらい五十余年であったとしても、石嶺に共感を求めることなどナンセンスである。そこで、複雑かつ屈折した歳月の長さをヤマトゥグチで伝えようとしたのではないか。そのような徳正の気持ちに応えて石嶺は「小さくうなずいた」。しかし徳正の失われた五十余年への痛惜は、決して合理的にも客観的にも語れるはずのないものである。ヤマトゥグチでは伝わらない、しかしウチナーグチも使えない、どちらの言葉からもはみ出した残余に、苦渋に満ちた戦争体験者の語り得ぬ思いが潜んでいるのである——その残余を掬いあげる創作上の手法として、本作品ではリアリズムを離れた寓話の形式がとられているのだと考えられる。

その一方、徳正は教室では「馴れない共通語」しか使えなかった。それは嘘の証言を披露するために緊張していたことだけが原因ではない。彼の戦後の苦難に満ちた境涯——早朝と夜は畑作業で昼は米軍港の荷揚げ作業、米軍基地での日雇い労務、塗装業、素潜り漁など——を考えれば、彼は将来は教師になるはずの人生から大きく逸れた生涯を過ごしてきたといえる。四〇年近く農業をしていたウシはウチナーグチだけで話し、普段ウチナーグチの清裕は、効能の消えた水滴への苦情に対処するときだけヤマトゥグチを使っている。

徳正による「共通語」の馴れなさは、「正しい標準語」が使えた一八歳当時との懸隔、そして徳正の五十余年間の苦難を示している。ヤマトンチュによる被害者でありながら、同時に同じウチナーンチュに対する加害者ともなりうる、回収されることのない残余として、回復することのない戦争体験者の精神的な後遺症が存在する。とりあえず「冬瓜《すぶい》」の件が落着したので、壕に花を捧げ、遺骨を探そうと決意するものの、徳正は「自分はまたぐずぐずと時間を引き伸ばし、記憶を曖昧にして、石嶺のことを忘れようとするのではないかと不安」になる。禁酒の誓いも破ってふたたび飲酒をはじめていた。徳正が生きつづける限り、戦争体験の記憶は封じ込められず、心的症候となって回帰するのである。

第2節　地域社会における支配と言葉

1　「虚偽の言葉の繭」

日本軍からスパイ容疑をかけられた老人たちが虐殺される場面が、目取真俊の「群蝶の木」(『小説トリッパー』二〇〇〇年夏季号)に描かれている。「明け方近く、壕の近くを歩いていたというだけで」目をつけられ、「後ろ手に縛られた老人達はたどたどしい標準語で、食料を探しに村に行っての帰りだ」と弁解する。しかし「沖縄の住民のいうことなど、友軍は最初から信用していなかった」。部隊長石野の命令を受けた与那嶺が部下を従えて、老人二人を木の茂みに連れていく。「夜、壕の中で、自分の刀の切れ具合を自慢げに話している与那嶺の言葉に聞き入っている兵隊の中にも、嶺井や大城といった沖縄の者が混じっている」。沖縄出身の兵士たちは「時として、忠誠心を示そうとしてか、スパイ容疑で捕らえられた沖縄の住民に対して、彼らがヤマトの兵隊以上に苛酷な仕打ちをする」のだとされる。

沖縄戦当時、ウチナーグチを話しただけでスパイ容疑をかけられたのは紛れもない事実であった。一九四五年四月九日に伝達された「球軍会報」(沖縄守備軍第三二軍命令)には、「爾今軍人軍属ヲ問ハズ標準語以外ノ使用ヲ禁ズ、沖縄語ヲ以テ談話シアル者ハ間諜トミナシテ処分ス」とある。住民たちは身の潔白を「たどたどしい標準語」で説明するしかなかった。しかし、たとえ無実が証明できたとしても、日米間の戦闘に巻き込まれて死亡する危険が高かった。

目取真の小説には、ヤマトゥから権力を分与されることによって、ウチナーンチュを支配下に置こうとするウチナーンチュが登場する。たとえば「風音」には、区長の石川徳一が登場する。彼は村でも有数の富農の子で、年に数名だけの中学への進学者のひとりだった。沖縄戦では鉄血勤皇隊員に動員された。他方、彼とは小学校の同級生であった当山清吉は、貧農の家に生まれた。基地建設の勤労動員以外、ほとんど学校に出席せずに海や畑に出ていた。年の割に体が小さかったので防衛隊に駆り出されず、戦闘がはじまると両親とともに山中を逃げ回った。戦後、収容所で徳一と再会したときには、清吉は「もうこの幼馴染みと何も話すことがないのを感じた」。しかし「狭い村の中で破壊され尽くした生活を復興していくためには、徳一のツテを利用しないわけにはいかなかった」。清吉は「屈辱に耐えながら虚偽の言葉の繭で自分を覆い、物資をまわしてもらった」のである。[16] 戦争が終わってもなお、沖縄の地域社会には戦前からの支配構造が残存し、支配者からの利益にあずかるために、人びとは「虚偽の言葉の繭」をまとって自己韜晦しなければならなかったのである。

徳一と同じような人物は、「眼の奥の森」(季刊『前夜』二〇〇四年秋号—〇七年夏号)にも登場する。沖縄戦当時、警防団長を務めた嘉陽《かよう》は、戦後は区長として「米軍からの食糧配布の量を増やさせ、家の建て直しのための建築資材の割り当てや、学校の再建のために」尽力した。だが祖父母の代に「零落した士族」として島外から移住してきたという過去を持つために、「陰では寄留民」と貶められていた。少女が強姦された報復に青年の盛治が米兵を襲うと、彼が身を潜めていた場所を米軍に知らせるという愚挙をおかし、戦後、嘉陽は島に居られなくなる。島の安全を守ろうとしているのは盛治と嘉陽のどちらなのか、住民の眼には明らかであった。

さらに「群蝶の木」にも、内間という九〇歳をすぎた老人として登場する。彼は戦後まもなく区長に就任してから一〇年以上も務め、村会議員に三期当選した。沖縄戦当時は、米軍が設立した収容所内で避難民の世話役をしていた。「村の女達が襲われないように、米兵の捌口を作る魂胆」から、米兵相手の「売春旅館」を村の中に設立した。ただしそれは、日本兵相手の慰安所を転用したものにすぎなかった。《純血》のイデオロギーに拠った家父長的権力は、家系を継ぐ子どもを《産む女性》を保護するために、《産まざる女性》を犠牲に供したのである。《産む女性》と《産まざる女性》とのあいだで女性を差別化した点では、家父長的権力の暴力はヤマトの場合とまったく同じ構造を持っていた。

本節では、沖縄における地域社会を取り巻く言葉と支配の問題を、1節に続き「水滴」を通じて考えてみたい。右の場面をさらに深く考察するために、「たどたどしい標準語」と「きれいな標準語」、そしてウチナーグチとの関係性を考えてみよう。

2 《事後性 Nachträglichkeit》

石嶺の「きれいな標準語」は何を意味したのか。松下博文氏は「〈きれいな標準語〉(矯正/強制)言語)はあくまで「公」の言葉であって、「個」のそれではなかった。イシミネは「個」としてけっして徳正を赦してはいない」という解釈を示した。(17) 徳正の心理状態から考えて、亡霊の正体は、自己処罰の強い衝動に加えて、彼から赦されたい願望が同時に投射されたものであったと解釈できる。何かあるごとに

「なぜ自分だけが生き残ったのか」という強迫観念に襲われながら、「それでもなお生きるしかない」という諦観の中に暮らす生存者の姿を、目取真は創作上の虚構を通して浮かび上がらせた。徳正の右足が突然腫れ出したのは「六月の半ば」、沖縄戦における彼の体験と重なる時期であった。目取真は前述の通り、学生時代に聞いた、座間味島の集団自決で生き延びた男性の話をもとにしてこの作品を描いたという。[18]

イシミネから赦されたように感じたのも、逆に赦されなかったように感じたのも、徳正の心理的葛藤がそこに反映されていたからである。フロイトによれば、「外傷神経症の原因」は、患者が過去の記憶を封印してしまい、「不安が形成されないこと」にある。外傷が生じた現場に連れ戻される夢をくりかえし見るのは、「不安を形成しながら刺激を克服することを目指している」からだという。[19] 右足が腫れ上がったというストーリー設定は、あえて記憶を呼び覚まして「不安を形成」させようとする《夢》の方法のひとつであったといえる。

目取真は小説の中でウチナーグチを使用することについて、次のように説明している。

　私も『水滴』でウチナーグチを一部で使っていますが、限定的な使い方で、決して実験的な使い方なんかじゃないということは、これまでも言ってきました。「本土」の人達だけでなく、沖縄の若い人達も大半がすでにウチナーグチを理解しなくなっているんですから、それを前提にして書いている。
　漢字という表意文字を使って意味を伝達し、ルビを振ってウチナーグチの音を伝える、というのはありふれた手法で、その場合も使っているのは今帰仁言葉じゃないですよ。ウチナーンチュの多数がわかるように、芝居的な作られた言葉なんです。漢字もかなり強引なあて字を使っています。

元よりウチナーグチを変形して使っているわけですから、これが正確か間違っているかと言われれば、当然間違っているわけです[20]。

《ウチナーグチ》という概念は、そもそもヤマトゥグチとの関係性で生起するもので、その内部における多様性を捨象して成立している。目取真の小説に使われたのは、逆説を孕む《標準的なウチナーグチ》という虚構の言語であった。

方言地理学でいえば、沖縄本島は、北部方言と中南部方言に分かれる。北部方言は国頭《くにがみ》方言、山原《やんばる》方言と呼ばれてきた。今帰仁方言は国頭方言の一部で、海を隔てて与論島や沖永良部島、徳之島、喜界島、奄美諸島の方言とつながっている。今帰仁方言は、本地《もとじ》方言と古宇利《こうり》方言に大別され、本地方言でも東部《アガリンシマー》と西部《イリンシマー》では言葉《シマートゥバ》が異なる。かつては隣の村の住民と自由に結婚することさえできなかったほど、村と村とが互いに孤立する閉鎖的な社会制度が長く続いたために、字ごとに言葉の違いがかなりみられる[21]。今帰仁言葉でさえこれほどの多様性を持つことを考えれば、《ウチナーグチ》という概念のイデオロギー的性格は明らかである。

石嶺の「ありがとう。やっと渇きがとれたよ」という台詞は、「ニフェーデービル。ヤットゥヌディガーキトリヤビティ」というウチナーグチのひとつに書き換えられる。しかし、この部分ではあえて「きれいな標準語」が使われている。先の引用の中で目取真は、ウチナーグチの「限定的な使い方」に言及していたが、「きれいな標準語」を使った理由については何も述べていない。目取真の小説には、区長をはじめ共同体の顔役や教員が多数登場する。徳正も石嶺も師範学校の生徒であった。師範学校とは、標準語教育そして皇民化教育を推進する教員を育成した学校である。「きれいな標準語」とは、地域社会における支配者層の言葉であったのである。それに対して現在の徳正は、戦争体験者の語り部として小学生の前で話すことを引き受けるのだが、彼が使う「馴れない共通語はつかえ通し」であった。このような言葉の落差に着目してみると、戦後「五十年余」にわたる苦難の人生が読み取れる。

ほとんど起きることのできないトミの面倒を祖母に任せて、まだ十八の徳正は年齢を偽り、昼は隣町にできた米軍港の荷揚げ作業に出、早朝と夜は畑に出る毎日を繰り返した。二年後トミが死に、祖母と二人きりになった。何度か村を出て、基地建設で賑わっていた中部で日雇い労務をしたり、那覇で塗装業をやってみたりしたが長続きしなかった。二十五の時に村に帰って来てからは、米軍機の燃料タンクを利用して手漕ぎの船を作り、畑の合間に素潜りの漁をして金を稼いだ。二十七の時、魚商《いうあきない》をしているウシと知り合って一緒になった。祖母の喜びようはなかった。

将来を期待された師範生の「きれいな標準語」と、徳正の「馴れない共通語」とを比べてみれば、沖縄における戦後社会の厳しい現実の中で苦難の人生を強いられた徳正の「五十年余」の重みを感じさせられる。「水滴」では、前途有為な青年は戦死するか、あるいは戦後に零落してしまう姿が描き出されたのである。

その一方、徳正は過去の記憶を想起し、トラウマを呼び覚まして苦しむのと同時に、石嶺から性的快感を享受していることにも注意を払わなければならない。作品の中で、石嶺の唇によって徳正が射精する場面がほかにも登場する。たとえば、兵士の亡霊があらわれるようになった三日目の夜のことである。夜が明けようとしたとき、「伏し目がちに現れた新しい兵隊の姿」が石嶺であった。「舌先が傷口に触れた時、爪先から腿の付根に走ったうずきが、硬くなった茎からほとばしった。小さく声を漏らし、徳正は老いた自分の体が立てる青い草の匂いを嗅いだ」。石嶺との同性愛的な関係がなぜ描かれたのか。徳正が以前から抱いていた石嶺に対する同性愛の願望充足が、そこでおこなわれたのだろうか。

セックスの《快》は、それが最大化するその瞬間に欲望が消失してしまうことを考えれば、「完全な性的な満足の後の状態は死と似ている」とされる。[22]「水滴」に描かれたのは「ホモソーシャルな軍隊内部の男性原理的なエロス的癒合による癒し」でしかなかったとする説も示されているが、[23]性的快感の彼岸に存するもの――みずからの死を覗きこむ瞬間――を徳正がそこで感じていたのではないか。最初のうちは、亡霊たちはみな徳正に無関心であった。「十七歳のままだった」石嶺の亡霊が出現することによって、徳正の記憶は回帰して罪責感が芽生えようとした。「十七歳のままだった」石嶺を前にして、みずからの老いに気付かされ、射精した直後に死の感覚に襲われる。たちまち心理的な防衛機制が働き、苦痛を外部に転じて石嶺への攻撃衝動となった――「ふいに怒りが湧いた」――、そこで「この五十年の哀れ、お前が分かるか」という台詞を発することになったのである。

徳正は体調が回復したら、妻ウシと一緒に「あの壕」を訪れて「遺骨を探すつもり」になる。しかし、生と死の臨界線上でためらう徳正は、終わらない戦後を生きつづけるしかないのである。このためらいは、心的外傷を負った人間がことあるごとに記憶を回帰させ、そこに新たな意味を発見し心理的負荷を加えてしまう――「記憶から除かれた印象あるいは痕跡が、完全な意味、完全な効果を発揮するのは、最初の刻印のときより後でしかないという事実」とされる《事後性 Nachträglichkeit》――という症候を表現している。[24]

作品の結末部分には、伸び放題の夏草を刈ろうとして徳正が裏庭に下りると、「仏桑華の生垣の下に、徳正でも抱えきれそうにない巨大な冬瓜が横たわっていた。濃い緑の肌に産毛が光っている。溜息が漏れた」という表現がある。目取真は芥川賞を受賞した際、「沖縄の各地には、終戦直後、戦死者たちの養分を吸収して、大きな南瓜や冬瓜ができたという話がたくさんあります。戦死者が、植物を育てたり、植物に姿を変えて、生きのびている……」という伝承を紹介している。[25]とすれば、徳正が目にした「抱えきれそうにない巨大な冬瓜」は、石嶺が姿を変えて生まれ出たものであったといえるかもしれない。さらに別の視点からいえば、それは徳正の右足の症状が転じて現出したものであったといえるのではないか。精神分析療法は、強迫神経症の患者において「罪責感の根拠となっている抑圧された刺激が存在していることを発見する」ことをめざしている。[26]徳正の罪責感――それまで無意識の領域にとどまっていた心的外傷の記憶を再構成して意識化させた結果、外部に視覚化された――を象徴的に示したのが「抱えきれそうにない巨大な冬瓜」であったのではないか。

作品の最後には、「親指くらいもある蔓が冬瓜から仏桑華に伸びている。長く伸びた蔓の先で、黄色い花が青空に揺れていた。その花の眩しさに、徳正の目は潤んだ」という表現がおかれている。これは徳正の心理的回復のプロセスの一歩を表現しているのではないだろうか。「明日《あちゃー》から畑《はる》に出《い》でてぃ、働《じ》くんど」と徳正は自分に言い聞かせるのだが、死者のみならず生者における再生への希望が、その言葉に託されていたのだといえよう。

3　戦争の語りに潜む慰藉と共犯のコード

言葉と支配の問題を考えるために、徳正の従兄弟である清裕を取り上げてみよう。清裕は徳正とは同年齢、独身のまま「本土に出稼ぎに行ったり、那覇で日雇いの仕事をしたりしていたが、旧正月の前には村に帰って両親の残した家で過ごし、砂糖キビの刈取りの仕事で日銭を稼ぐのが常だった」。清裕の容貌といえば、「地鼠《びーちゃー》というあだ名そのままの貧弱な体と貧相な顔のくせに、歯だけは馬のように立派だった」とされる。抜け目のない彼は「畑や庭に雑草を茂らせることが、ウシにとってどれだけ屈辱的なことか承知していた」ので、みずから彼女に申し出て、草取りや畑仕事の手伝い、徳正の看病を「一日千円三食付き」で引き受けることになった。

徳正の床に付き添うとすぐ、右足の親指から滴る水に不思議な再生作用があるのに気づく。ひと儲けしようと企んだ清裕は、それを一合ビンに詰めて「奇跡の水」として一本一万円で売り出した。朝から夕方まで徳正の看病をしながら水を集め、商店街の一角で夜の七時から売りはじめる。半時間もしないうちに売り切れた。量を半分に減らし、値段を倍にしても客は増える一方だった。

清裕はウシから「嘘物言《ゆくしむぬ》い」と怒られる。パパイアを盗んできたのではないかと疑われたとき、裏庭の草刈りを手抜きしたと勘繰られたとき、どちらも「嘘物言《ゆくしむぬ》い」と言われる。ウシは徳正に向かっても同じ言葉を使って罵った。戦争の語り部をするようになった徳正が、聞き手に合わせて巧みに証言を変えていることを見抜き、「嘘物《ゆくしむぬ》言いして戦場《いくさば》の哀れ事語てぃ銭儲《じんもう》けしよって、今に罰被《ばちかぶ》るよ」と言ったのであった。新城郁夫氏が指摘するように、「共同体の中で期待に応えるようにして嘘をつきそれ故に疎外されるという構造に於いて、清裕を巡る話は、一気に徳正の話に連動して、作品の核心を顕現させる」[27]。まさに「虚偽の言葉の繭」をまとって、みずから欺瞞におちいって孤立しているのである。徳正と清裕は日頃から「酒や博打に溺れる」のも共通していた。戦争の記憶と向きあおうとする徳正がシリアスに描かれてはいるが、両者の性格はそれほど異なったものではなかったのである。

徳正の奇病が治り、水を採取できなくなると、清裕は夜逃げしようとする。手元に現金五〇〇万円、銀行には一〇〇〇万円もの預金があった。だが彼は「奇跡の水」の効能が消失していたことを知らなかった。店の前に数百名が集まって声をあげている。彼が乗ったタクシーは取り囲まれ、カバンもろとも引きずり出される。頭を押さえ、しゃがみ込もうとする清裕に数名がつかみかかる。

「立たんな、この腐《くさ》れ者《むん》が」

耳元で男が怒鳴った。

「え、この水《みじ》は何《ぬー》やが?」

目の前に突き出された小瓶の底で、少量の水が揺れていた。

「はい、あの、〝奇跡の水〟であります」

言い終わらないうちに横にいた女の張り手が飛んだ。

「何が〝奇跡の水〟よ」

摑みかかろうとする女をまわりが抑えた。

右の場面で、効能を失った水について問い詰められると、それまでウチナーグチを使っていた清裕は、「はい、あの、〝奇跡の水〟であります」というヤマトゥグチ――しかもきれいな標準語――で答えている。なぜこの部分だけヤマトゥグチが使われているのだろうか。ウチナーグチの強い語勢で言い返してもよかったはずである。ヤマトゥグチを使うことによって、清裕自身はあらたまった態度で商品を保証したつもりであったが、結果的に言葉と本心との相違が露わになってしまっている。とりもなおさずそれは、彼が出稼ぎにいった「本土」で、そのようにヤマトゥグチが使われるのを聞いて暮らしたことを意味するだろう。言語習得は、つねにそれが発話されるシチュエーションに条件づけられておこなわれる。

先にも引用したように、徳正が「この五十年の哀れ、お前が分かるか」と言うと、石嶺の亡霊は「ありがとう。やっと渇きがとれたよ」と「きれいな標準語」を使って答えていた。徳正の無意識を投射したものが亡霊の正体であったと考えれば、やはりそこにもズレ――石嶺に赦しの言葉を語らせてはみたものの、徳正は本心では自分自身を決して赦していなかった――が生じていたといわざるを得ないだろう。方言話者の言語態度として、標準語を聞かされると心理圧迫が加えられたように感じる。またそれとは逆に、心理的圧迫から逃れようとするとき体裁を取り繕おうとし、さらには権威を示そうとして標準語を使う。植民地における支配者層は、標準語を学んで帝国から信任を受け、住民を統治する。たんに言葉だけの問題ではなく、帝国が指し示すイメージの鋳型に積極的に同化しようとする。だが、あらためてズレの痕跡をたどり、そこにあったはずの違和感を見出すことによって、新たな主体を生成させるきっかけを手に入れることができるだろう。

徳正たち登場人物が平穏な日常生活に戻ってゆくという「水滴」の終わり方に、仲里効氏は違和感を覚えている。目取真が「戦争の語りに潜む慰藉と共犯のコード」を告発しようとしていたのならば、「物語が円環を閉じる」方法は、「沖縄戦を巡る凡庸な反復を踏み越えるかに見えながら、ナショナルな心域の内部に回収される」ことになるという。(28)

しかしここでもう一度、「ありがとう。やっと渇きがとれたよ」という石嶺の言葉の落ち着かなさと、「はい、あの〝奇跡の水〟であります」という清裕の言葉のいかがわしさとに着目すれば、同化しようとすることの限界と虚偽が示されていることに気づくだろう。沖縄戦で身の潔白を証明しようとして老人たちが使った「たどたどしい標準語」を思い起こせば、それを使わざるを得ない場面の抑圧的な社会構造が一層明らかになる。

軽薄な人間とみられがちな清裕もまた、裏庭に咲く花に心を奪われていた。「仏桑華の生垣も枝を自由に伸ばし、赤い花が青空に映えている。糸瓜なのか、南瓜なのか、生垣に絡みついた蔓に鮮やかな黄色い花が二つ咲いている」。徳正と同じように「その大きな黄色い花に見とれていた」のである。この作品の中では清裕の戦争体験は何も語られていない。だが、彼らが使う言葉の微妙なニュアンスに耳を傾けることは、この小説さらには沖縄の社会史を読み解く大切な手がかりになっている。

注 「水滴」の本文は『水滴』(文藝春秋、一九九七年)に拠った。

(1)『沖縄県史』第一〇巻(沖縄戦記録二、一九七四年)一〇九五頁。

(2)同右書「凡例」⑤、一一頁。

(3)安仁屋政昭「総説」同右書、一一〇六―一一〇七頁。

（4）石原昌家「私の戦争体験調査と大学生との係わり――自家広告的石原ゼミナールの活動を通して」（『沖縄国際大学社会文化研究』第七巻一号、二〇〇四年三月）八〇頁。
（5）立松和平「選評　文学の水脈」（『文学界』第五一巻四号、一九九七年四月）一六三頁。
（6）宮城喜久子「学徒隊解散・自決を覚悟」ＮＨＫ戦争証言アーカイブ（https://www2.nhk.or.jp/archives/shogenarchives/shogen/movie.cgi?das_id=D0001130044_00000）ほか。
（7）田口律男氏は「このテクストにおいて、戦死した兵士の「癒し」があまりにも安直に語られていはしまいか」と指摘する。そして「極論すれば、ここでの「癒し」は、ホモソーシャルな軍隊内部の男性原理的なエロス的癒合による「癒し」なのである。目取真が〈沖縄を癒しの場として捉えるような発想〉を峻拒するとすれば、こうしたホモソーシャルなエロス的癒合による「癒し」のイメージに対しても、もっと抑制的であるべきではなかったのか」と批判する（「都市テクスト論としての〈沖縄〉（二）――目取真俊「水滴」を視座として」『文教国文学』第三八・三九号、一九九八年三月、一四八―一四九頁）。村上陽子氏も、この作品が男性的な記憶の循環の物語であり、ウシや宮城セツといった女性が水の循環から排除されていると指摘している（「循環する水――目取真俊「水滴」」、『出来事の残響――原爆文学と沖縄文学』インパクト出版会、二〇一五年、二六五頁）。田口、村上両氏が指摘した点は「水滴」が抱える本質的な問題――安易な赦しによって本作品が戦友の友情譚に堕していないか、女性は共同体の脅威を象徴するものなので排除されているのではないか――である。だが本作品は完結していない。語り得ない残余を指し示すだけである。その完結できていないところにこそ、本作品の評価すべきポイントがあると考える。
（8）宮沢剛「目取真俊「水滴」論――幽霊と出会うために」（『文学年報』創刊号「文学の闇／近代の「沈黙」」、二〇〇三年一一月）三七四頁。
（9）松下博文「沖縄戦と〈きれいな標準語〉――目取真俊「水滴」への視角」（『語文研究』第一〇〇・一〇一号、二〇〇六年六月）一四三頁。
（10）天満尚仁氏は「徳正にとって講演活動は石嶺を忘れるという目的のための手段には成り得ない。それは石嶺と向き合うという目的であると同時に手段でもある。従って、徳正の捏造的物語行為という不誠実さは一方的に糾弾されるべきではない。むしろ、そのような騙りの背理性を徳正に強いてしまうことこそが、語り得ない単独的な〈沖縄《きお》戦《く》〉を指し示しているからだ」と指摘している。「単独性としての〈沖縄戦《きおく》〉——目取真俊「水滴」論」（『立教大学日本文学』第一〇三号、二〇〇九年一二月）一四一頁。

(11) 仲里効「翻訳的身体と境界の憂鬱」（『沖縄・問いを立てる2　方言札——ことばと身体』評論社、二〇〇八年）一三三、一四〇、一四二頁。

(12) 大城将保「沖縄戦の真実をめぐって——皇軍史観と民衆史観の確執」（『争点・沖縄戦の記憶』社会評論社、二〇〇二年）三四—三五頁。

(13) 目取真俊・宮城晴美「終わらない「集団自決」と、「文学」の課題」（『すばる』第二九巻二号、二〇〇七年二月）一六四頁。

(14)「記憶と想像の間6　「戦後」ゼロ年　本土の勝手さ、沖縄の怒り」（朝日新聞、二〇〇五年七月二七日）

(15) 冨山一郎『増補戦場の記憶』（日本経済評論社、二〇〇六年）一七八—一八〇頁。また大原祐治氏は「このとき、徳正／石嶺という対偶の目の前には、〈見捨てた者／見捨てられた者〉、〈生き延びた者／死んだ者〉、〈償う者／赦す者〉、といった二項対立の図式では処理しきれない領域が広がっている」と指摘する。そして「この想起のプロセスを通して、その向こう側に幽霊にもならない／なれない、〈語り得ぬ何か〉としてあるセツのような存在と、徳正が向き合う瞬間が提示されているところにこそ、この小説の核心は存する」と論じている。「「二者択一」の論理に抗する——目取真俊「水滴」論」（『学習院大学国語国文学会誌』第五一号、二〇〇八年三月）六三、六六頁。

(16) この表現は初出形「風音」のみで使われる。

(17) 前掲、松下「沖縄戦と〈きれいな標準語〉」一四八頁。

(18) 前掲「終わらない「集団自決」と、「文学」の課題」一六四頁。

(19) フロイト「快感原則の彼岸」（竹田青嗣編・中山元訳『自我論集』ちくま文庫、一九九六年六月）一五三頁。

(20) 目取真俊『沖縄「戦後」ゼロ年』（NHK出版、二〇〇五年）一八五—一八六頁。

(21)『今帰仁村史』（一九七五年）一三七—一三八頁。

(22) フロイト「自我とエス」（前掲『自我論集』）二五五頁。

(23) 田口律男『都市テクスト論序説』（松籟社、二〇〇六年）四〇二頁。

(24) ロラン・シェママほか編『新版 精神分析事典』(小出浩之ほか訳、弘文堂、二〇〇二年)一六四頁。
(25) 目取真俊「受賞の言葉」(『文藝春秋』一九九七年九月特別号)四二四頁。
(26) 前掲、フロイト「自我とエス」二六一頁。
(27) 新城郁夫『沖縄文学という企て——葛藤する言語・身体・記憶』(インパクト出版会、二〇〇三年)一三八頁。
(28) 仲里効「「水滴」と沖縄文学(1)」(沖縄タイムス、一九九七年七月二九日)

第4章 「魂込め」
――地域における集権主義と《嘘物言《ゆくしむぬ》い》――

1 ラジオ体操が儀式として成立するメカニズム

「魂」を「マブイ」と呼ぶ沖縄独特の風習をふまえた目取真俊の「魂込め」が描き出したのは、戦争が終わって約五〇年が経過した沖縄社会であった。

ラジオ体操の音楽が公民館から流れてくるのを、老女のウタが「鼻で笑」う。「四月のはじめ」、村の教育委員会と老人会の役員が中心となって、子供会との合同ラジオ体操を公民館前の広場ではじめた。作品の舞台は「それから一月ばかり」経った頃とされる。ちょうどその期間は、小説のテーマである沖縄戦の時期とほぼ重なる。老人たちを集めたのは「教員上がりのグループ」だったのだが、ウタにとって、朝起きて急に運動するのはかえって老人の体に悪いと思われた。実際、「校長で定年退職して教育委員をしていた大城」が、ラジオ体操から帰宅してすぐに倒れて死んでしまうというできごとが起こる。

ラジオ体操は、個人の運動のみならず、それに動員された人びととの集団化によって「国民化」「皇民化」

を進め、市民の身体や精神を「総動員」することに寄与した。たとえば日本統治下の台湾では、総督府交通局逓信部台北放送局によって一九三〇年四月一日からラジオ体操が放送された。三四年夏には逓信部をはじめ総督府文教局と台湾放送協会の共催で、学校や公園、広場など四三カ所で「第一回全島ラヂオ体操の会」が開催された。一〇日間で約二〇〇万人が参加したという(1)。集団化されたラジオ体操は、台湾・朝鮮半島・中国東北部などの帝国日本の植民地に展開した。中国東北部の場合、ラジオ体操は、日本から輸入されたラジオ体操から「満州国建国体操」へと拡大し、宮城遥拝や国旗掲揚を強制する《国家総動員》方式の体操に変化した。だが実態としては「全体主義を強化させる道具としての機能を果たすことがほとんどできなかった」。その理由は、ラジオ受信機の所有率がわずか四パーセントにすぎなかったことや、「日満一心一体」のスローガンが虚偽に満ち、満州国がしょせん傀儡にすぎなかったことにあるとされる(2)。

戦争で両親と死に別れ、夫の清栄は行方不明となったウタが、ラジオ体操の普及に協力する村の人びとを嘲笑する場面から作品が書きはじめられるのは、きわめて印象的である。この小説が発表された一九九八年二月、普天間飛行場の代替海上基地を名護市のキャンプ・シュワブ沖に建設することに、大田昌秀知事が反対意見を表明した。ところが同年一一月におこなわれた知事選では、大田知事を破って稲嶺恵一が当選、八年ぶりに保守系候補が県知事になるという激動の一年であった。

「魂込め」で描かれた村の公民館には、区長をはじめ老人会長・壮年会長・青年会長・婦人会長・子供会長が集う。そこには戦前のラジオ体操の集団化の再現——「権威に対する服従と、服従によって得られた安定感、帰属感」を中核とする「ラジオ体操が儀式として成立するメカニズム」——に通じるものを感じ取れるのではないか(3)。身体を動かしているのは自分だけではないという安心感、すなわち集団に所属することを自発的に求める個人の欲求は、究極のところ権威主義を招き寄せてしまうからである。この「魂込め」を、個人と集団との関係性において読み解いてみよう。

2 「魂《まぶい》を落とす」子ども

「魂込め」の初出は『小説トリッパー』一九九八年夏季号（朝日新聞社）、初収は『魂込め』（朝日新聞社、一九九九年）である。近所に住んでいる幸太郎が突然倒れ、ウタが呼ばれる。幸太郎はひとりでよく浜辺におりて、三線をつまびきながら島唄を歌うことがあった。「盆のエイサーや四年に一度の村踊りの歌《うた》者《さー》」である幸太郎の美声は村人を魅了するほどであった。前夜も妻フミがいつものように背負って帰宅させたのだが、今朝になってから異変に気づいた。大人のこぶしほどもある大きなアーマン（オオヤドカリ）が口の中から姿をあらわしたのである。戦争で孤児となった幸太郎は現在五〇歳を過ぎたばかり、小学生になる二人の子どもを持ち、半農半漁の生活を送っていた。幼い頃から年に五、六回も「魂《まぶい》を落とす」子どもで、成人してからも二、三年に一回は魂を落としていた。そのたびに、幸太郎を実子のようにかわいがっていた神女《かみんちゅ》ウタが呼ばれ、彼のために「魂込め《まぶいぐみ》」をおこなった。

「魂込め」とは、「子供たちがびっくりしたときや疲れてぐったりしたときなど、元気を取り戻してやるためのまじない」であった。意識を失った者に対して正式に「魂込め」の儀式をおこなう場合は、魂を落とした者が着ていた衣服を、魂を落とした場所に持っていき「御願《うがん》を捧《うさ》げ《ぎ》る」。小石を三個着物に包んで帰り、御願を捧げて衣服を着せなおすと意識を取り戻すという。

幸太郎が魂を落とした木陰にウタが出かけると、彼の魂が海を眺めながら座っていた。ウタが願文をくりかえし唱えた。いままでに何百回も魂込めをし、ほとんどの魂が素直に言うことを聞いてくれたにもかかわらず、このときの幸太郎の魂は動こうとはしなかったのでウタは戸惑いを感じた。

魂込めが首尾よく進まないなか、区長の新里文昭が幸太郎の家に来た。フミたち家族に協力するという一方、幸太郎の身に起こったできごとは「集落《しま》のごく一部の者だけにとどめて、絶対に他村《たしま》の者に知られてはいけない」という。箝口令を布く新里の魂胆は、「ヤマトの企業が計画しているホテルの建設」に支障が出ないようにすることにあった。「内地人《ないちゃー》は臆病《しかー》」で「沖縄に偏見持っている人たちも多い」から、誘致が失敗するのではないかと恐れているのである。だがその一方で、青年会長の金城弘は「逆によ、口にアーマンの入った人間がいると知られた方がよ、宣伝になるとは考えられんな？　やっぱ、あんな珍しいものはよ、だれでも見たいんじゃないか」という。ここには、沖縄に差別と好奇のまなざしを注ぐヤマトンチュの植民地主義の志向と、それに迎合して利益を生み出そうとする一部のウチナーンチュの心性とが示されている。

ウタは激しい剣幕で「やな腐《くさ》れ童《わらび》や、幸太郎、見せ物《みしむん》にするつもりな？」と怒る。そして「青年会長もする者が、人の哀れも分からんな。物《むぬ》や言い欲《ぶ》さ勝手やあらんど」とテーブルを叩く。この「哀れ」という言葉は、幸太郎の体から離れたアーマンがウタと金城によって攻撃され、致命傷を負ってウタを見たときの「弱々しい目の光にふいに哀れみが湧いた」という表現の中にも使われる。

3　照屋忠英の虐殺

「魂込め」には、沖縄戦の史実をふまえたエピソードが語られている。六月が近くなった夜、浜辺で眠り込んでいたウタが目を覚ますと、幸太郎の魂《まぶい》は、卵を産んでいる海亀をのぞき込んでいた。彼の母オミトが死んだ夜、海亀が産卵していたのと同じ場所であった。そこからウタは沖縄戦の記憶をよみがえらせる。米軍の空襲で村の家の大半が焼かれてから一カ月近くが経っていた。ウタたちの集落《しま》は、近くに海軍特別攻撃艇の基地があったために被害が甚大であった。山中の洞窟《がま》に逃げ延び、夜になると食糧を取りに戻った。歩哨に立つ日本兵を危惧しながら、オミトは海亀が産んだ卵を採りに行く。だが機銃の集中砲火を浴びて倒れてしまう。ウタは明晩迎えにくるからと言って洞窟へ向かう。だが、そこに残っていたのは女性と子どもだけで、男性は先回りした日本兵に連れ出されていた。ウタの夫の清栄も幸太郎の父の勇吉も、村の老人たちも二度と村に戻ってくることはなかった。戦後、米軍の収容所から解放されるとウタはすぐに浜に行き、オミトの遺体を探したが見つけることはできなかった。日本兵によって連れ出された男性たちも、「スパイ容疑で処刑されたという話」はあったが、「どこに埋められたか、ということはとうとう分からずじまいであった」という。

目取真の故郷である今帰仁村では、戦火が次のように拡大した。一九四五年三月二七日、米軍による焼夷弾攻撃によって仲宗根一一一戸が全焼し一面焼け野原となる。運天港には海軍特殊潜航艇――第二蛟竜部隊（一三〇名、特殊潜航艇七隻）と第二七魚雷艇隊（三〇〇名、魚雷艇一九隻）が配備されていた。三一日警察の命令によって全村民が裏手の山の自然壕に避難、四月一日沖縄本島中部西海岸に米軍が上陸作戦を開始、五日北上してきた米軍が名護町世富慶海岸に上陸した。島袋松次郎村長は全区長を集め、疎開者用の食糧を本部町から運搬する計画を決めていたが、それが困難になった。食糧難が深刻化するなか、日本軍は村民を駆り出し、食糧補給班として食糧集めとその運搬に従事させた。その結果三一二名が戦死することになった。『今帰仁村史』によれば「かれらが、どのようにかりだされ、そしてたおれていったのかのすべてを知ることはできないが、『戦没者名簿』(村役場所蔵)の末尾にとじられた数枚の『戦闘参加者についての申立書』が、そのごく一部を語っている」とある。(4)

四月八日、呉我海岸を突破した米軍が今帰仁村湧川まで進出し、一二日には本部半島のほぼ全体を掌握するまでに至る。今帰仁村では米軍が各所に駐屯し、山中に避難していた人びとに帰村するように呼びかけた。食糧に窮乏し、病弱者や老幼者を抱えた村人たちは、米軍に対する恐怖や警戒心を抱きつつ下山した。しかし村での生活をふたたびはじめると、付近一帯を制圧していた米兵との接触が増えたことから、日本軍によってスパイ嫌疑がかけられるようになった。本部半島北部にある今帰仁村の「スパイ嫌疑ないし虐殺事件は、南部戦線におけるような直接被害や殺戮という熾烈な戦闘場面と異なった隠微な、戦争の他面を示している」と分析されるほどであった。(5) さらに本部半島南部では「敗残兵のまきぞえになって死んだ者」が出たことや、「米兵による戦時強姦が多発したこと」も地域の特徴とされ、「ある部落では、はじめからその意図をもって米兵の集団が軒なみに襲いかかり、逃げおくれた婦女子の多くがその毒牙にかかった事例がある」とされる。(6)

「魂込め」では、「スパイ容疑で隣部落の警防団長や小学校の校長が日本兵に切り殺されたという話」や、「海のそばの家に立ち寄った隣村の兼久という男」が「沖の米軍の船に合図を送ろうとしたという言い掛かりをつけられて日本兵に連れて行かれ、戻ってきていないという話」が紹介されている。史実においても、一九四五年五月一二日夜、警防団長の謝花喜睦は、八重山で山岳ゲリラ部隊となっていた蛟竜部隊艇長の渡辺義幸大尉によって斬殺された。さらに今帰仁村の通訳であった平良幸吉も斬殺された。渡辺が密かに作成していた殺害者リストには、五月二日米軍の命令で開催された区長会議に出席した人びとの名前が並んでいたという。標的とされた彼らは、米軍によって設けられた羽地や久志の収容所に入れられることでようやく難を逃れることができた。渡辺は「米軍と日本軍兵隊との間に板挟みとなって苦しむ住民を尻目に、毎夜のように住民区へ現れた」とされている。(7)

照屋忠英は、一九二七年四月から四二年三月までの一五年間、天底小学校校長を務めた。沖縄戦当時は本部国民学校校長（五四歳）であった。村の正史である『今帰仁村史』によれば、彼は小原国芳が主唱する全人教育や労作教育に共鳴し、学校図書館の建設をはじめとして多方面にわたって活躍した。農村学校経営研究会の指定を受けて科学的基礎に立った学校経営に取り組み、模擬産業組合を設立して農村振興をめざした。また学校衛生研究の指定を受け、児童の健康診断や環境の実態調査をおこなった。それらの施策を通じて天底小学校は「すばらしい教育の殿堂に発展して行った」とされる。(8)

政府は財政資金を交付する。地方では、地域内格差を調整するために、選ばれた指導者がそれを執行する。彼らは出向してきた役人の指示を仰ぎながら権限と資金を手に入れる。発展の立役者のようにふるまう反面、政府からみれば彼らは、あくまでも統治を行き渡らせるための駒でしかない。全国各地で初等教育は皇民化のための教育課程としてとくに重視され、訓導になるには師範学校――入学には郡区長や知事の推薦が必要とされ、学費は無料であった――を卒業しなければならなかった。照屋は沖縄県師範学校の卒業生で、わずか三二歳で小学校校長に抜擢された地域社会のエリートであった。

政府主導の社会事業を推進してきた照屋は、沖縄戦で米軍のスパイと疑われて日本兵に斬殺されてしまう――ヤマトンチュを信じてヤマトンチュに殺される。彼は日本軍の要請を承け、「米軍上陸の直前まで、特攻精神を鼓吹し、年端の行かぬ少年たちまで戦野にかり出し」ていた(9)。だが、山岳ゲリラとして真部山に潜伏したまま一向に戦闘をはじめようとしない独立混成第四四旅団第二歩兵隊（宇土武彦大佐以下五〇〇名）に対して、村民の不満が高まる。青年学校の生徒たちを戦場に送り出してきた照屋は責任を感じ、四月一三日単身で部隊を訪れ、米軍の陣地構築の情報を副官に報告し、戦闘開始をうながした。しかし帰路、山道を迷ってしまう。耳が悪くて飛行機が頭上を飛来するのにも気づかなかった。日本軍の兵士たちは、彼がスパイだから敵機を恐れないのだ、そもそも自分たちの許に来たのもスパイ活動をおこなうためだったのだ、と疑った。そして照屋は「殺してしまえ。こいつ一人のためにみんながやられるから早くこいつを殺せ」と怒声を浴びせられ、殺されてしまったのである(10)。斬殺された死体を兄の忠助が調べたところ、腹巻きの中に貯金通帳は残っていたが、現金二千余円は消え失せていた(11)。多額の現金を持ち歩いていたことも、スパイ疑惑を深める原因になったのかもしれないという。

もっとも、このような事件に関する言説は慎重に分節化されなければならない。なぜなら、照屋はもともとヤマトンチュと同等の忠誠心をヤマトに抱いていた《尽忠報国》の教師だったにもかかわらず、最期は日本兵に裏切られて無惨な死を遂げてしまったのだという語り方は、戦後におこなわれた彼の名誉回復運動に示されるように、むしろナショナリズムを強化してしまうおそれが存するからである。真に《反戦》のモチーフが紡ぎ出されてくるのは、それとは対極の、《同じ日本人である》と言われていたことが信じられなくなる、《同じ日本人である》のを忘れてしまうほどヤマトンチュから理不尽な差別を受けたという体験を語ることからでしかないだろう。冨山一郎氏は、戦後、沖縄の復帰運動に際してスパイ虐殺事件が語られはじめたことに着目する。

個的な記憶が運動という集合行為につながるには、政治的ヘゲモニーという戦略性を帯びた社会化の過程を経なければならず、こうした過程で「日本兵」への憎悪という記憶は、反戦復帰という政治主体のヘゲモニーに、また祖国のために死ぬという強烈なナショナリズムに結びつき、その一方で「日本人であることを忘れ」た記憶は、政治主体にとっては語られない記憶として放置されたのである。「復帰」を起点にして、沖縄戦の記憶は切り縮められていったのである。(12)

戦後長らく語られることのなかった照屋の虐殺も、復帰運動の中で語られはじめた。「満三十一年間、終始一貫皇国発展のために尽瘁してきた優れた教育家が、かかる無念な最期を遂げられ、恩給並に叙位叙勲の恩典にも浴せないことに憤りさえも覚える」という遺族および関係者は、照屋を《尽忠報国》の教師として顕彰し、名誉回復を要求するようになった(『鎮魂譜』照屋忠英先生遺徳顕彰碑期成会、一九七八年七月、二一頁)。一九三八年、天底小学校創立五〇周年記念事業として彼が地域の人びとから多額の寄付を集め、県内随一といわれる荘厳な神社様式の奉安殿を建造したことなどに関心が向けられるようになる。だがそれは同時に、「日本人であることを忘れた記憶」、すなわち《祖国日本》への忠誠がまったく意味を持ち得なかった虐殺の真実を封印するプロセスでもあった。《尽忠報国》の教師であったことを強調すればするほど、彼が日本軍に積極的に協力して少年たちを戦地に向かわせたことも、過去の消せない事実として浮かび上がってくるだろう。村民に多大な犠牲を強いた彼もまた、最期は日本兵によって虐殺されて

しまったという差別の社会構造から目を背けてはならないのである。(13)

4 《嘘物言い《ゆくしむぬ》》と《post-truth》

ヤマトの権威はウチナーンチュのあいだで内面化され、ヤマトへの同化の度合いに応じてウチナーンチュが階層化される。ウチナーンチュの指導者の中には、支配者と化して戦争協力を惜しまない者もいた――強制収容所にユダヤ人を送るのに手を貸したゲットーのユダヤ人評議会（Judenrat）のように。地上戦が繰り広げられた沖縄では、スパイや密告、監視など、生死の境でウチナーンチュが巻き込まれて敵と味方が入り乱れる光景がみられた。アウシュヴィッツを生き延びたイタリアの作家プリーモ・レーヴィは、「ラーゲルの内部は複雑に絡み合った階層化された小宇宙だった」と回想している。彼によれば、収容所に到着して「初めておどしつけ、侮辱し、殴りつけてきたのはSSではなく、他の囚人たち、つまり「同僚たち」だった。彼らは新参者が新たに身につけた服と同じ縞模様の囚人服を身にまとった、正体不明の人々だったのである」という。(14) ヤマトの強権政治そのものが第一に告発されるべきであるのは言うまでもないが、ヤマトの権威を体現して支配の一翼を担った指導者層もまた、沖縄戦における戦争責任を追及されるべきではないか。

「魂込め」には、カメラを下げた若い男二人が登場する。ひとりは「ヤマトの人間」、もうひとりは「那覇の出身」である。表向きは集落の遺跡や行事の写真を撮って記事にしているというが、本当はアーマンに棲みつかれた幸太郎を狙っていた。彼らが共有する好奇のまなざしは、彼らの共犯関係とともに、ウチナーの地域における集権主義と結びついた重層性を示している。「那覇」の人びとはヤマトとの窓口を務めると同時に、沖縄の地域資源に値を付けて売り渡す仲買人の役割も果たしているのである。

幸太郎の口から姿をあらわしたアーマンは、ウタと金城によって命を奪われる。だがその最期、「弱々しい目の光にふいに哀れみが湧いた」。ウタは「このアーマンこそがオミトの生まれ変わりではなかったか……」という想いにとらわれる。「人《ちゅー》のあの世《ぐそー》に行くのと亀の子《かーみぬくゎ》の海に行くのは四十九日」――ウタは「そうやってみな海のかなたの世界に帰っていくのだと思った」。だが小説の結末は、「ウタは立ち止まり、海に向かい、手を合わせた。しかし、祈りはどこにも届かなかった」と終わる。この終わり方に着目した仲里効氏によれば、これは「「魂込め」の不可能性」を描いたものだという。

この「魂込め」が読む者の心を撃つのは、主人公のウタにおいて生きられている〈終わらないイクサ〉である。イクサを終わらせないのは、ウタの幼馴染のオミトを浜に置き去りにしてしまったことの取り返しのつかない罪責感であり、その罪責感は決して償われることはないことで、生き残った者の時間をより深くあのイクサに繋ぎとめてもいる。これまで成功した幸太郎の「魂込め」が失敗に終わったことが示唆するものは、ウタの戦後の時間を貫いて心にわだかまって離れない罪責感と関係していた。取り返しのつかないものを取り返すこと、だがそれは未遂に終るほかはなかった。[15]

奪われた生命は取り戻せない。自分だけが生き残ったことへの罪責感は生存者を苦しませる。仲里氏は、この作品が「魂込め」自体の「不可能性」において〈終わらないイクサ〉をいまなお生きなければならない

パラドックスに満ちた沖縄の戦後のあり方を問いつづける」とする。(16)

幸太郎の身体に棲みついたアーマンこそオミトの生まれ変わりではなかったか、とウタは思う。オオヤドカリを意味するアーマンは、沖縄全域で「アマ」に類する方言で呼ばれている。「アマ」は「あそこ」すなわち「あの世」「後生《グソー》」という解釈が可能で、アーマンは「あの世の者」として考えられる。沖縄の原始的な風葬のひとつに、村はずれの海岸近いアダンの茂みの中に遺体を置く崖葬がある。防潮林として活用されることが多いアダンの林の周囲にはオオヤドカリ類が生息している。大型のオオヤドカリ類が夜間砂浜で採餌することから、死者をあの世に送り出すことにオオヤドカリ類が関与しているように見え、風葬していた遺体にオオヤドカリ類が群がる「オオヤドカリ葬」が存在したとされている。(17)

アーマンが棲みついた幸太郎を撮影しようと若い男性の記者二人が村を訪れた。カメラのフラッシュに驚いたアーマンがあわてて口の中に潜り込もうとしたために、幸太郎は喉を詰まらせて死んでしまう。このような幸太郎の死の経緯をウタが話しても、診療所の大城はそれを信用しようとしない。だが彼女が「涙を流すのを初めて見た」大城は、死亡診断書を認《したた》め、火葬が早くおこなえるように取り計らった。「あんたは、この我《わ》んが嘘物言《ゆくしむぬい》いしよると思うな?」と訴えたウタの言葉は、オミトのみならず幸太郎にも先立たれて生きる拠り所を失ったウタの、やり場のない気持ちが口を衝いて出たものである。それはウタにしかわからない、いまだに戦後を迎えられない沖縄戦の体験者――そのときの苛酷な体験はいつまで経っても容易に口にすることのできないものである――に共通するものであろう。人は自分が見たいものしか見ず、聞きたいものしか聞かない。目を背けたくなる戦争の実態、そもそも語ろうとする気にさえならない体験の真実を語るには、どのようにすればよいのか。

ポーランド・レジスタンスのクーリエ（密使）を務めたヤン・カルスキは、ワルシャワ・ゲットーや強制収容所に潜入し、ナチスによるユダヤ人虐殺の実態を知る。それを世界に伝えようとして奔走するが、英米はそれを黙殺する。ルーズベルト大統領の側近で最高裁判所判事であったフェリックス・フランクファーターは、「わたしはこの青年の話が嘘だと言っているのではない。彼の話を信じるわけにはいかないと言っているのです。そのふたつは同じではないでしょう」と語ったとされる。[18] 平常の環境におかれている人間の脳は、想像の限度を超えた異常さには機能停止してしまい、とくに対象に偏見を抱いている場合、それを誇張とみなしてしまう。どれほど確証の高い事実でも、聞き手に受け入れる心的態度がなければ尊重されない。他方、語り手の側に心的圧力のある場合も、真実を語ろうとしても嘘しか語れないし、嘘が真実に聞こえてしまうこともある。「水滴」の徳正は、ウシから「嘘物言《ゆくしむぬ》いして戦場《いくさば》の哀れ事語てぃ銭儲《じんもう》けしよって、今に罰被《ばちかぶ》るよ」と叱責された。徳正は故意に嘘を語ろうとしただけとはいえない。なぜなら彼には到底語ることのできない痛切な戦争体験があったからで、抑圧した記憶が症因となって右足が腫れあがるという症候があらわれたのである。《嘘物言《ゆくしむぬ》い》――目取真が描く小説は、戦争の記憶が風化するとともに、ソーシャルメディアによって偽の情報がまき散らされる《post-truth》と呼ばれる今日の社会だからこそなおさら、重要な問題提起をおこなっていると考えられるのである。

注　本文は『魂込め』（朝日新聞社、一九九九年）に拠った。

（1）井川充雄「日本統治時代の台湾におけるラジオ体操」（『大衆文化』第一二号、二〇一五年三月）二七頁。

（2）代珂「「関東州」及び「満州国」におけるラジオ体操の儀式的機能」（『人文学報』第四九二号、二〇一四年三月）

一三八―一四一頁。
(3)同右、一三九頁。なお小嶋洋輔「目取真俊「魂込め」――癒されぬ「病」」(『千葉大学人文社会科学研究科研究プロジェクト報告書』第一八四号、二〇〇九年三月)にもラジオ体操との関連が言及されている。
(4)『今帰仁村史』(一九七五年)六五頁。
(5)『沖縄県史』第一〇巻(沖縄戦記録二、一九七四年)四六一頁。
(6)同右、四六五頁。
(7)沖縄タイムス社編『鉄の暴風――沖縄戦記』(沖縄タイムス社、一九五〇年)三二二頁。
(8)前掲『今帰仁村史』三二八頁。
(9)山川泰邦『秘録沖縄戦記』(新星出版株式会社、二〇〇六年)三三三頁。
(10)照屋忠次郎「日本兵による虐殺」(前掲『沖縄県史』第一〇巻)四九二―四九三頁。
(11)前掲、山川『秘録沖縄戦記』三三三―三三五頁。
(12)冨山一郎『増補　戦場の記憶』(日本経済評論社、二〇〇六年)一八六頁。
(13)中山昭彦氏は、目取真の「魂込め」は冨山氏が指摘する、復帰運動にあわせて出現したスパイ虐殺事件の言説とは異なり、「実は残された存在に語りえぬ記憶の穴を穿って孤立させてもいる」と指摘している。『岩波講座文学』第一三巻(岩波書店、二〇〇三年)一八三頁。
(14)プリーモ・レーヴィ『溺れるものと救われるもの』(竹山博英訳、朝日新聞出版、二〇一四年)一三頁。
(15)仲里効「魂込め――最後の言葉から始まりの時へ」(『世界』臨時増刊第七七四号、二〇〇八年一月)一三二頁。
(16)同右。
(17)当山昌直「沖縄島の古風葬とオオヤドカリ類との関連について」(『史料編集室紀要』第三一号、二〇〇六年三月)一五―一七頁。
(18)ヤン・カルスキ『私はホロコーストを見た――黙殺された世紀の証言一九三九―四三(下)』(白水社、二〇一二年)三二〇頁。

第5章 「眼の奥の森」
——集団に内在する暴力と《赦し》——

1 米兵による少女暴行事件

「なぜみんな、これほどおとなしいのか。なぜ父親は、母親は、子供たちの一人ひとりは、なにひとつ抗議もせずに死んでいくのか」[1]——この言葉を遺したのは、ワルシャワ・ゲットーに収容されたユダヤ人のひとり、エマヌエル・リンゲルブルムであった。

少壮歴史家グループのメンバーであった彼は、苛酷な生活を後世に伝えるべく記録を付けていたが、一九四四年三月七日に処刑される。抵抗運動の同志たちは、彼の記録をミルク缶とブリキの箱に収め、廃墟となったゲットーの地下深くに埋めた。これらは戦後の四六年九月と五〇年一二月の二回にわたって発掘された。当時最大規模であったワルシャワのゲットーは、約四四万五〇〇〇人のユダヤ人がわずか三・三六平方キロの中に押し込められていた。この数字が記録された一九四一年、一年間を通して四万三〇〇〇人が飢餓やチフスによって落命した。リンゲルブルムによれば、「ユダヤ人大衆の消極性という問題」は、ドイツ軍によってあまりにひどいテロルが加えられたために、ユダヤ人が怯えて頭も上げられなくなったことや、密輸によってしたたかに稼ぐユダヤ人がいたことなどにその原因が求められる。

だがもうひとつ、民衆が無気力に抑え込まれていたのは、「いかにして人びとを叩きのめし「秩序を維持」させ、労働収容所に送り込むかを習いおぼえたユダヤ人警察」が存在していたからであった。(2) 汚職と不正にまみれたユダヤ人評議会が、ユダヤ人警察官を使って、収容所送りの人数を確保するためにユダヤ人狩りをおこなった。「ユダヤ人をやっつけろ!」と叫ぶ警官すら存在した。人狩りの暴力から逃れるには、彼らに賄賂をつかませるしかない。ゲットーですさまじい手入れがおこなわれた数日間は、「ユダヤ人評議会の汚辱の日々として永遠に記憶されるだろう。評議会にたいするユダヤ民衆の怒りはたとえようもなかった」という。(3) リンゲルブルムの記録は、評議会議長アダム・チェルニアコフが人びとから「偶像視されている。彼の発する布告に質疑は無用であり、彼の言葉は至上命令なのだ。要するに、指導者原理をとりいれたのである」と伝えている。(4) こともあろうに、チェルニアコフの態度はナチス総統の「指導者原理 Führungsprinzipien」に通じているとさえ揶揄されていたのである。

ユダヤ人によるワルシャワ・ゲットー蜂起(一九四三年四―五月)と、ポーランド人抵抗組織によるワルシャワ蜂起(一九四四年八月―一〇月)では、戦闘員の移動や一般住民の避難を助けるなど、市内に張り巡らされた地下水道が重要な役割を果たした。沖縄でも地下壕《がま》が米軍からの攻撃に対する避難場所になった。日本軍から軍民一体の協力を強いられた沖縄戦では、住民相互の監視体制や村社会の統制強化が図られ、苛酷な地上戦に巻き込まれて多数の犠牲者が出た。

目取真俊の「眼の奥の森」(初出は季刊『前夜』二〇〇四年秋号―二〇〇七年夏号、初収は『眼の奥の森』影書房、二〇〇九年）の素材は、屋我地島に住んでいた目取真の母の記憶がヒントになっている。「対岸の今帰仁から米兵が海を渡ってきて、下着姿で部落の中を歩き回っているのを母は目にしています。彼らは島の女性を狙って泳いできていました。天理教の施設や周辺の民家には、今帰仁からの避難民が住んでいたそうですが、その中のひとりの女性が米兵達に連れ去られます。女性は翌日帰ってきたそうですが、米兵達に一晩中強姦されたのでした」（『沖縄「戦後」ゼロ年』ＮＨＫ出版、二〇〇五年、五九頁）。

本作品は、この少女暴行事件を素材にしながら、人間集団の陰湿な暴力を巧みに描き出している。村の青年を米軍に差し出す指導者、暴力の共有を通じて仲間意識を維持する米兵、米兵に強姦された少女を今度は自分たちで犯す沖縄の男性たち――弱者をおとしめることによって集団が結束している点では、彼らの集団は似通っていたのである。事件が発生した「部落《しま》の者達」からみても、米軍に対する「その過剰なまでに協力的な言動は、逆に胡散臭さを感じさせるほど」であった――これは事件当時、米兵への報復をおこなった青年を捜索する米軍に協力を惜しまなかった区長の態度である。

語りの位相が異なる全一〇章の短編から構成された「眼の奥の森」では、越川芳明氏が指摘するように、「小夜子の強姦という「事実」」に関して見解が分かれるわけではなく、「沖縄内部の差異に目が向くような仕掛けがなされている」のである。(5) 全篇の内容を具体的に分析して示すと、作品は次頁の表のように構成されている。

「眼の奥の森」の中で、語り手と時間設定を入れ替えながら巧みに語られた、集団とそこに内在する暴力との関係性について論じてみよう。

「眼の奥の森」構成

1	松田フミから盛治へと視点人物が変化しながら事件が語られる。三人称の語り。時間設定は事件当時。
2	市教育委員会の臨時職員の眞喜屋めぐみが、元区長の嘉陽にインタビュー。二人称の語り。戦後、村民から白眼視されていた嘉陽は「お前」として語られる。
3	事件の現場にいた島袋久子が松田フミに会うために島に帰る。三人称の語り。久子は高校卒業後、東京で暮らしていた。
4	フミが久子と長男洋一に事件を語る。三人称の語り。3の続き。洞窟から出て米兵に捕まった盛治と小夜子のその後のエピソード。
5	盲目になった盛治のウチナーグチによる語り。通訳の二世米兵や島の住民たちの声。盛治が厄介者扱いされていることや、小夜子が島の男たちに強姦されたことが明かされる。（4の続き）フミと久子と洋一に出会う。
6	沖縄で暮らす小説家の「私」の許に、Mからビデオレターと銛の切っ先のペンダントが届く。一人称の語り。元編集者のMは東京の大学での友人。Mの知り合いの白人男性Jの祖父は21歳のとき、沖縄で海兵隊員として戦闘に参加。盛治に銛で刺され、野戦病院に入った。Jは9・11テロに巻き込まれて死亡。
7	野戦病院に入院しているJの祖父の視点から事件が語られる。一人称の語り。時間設定は事件当時。
8	ロングホームルームで沖縄戦の体験を聴く女子中学生。一人称の語り。彼女は陰湿ないじめに遭っている。
9	沖縄戦の講話をしたタミコの一人称の語り。8の続き。姉の小夜子を本島南部の病院に見舞う。
10	沖縄県から顕彰される通知を受けた元米軍通訳兵の二世兵士による語り。書簡の中で事件当時を回想し、顕彰を断る。

（注）章番号は便宜上のもの。

2　沖縄戦と慰安所

一九九五年九月、沖縄本島北部の商店街で買い物をしていた一二歳の女子小学生が三名の米兵に襲われた。日米地位協定によって容疑者が地元警察に引き渡されなかったため、沖縄では激しい抗議運動が起こった。協定の見直しは言うまでもなく、米軍基地の縮小・撤廃を要求するまでに発展するのであった。「眼の奥の森」の後半では、それから一〇年後の本島北部の島が舞台のひとつとされている。登場人物はことあるごとに一〇年前の事件を思い浮かべると同時に、六〇年前の沖縄戦における米兵による少女強姦の光景――「流れ落ちる血」と「乱れた黒い髪」、「森の中に走って消えていく女の最後に発した叫び声」――を脳裡によみがえらせる。そして「ああ、何も変わらない、沖縄は五十年経っても何も変わっていない」と絶望するのであった。

この小説の背景として、「村に侵攻してきた米兵によって村の女性達が襲われる事件が多発」していたことが挙げられる。目取真俊は「沖縄戦と慰安所」について次のように説明している。

沖縄戦における慰安婦や慰安所の実態については、まだ未解明のことが多いのが実情です。今帰仁村にも戦争中に慰安所が置かれています。当初は仲宗根区にあった宮城医院に置かれ、料亭で働いていた沖縄人女性が日本兵の相手をさせられています。そこにいた女性達は、日本軍が山中に敗走したあと、今度は米軍を相手にさせられています。村に侵攻してきた米兵によって村の女性達が襲われる事件が多発し、その「対策」のために村のリーダーと米軍が相談して、新たな慰安所を民家を利用して作っています。その時中心となったなかに、慰安所に女性を斡旋していた旅館の主人と、当時警防団長をしていた私の祖父もいたといいます。(6)

沖縄の女性たちには、戦闘状態にある日本兵と米兵との双方から性暴力を受けた歴史が存する。戦場では、国家や民族間の敵対関係もさることながら、女性が男性によって蹂躙されるというジェンダー差別がひときわ明瞭になるのである。

「眼の奥の森」に描かれた少女暴行事件は、沖縄戦で米軍に制圧された本島北部の島で発生した。収容所に集められていた村民たちは、米兵から食糧を配給され、怪我や病気も治療してもらってから解放され村に戻ってくる。当初抱いていた恐怖が弛みはじめたその矢先に、衝撃的な事件が起こる。五人の少女が浅瀬で貝採りをしていた。ヒサコとフミ、タミコ、フジコの四人は国民学校四年生の一〇歳、もうひとりはタミコの姉の小夜子で一七歳であった。対岸に造られた仮設の港で作業をしていた四人の米兵が二〇〇メートルほどの距離を泳いで渡る。彼らによって小夜子がアダンの森の茂みの奥で強姦された。翌日、村民が警戒しているところに、同じ四人を含む五人の米兵がジープに乗ってあらわれる。二人の米兵がライフル銃を構えて男たちを威嚇するあいだ、残りの三人は家の戸を蹴破って、〝男たちが見ている前で〟二人の若い女性に乱暴を働く。それから四日間彼らはあらわれなかったが、ふたたび四人の米兵がこちらに泳いで来ようとすると、銛を手にした盛治が海に飛び込む。小夜子の隣家に住んでいた盛治は一七歳、米兵のひとりの腹を刺し、もうひとりの肩を刺した。いずれも致命傷には至らなかったものの、半時間ほど経って、二〇人以上の米兵が数台のジープや小型トラックに分乗してあらわれる。手榴弾を持って洞窟《がま》に隠れていた盛治は、区長の嘉陽《かよう》の呼びかけにも応じず、催涙ガスを投じられる。

この一連のできごとの中で、重要な鍵を握るのが嘉陽である。潜伏している盛治の姿を偶然見かけた村民が、米軍からの盗品と引き換えに、盛治の潜伏場所を嘉陽に密告する。嘉陽はすぐに、通訳を務める二〇代半ばの日系人兵士ロバート・比嘉に、「媚びるように笑」いながらそれを伝えたのである。「半分得意な気持ちと、もう半分は後ろめたさとも疚しさともつかない気持ち」を抱えつつも、自分が処罰されるかもしれないことを恐れて、「盛治が洞窟の中にいることを祈りながら」案内した。第二章において、市教育委員会の臨時職員の眞喜屋めぐみからインタビューを受ける嘉陽が、小説の語り手によって「お前」と呼ばれて登場していることは、村民から反感を持たれ白眼視されていたことを示している。嘉陽は、戦争中は防衛隊長を務めて「人一倍アメリカーへの憎悪を口にしていた」にもかかわらず、収容所では「要領よく立ち回って」米軍の物資配給係になっていた。彼にしてみれば、自分が米軍にうまく交渉したおかげで、ほかの村よりも多く食糧を配給してもらえた。米兵を刺して村に迷惑をかけた盛治が誉められ、自分が悪者扱いされるのは納得がゆかない。森の坂道を下ってゆくあいだ、嘉陽めがけて石が投じられる。彼は、「アメリカー達《たー》に協力したのが悪いみたいに言うが、お前達《いったーん》も山狩りに参加しておったのではないか……」と独白する。

3 アメリカに対する恐怖と追従

　嘉陽はめぐみによる取材の後、「我が《わんが》死んでも《しじん》、我の《わんが》声は《くぃや》残り《ぬくてぃ》、あのときのことは《あぬとぅちぬくとぅや》伝えられていくん《らってぃいちゅ》」と思う一方で、「何も《ぬん》伝えることは《くとぅや》できなかった《ならんたん》、我の《わんぬ》思い出は《や》我とともに《わんとぅまじゅん》消えていく《きぇーてぃいちゅ》さ……」と感慨にふける。しかし嘉陽が語った事件の内容は、彼の視点から語られる自己弁解でしかない。

　嘉陽は作品最後の第一〇章にも登場する。その章では、後年、沖縄県から顕彰されるという通知を受けたロバート・比嘉が、事件当時を回想しながら小夜子と盛治に対する罪の意識を告白し、候補を辞退する。彼によれば、事件直後に盛治のことを訊ねると、嘉陽は「恐怖と反撥、その二つを隠そうとして浮かんでくる卑屈な笑い」を浮かべたとされる。ロバートにしてみれば、彼の故郷である沖縄の人がそのような表情をするのは「見ていて辛いもの」があり、しかも「それに動揺している自分が苛立たしく、区長への怒りが募った」。だが松田カナによって事件の真相が明かされた後は、嘉陽は一転して「饒舌にさえなって」語りはじめる。ロバートによれば、「盛治という若者を捕らえるために山狩りをする事態にまでなっていながら、私達を欺いていた区長に、怒りを抑えかねていました。少尉の指示が穏便すぎるのが意外で、この男に重い罰を与えるべきだと考えていました」という。

　しかし沖縄に限らず、日本人の態度には共通するものがあったのではないか――山崎豊子の『二つの祖国』（第一一章「ニッポン」）には、原爆の被害を受けた住民の中で「米軍及び米国人に対する憎悪」を示したのは二パーセントにすぎなかったことが紹介されている。米国戦略爆撃調査団の報告書『原子爆弾を受けた地区の住民の反応』によれば、「われわれ調査団の予測した数値より遥かに低いのは、多くの日本人が、占領軍に対する恐怖、または追従から、インタビューした米将兵に対し、率直な気持を表明しなかったことは明らかである」とされる――残念ながらアメリカに対する恐怖と追従は、沖縄を犠牲にして米軍基地を存続させている今日の日本政府にも継承されている。

米兵に立ち向かった盛治は、米軍からみれば「一人で米軍に向かっていったクレイジーでカミカゼな若者」でしかなかった。だが盛治は「自分《どぅー》の《ぬ》部落《しま》の《ぬ》女子《いなぐ》が《ぬ》やられてるのに《さっとーるむんぬ》、どうして《ぬーりち》黙って見てばかりいて《だまてぃみっちびかーうてぃ》止めないか《とぅみらんが》、どうして《ぬーりち》……」と思う。そして「アメリカーが上陸する前は勇ましいことを言っていたくせに呆気なく投降した日本の兵隊《やまとぅぬぴーたい》どもも、自分達《どぅなーたー》の島《しま》の《ぬ》女子《いなぐ》が《ぬ》乱暴されても《さってぃん》何も《ぬーん》抵抗しきらん《しーゆさん》部落《しま》の《ぬ》男達《いきがたー》も《ん》、ふぐり《ふーが》を抜かれた《ぬがっとーる》犬ころの《いんぐわーぬ》如き《ぐとぅぬ》もの《むん》である《るやる》」と憤慨する。自分は彼らとは違って、「腐れ《くさり》アメリカー達《たー》」をひとりでも多く殺したいと決意している。村人が米軍に協力して山狩りをおこなうのを見て、小夜子が暴行された現場にいたフミは「村の《ぬ》男達《いきがたー》がイヤでイヤでたまらなかった」という。「あの時代は抵抗したら殺されたんだから、仕方がないと言えばそれまでだけどね」、彼らは「盛治のために自分達が勇気がないのがはっきりさせられて、恥をかかされたと思って腹が立っていたのかね」と推測する。米兵の前では村の男たちの自尊心が通用しないことが、盛治の勇気ある行動によって明らかにされたのである。しかもその自尊心とは、村の女性を専有しているという支配欲によって構成されている。暴行された小夜子の人格的かつ身体的な補償を米兵に求めようというのではなく、支配が侵犯されても報復できない男たちの無力さを暴露した盛治への腹いせをおこなおうとしていたのである。村の男たちは、米兵に密告した嘉陽に石を投げたが、フミによれば「部落の《しまぬ》人達《ちゅーたー》に石を投げる資格があったのかね……」。疚しさを抱く彼らもまた米兵の共犯者である。やがて小夜子は妊娠する。小夜子の父親は、被害者である娘をかばうどころか「アメリカーの子どもを産むくらいなら死ね」と詰責する。実際に小夜子は何度も死のうとした。そして島の女たちの中にも、日頃から小夜子を「姤んでいた」という「同じ部落《ゆぬしま》の同級生」のように、小夜子の痛みに共感しようとしない者がいたのである。

4 アダンの茂みの森と《黒い太陽》

事件に先立つ盛治が国民学校五年生の秋、山羊に与える草を刈っていると、三人の友人から性的な暴力を受ける。数名の女子生徒――その中には小夜子も含まれていた――にその現場を目撃されてしまう。「足を広げられて犬のように赤く剝けた性器をさらした自分の姿を見る小夜子の眼差しを思い出すと、三人への怒りよりも自分の醜さへの嫌悪がこみ上げ、もう二度と小夜子の目に自分の姿を映さないようにしたいとさえ思った」。加害者に向けられるべき非難が自己に向けられ、嫌悪や羞恥の念が深く内向し、自分の内面の感情を外に向けて発する言葉が使えなくなる。言葉が不自由であった盛治は、標準語も話せないために、鉄血勤皇隊として動員された友人から「我《わん》、我《わん》ってお前は犬か？　早く標準語を覚えろよ、日本人なんだから……」と馬鹿にされる。だが、防衛隊の一員として「天皇陛下のために」生命を捧げることを決意し、「死んだ後に、あの男は不言実行の大和男子《おのこ》だった、と言われることを願った」という。集団の周縁に位置づけられた者ほど、中心への同化意識を強く持とうとするのである。

小夜子の強姦事件の後、催涙ガスによって洞窟からいぶり出された盛治は、持っていた手榴弾が不発に終わり、銃撃されて倒れる。米軍に捕らえられ、日本軍の関与があった疑いから、苛酷な拷問をともなう尋問がおこなわれる。しばらく経ってから村に戻ってくるが、失明していた。弟が継いだ家に小屋を建てて住むが、島の女の子に悪戯をするという噂を立てられ、盛治は厄介者扱いされる。公民館のガジマルの下で三線を弾く姿は、「ヤマトゥの記者」によって「沖縄戦の悲劇を歌い続ける老人」と報じられた。島では、日本軍のスパイであったとも、米軍のスパイであったとも噂された。盛治は「悪事《やなくとぅ》をやったのは《しちゃーしゃ》、アメリカーだけではなかった《びけーやあらんたん》」ことを明かす。「手を押さえろ《てぃーうさせー》……、暴れるな、アメリカーにはさせて、我達《わったー》にはさせんのか……」と強姦の光景を再現し、「その話を聞いたときから、我の頭は《わんがちぶるや》本当に《ふんとー》おかしく《いふーなー》なったままやさ……」という。実際、小夜子は米兵ではなく「隣部落の男達《しまぬいきがたー》」の子ども――彼女の父親によれば「島の犬畜生達の子《しまぬいんぐわーたーぬくわー》」――を産んだのであった。

他方、事件の後、家に閉じこもったままの小夜子は「狂者《ぷりむん》」になってしまう。「丸裸」で家から出てくると「部落の男達《しまぬいきがたー》」は笑いながら指笛を吹いて囃し立てる。着物を手にして彼女を追いかける母親を助けるふりをして男たちが触ろうとすると、小夜子は泣きわめいて暴れる。それを目撃したフミは「島の青年達《たー》もアメリカー達《たー》とまったく同じだと思ったさ」という。騒動が起こると、棒を手にした盛治が大声を上げて彼らを殴ろうとするのだが、目が不自由なために逆に「悪戯《がんまり》」され、棒を取り上げられていつも叩き伏せられていた。小夜子は本島中南部の病院に入院させられ、出産後一カ月経つと子どもは里子に出される。彼女と彼女の家族は島を出て、南部のある町で暮らす。「島の人達のぬめぬめとした眼差しや囁き声」が耳にこびりついて離れなかったからである。

小夜子は、父が死んでから母と二人で生活していた時期もあったが、精神が不安定になって治療施設で一〇年以上過ごした後、介護施設に入居する。四人部屋の枕元の壁には、彼女がクレヨンで描いた三枚の絵が貼られていた。「どれも重く暗い色調で、濃い緑や青、紫が何度も塗り重ねられ、深い森の奥のようだった」。一番明るい感じのする右側の絵は、若草色や黄色がところどころに使われ、真っ黒に塗りつぶされた穴が真ん中から右寄りに描かれていた。左側の絵はもっとも暗い色調で、濃い緑や紫、群青、焦げ茶や黒の線で覆いつくされ、濃い赤のクレヨンで塗られた円が真ん中から左上にあった。「森の闇《むい》に、夕日みたいに赤いアダンの実が浮かんでいた……」。これら二枚の下に貼られた絵は、最近描かれたもので、緑や紫を塗り重ねた暗い森の上に、二センチ幅くらいの青い線が水平に塗られている。右下には茶色のクレヨンで「二つの奇妙な形」――「二人の人が寄り添うようにしてうずくまっている」姿――が描かれていた。

三枚の絵に共通する「深い森の奥」の色調とは、小夜子が強姦されたアダンの茂みの森であろう。彼女の眼の奥にはその森の残影が遺存していたのである。右側の絵は、恐怖や不安などの強い感情を抑え込むためにかなりの心理的負荷がかかっていることを、執拗に黒く塗られた穴が示している。だが未来の明るさも多少感じられている。左側の絵は、攻撃され脅威がもたらされていることをアダンの実を象徴する赤い円が示し、絶望に満ちた過去の暗さが感じられる。《黒い太陽》は、統合失調症の病態の極期にみられる描画であり、自殺企図や容態が急変する要注意のサインとされる。[7]

二枚の下の絵は、水平線のこちら側に打ちひしがれた二人の人間が描かれている。盛治がウチナーグチで語る第五章の最後に「我《わん》が声《くい》が、聞こえるか《きかりんな》、小夜子……」という台詞がある。海に向かって発せられたその言葉に応じるかのように、第九章の最後で小夜子も「聞こえるよ《ちかりんどー》、セイジ」と海に向かって言う。

実際の盛治と小夜子は海に隔てられた場所で生活しているが、《傷ついた魂の交感》を通じて、小夜子には寄り添って生きているかのように感じられている。青い水平線は抑制と沈潜を表しており、小夜子の精神状態が最近、わずかながらも恢復に向かいはじめていたといえよう。

5　「島の青年達《たー》もアメリカー達《たー》とまったく同じ」

「眼の奥の森」における心理分析が卓越しているのは、第八章である。その章は、学校のロングホームルームの時間に沖縄戦の体験を聴いた女子中学生の視点で語られる。「私」の周囲にあらわれる「＊＊」と匿名で呼ばれる人びとは、実際に「私」をいじめる加害者であり、また強迫神経症が昂じて妄想された支配者のイメージでもある。陰湿ないじめの描写は読者の胸を締めつける。

相反する行動指標の中で被害者が追い詰められてゆく、いじめのプロセスが巧みに描写されている。たとえば加害者は「まじめにしていろ」と命令すると同時に、「あいつはまじめぶっている」と陰口をたたく。被害者は、悪意を持っていないのに「悪いことしても謝らないから嫌われるんだよ」と言われ、加害者は悪意に満ちているにもかかわらず「みんなあなたのことを思って注意しているのに」「親切にしても話をねじ曲げて先生に告げ口をするんだから」と言う。唾の入ったオレンジジュースを渡され、「みんなの友情が入っているからね」「遠慮しないで飲んで」と無理に飲まされた「私」は、たまらずに嘔吐する。周囲からは「みんなあんたのこと心配してるんだよ」「あーあ、せっかく人が親切にしてあげたのに」とからかわれる。「私」は教員に真実を告げることができないまま、「何があったか言ったら赦さないからね、分かってるよね」と友人から脅されて保健室に向かう。クラス担任には、いじめを打ち明けるどころか、自分をいじめた友人にお礼を言ってほしいという伝言を依頼する。いじめの心理は、現代日本の社会病理であるのみならず、時代や場所を超えて人間の集団にみられる支配と抑圧の構造であると考えられる。

「眼の奥の森」では、小夜子を強姦した米兵の心理を説明した部分にも巧みな分析がみられる。盛治に銛で刺された米兵は、身体から摘出した銛の切っ先を用いた手製のペンダントを終生身に付けていた。彼以外の米兵が本島南部へ転戦して戦死したことを考えれば、銛で傷つけられたことによって命拾いをしたことになる。少女暴行事件のはじめは「抵抗感」があったが、小夜子を強姦する同僚から「お前は俺たちの本当の仲間か？」と詰め寄られているように感じ、犯行に加わる。負傷して野戦病院に入院しても、軍医や衛生兵から軽蔑されているような気がするし、傷病兵として本国送還になっても家族や故郷の人びとに真相を知らせるわけにはいかない。彼は、暴力をふるうことが男らしさであるという価値観を共有する男性集団から疎外されてしまうことの不安――暴力に加わらないことによって「卑怯者である」と噂されることによる恥ずかしさで、いつも胸をふさがれているのである。

アメリカに帰国してからの彼は、「いつも酒の臭いがして、不機嫌に黙り込んで居間のテレビを見ているか、部屋にこもっていることが多かったらしい」。運転していた車が崖から転落して五〇代で死亡した。本当に事故だったのか、もしかすると沖縄の戦場で何かあったのではないかとさえ疑われるような事故であった。盛治の手にした手榴弾は不発に終わったが、手榴弾に似た形を持つアダンの実は「私」の内面で炸裂し、痛みの塊として摘出されないまま脇腹に残っていたのである。

ペンダントを受け継いだ孫のJは、祖父の体験を沖縄で調査し、ペンダントを沖縄の海に沈めたいと考えていた。だが9・11によってビルの倒壊に巻き込まれて死亡した。沖縄の小説家「私」は、大学時代の友人Mを通じてJの依頼を引き受ける。

最後に少しだけ付け加えておきたいことがあって、Jの死は残念だけど、俺には9・11のあの事件が、やはり完全には否定できないんだな。無差別テロはいけないとか、暴力の連鎖は許されないとか、そんなきれい事を言ってもしょうがないだろうという気がしてね。日本という豊かな国に住んでいて、アメリカさんに頼って平和を享受している俺たちが何を言ったって、世界中のあちこちで第二、第三の9・11を起こそうと狙っている連中には何の意味もないだろう。

もし意味のあることを言える奴が日本にいるとすれば、六十年前に米兵を刺した島の男じゃないか……。

右の引用には、戦後日本に平和を維持させた憲法第九条の陰で、沖縄に米軍基地を押しつけてきたことに対する目取真の異議申し立てがある。彼によれば、「本土」の人間は沖縄の基地問題に対して「無関心」である。「関心がないから踏んでいることに気づきさえしない。踏まれている者の痛みに気づかない者には、足を刺すしかない。そのうちそういう考えも生まれるんじゃないですか」という(8)。沖縄戦で、そして日米安保で、有事法制で「捨て石」にされつづける沖縄の怒りを盛治は体現している。ただし盛治はウチナーの中でも孤立している。多くの者たちは米兵に協力して山狩りをおこない、女性を自分たちの専有物としか考えない輩である。まさに「島の青年達《たー》もアメリカー達《たー》とまったく同じ」なのである。

さらに目取真は、「非武の思想」を受け継いでいる沖縄が「癒しの島」とされている幻想を打ち砕こうとした。コザ暴動のような事件が発生したのは、「正当な裁判を行って、司法手続きをとって、米兵＝加害者を裁くことができない」という社会的背景が存するからである。「戦後の民主主義的なイデオロギー」の中で、社会一般に「暴力はいけないとかいった価値観」が強調された。その余波を受けて「昔から「非武の思想」を持ったおとなしい人たちの集団」であるかのようなイメージが持たれ、「沖縄の抵抗した歴史」が隠されてきた。しかし目取真は、「沖縄人の感情や意志」を語り継いできた「記憶の力」をいま一度評価し、ウチナーンチュによる抵抗の歴史をよみがえらせようとするのである。(9)「あの《あぬ》狂人《ぷりむん》がいらんことをやりくさって、いったい何《ぬー》を《が》考えて《かんげー》いおったか《うぃたら》……」と嘉陽から吐き捨てられたように、盛治の行動は、村民一般からすると狂気の沙汰であったかもしれない。だがそれは相手に恐怖と追従を抱いている集団の視点からは狂気とみえるだけで、男たちの暴力によって「狂者《ぷりむん》」にされた小夜子の尊厳を取り戻すための孤絶の試みであったのである。

6　《赦す》と《赦さない》、そして《赦せない》

最後に問題提起をひとつしておきたい。「眼の奥の森」には、被害者のみならず加害者の心理が描かれていたが、非道な暴力をふるった加害者の心理を知る必要があるのだろうか。アウシュヴィッツから帰還したプリーモ・レーヴィは、ユダヤ人のショアーを引き起こした「ヒットラーとその背後にあった、ドイツのすさまじい反ユダヤ主義」に関して、いかなる心理的説明も納得ゆかないとする。

おそらくああした出来事は理解できないもの、理解してはいけないものなのだろう。なぜなら、「理解する」とは、「認める」に似た行為だからだ。つまり、ある人の意図や行為を「理解する」とは、語源学的に見ても、その行為や意図を包みこみ、その実行者を包みこみ、自らをその位置に置き、その実行者と同一化することを意味する。ところが、普通の人はだれ一人として、ヒットラー、ヒムラー、ゲッベルス、アイヒマン、といったものたちとの同一化ができない。この事実は私たちをとまどわせると同時に安心させもする。というのは、彼らの言葉が（残念ながら彼らの行為も）理解できないことが、おそらく望ましいからだ。[10]

レーヴィによれば、暴力の加害者の心理を理解しようとしてはならない、なぜならそれは彼に同化してしまう可能性を開くからである、という。私はこの言葉に思い当たることがある。二〇一六年一一月、アウシュヴィッツ強制収容所を見学した。一一号棟地下の拷問部屋や、同棟と一〇号棟のあいだにある銃殺刑執行のための〝死の壁〟など、凄惨な現場の遺構を見たとき、犠牲になったユダヤ人の絶望的な心理はもとより、どれほど残忍になればこのような暴力が可能になるのか、とナチス親衛隊員の心理を推測しようとした。現地ガイドの中谷剛氏——日本人として唯一の公式解説員——にそのことを話すと、「その必要はない、なぜなら当時のドイツ人に同化してしまうから」という言葉が返ってきた。たしかに、非理性の極みに至った暴力に対しては《否》と拒絶するしかないのだろう。

一九六三年一二月、フランクフルト陪審裁判所で、アウシュヴィッツ強制収容所の関係者に対する公判が開廷された。生存者二一一人が証言し、最終的に起訴された二〇人の被告のうち、謀殺罪の正犯あるいは共同正犯によって六人が終身刑、一一人に最長一四年の懲役刑という判決が下された。証拠不十分で三人は無罪であった。検事総長フリッツ・バウアーは、被告のうち誰ひとりとして「人間的な言葉」を口にしたものはなく、それを期待することもできなかったことを明かしている。(11) 悔悛の素振りすら見せない彼らに対しては、やはり《否》と言うほかない。

アウシュヴィッツと沖縄を同列に論じるのは早計かも知れない。だが、それらの悲劇の根底には、国家によって意図的に作り出された民族差別があったことは否めない。第二次大戦前、ヨーロッパにいたユダヤ人九〇〇万人のうち約六〇〇万人がナチスによって虐殺された。沖縄戦では県民五九万人のうち一二万人以上が帝国日本の捨て石とされて死亡したのである。組織的なショアーであれ個別的な虐待や性暴力であれ、この圧倒的な死亡率を前にすれば、戦争のいかなる暴力も見過ごすことができなくなるのは当然である。武器を持つだけで人間は変わるというエピソードを目取真は父親から聞いていた。沖縄戦で県立第三中学校から動員され鉄血勤皇隊に属していた父親が、日本兵とともに山中を移動していたとき、山羊を連れた老人と遭遇する。銃を突き付けて山羊を略奪したが、もしその老人が渡さないようであれば「間違いなく撃ち殺していた」と断言する。(12)「武器を手にすれば、村の少年達もそう変わっていく」ことをみれば、「いざ戦争になったとき、軍隊が自分を守ってくれるという幻想は、私には微塵もありません」と断言するのである。(13)

「眼の奥の森」には《赦す》という言葉が頻出する。盛治は「小夜子、お前《いやー》を苦しめた者達《むんたー》を、殺《くる》して《ち》とぅらすん、我《やんや》は赦さんど、殺《くる》して《ち》とぅらすん」と憤激する。盛治のウチナーグチで語られる第五章は、村の人びとがさまざまな視点からウチナーグチで心情を話す多声的な世界である。さまざまな感情を抱えた男どうし、女どうし、あるいは男と女が相互に声を発することを通じて、島社会の集団内部の相反する力関係がみごとに表現されている。[14] この章の中では《殺す》という言葉が三〇回近く使われる。盛治が米兵を殺すのが五回、米兵が盛治を殺すのが一回なのに対して、盛治が村の男たちを殺すというのが二〇回、村の男たちが盛治を殺すのが二回ある。同じ島のウチナーンチュがお互いに憎しみあっていることがわかる。他方、《赦す》という言葉は六回使われるのに対して、その否定形の《赦さない》は七回である。盛治が村の男たちを《赦さない》が四回でもっとも多く、やはり盛治の憎しみが彼らに強く向けられているのである。

ひとたびふるわれた暴力を、人は赦すことができるのか。《赦せない》場合は《殺す》に転じてしまうのか――その葛藤と痛みを六〇年抱えて生きた人びとの記憶が「眼の奥の森」に刻まれているのである。

注 「眼の奥の森」の本文は、影書房版（二〇〇九年）に拠った。
(1) エマヌエル・リンゲルブルム『ワルシャワ・ゲットー――捕囚一九四〇―四二のノート（新版）』（みすず書房、二〇〇六年）二二三頁。
(2) 同右、二二四頁。
(3) 同右、一七五頁。
(4) 同右、一七九頁。
(5) 越川芳明「森の洞窟に響け、ウチナーの声」（『小説トリッパー』二〇〇九年冬季号）四三四頁。
(6) 目取真俊『沖縄「戦後」ゼロ年』（NHK出版、二〇〇五年）六五頁。

(7) 関則雄「◎のシンボル／見ること、触れること、聞くこと――自我と中心感覚の起源について」(『日本芸術療法学会誌』第四二巻一号、二〇一二年九月、二七頁)。宮本忠雄「太陽と分裂病――ムンクの太陽壁画によせて」(木村敏編『分裂病の精神病理3』東京大学出版会、一九七四年一二月)参照。同書には、「中心イマーゴ」として太陽をとらえる観点から、〈黒い太陽〉への言及がある。

「ここにおいてわれわれは太陽を窮極の「中心イマーゴ」として措定しうるところまできた。この「中心イマーゴ」としての太陽が分裂病の精神病理において果たす主要な役割についてはさきの第二項で症例をとおして語らせたとおりであるが、いまこれを構造的な推移として図式化しておくなら、病的世界への転回に際して病者自身が中心化の道程をたどると同時に、ネルヴァルの「黒い太陽」に象徴されるような太陽の衰滅ないし死を経験する。これは、シュレーバーによって見るとおり、みずからが太陽という名の中心に身をおく段階へと移行し、この時点で中心化は完成するが、やがてこの中心点から脱け出すにあたって、ボスの症例にみるような、昇る太陽もしくは太陽の復活を経験する。これは、とりもなおさず、自分がいままで「のりこえ」の不能なまま世界の中心としてふるまってきた境位から、太陽という本来の「中心イマーゴ」を媒介として中心ならぬ周辺の意識を回復するという脱中心化の過程そのものにほかならない。このようにみてくると、太陽の体験は世界関連(Weltbezug)の転回の力動を濃厚にふくんでいることになる。」(同書二五四頁)

(8) 前掲『沖縄「戦後」ゼロ年』一七六頁。

(9) 目取真俊・川村湊・前利潔「座談会　溶解する記憶と記録の境界」(『キョラ』第六号、二〇〇一年一二月)一九一二〇頁。

(10) プリーモ・レーヴィ『アウシュヴィッツは終わらない――あるイタリア人生存者の考察』(竹山博英訳、朝日新聞出版、一九八〇年)二四四頁。

(11) Fritz Bauer: HEUTE ABEND KELLERKLUB, JUNGE LEUTE DISKUTIEREN MIT PROMINENTEN 1964, Hessischer Rundfunk, Erstausstrahlung 8. 12. 1964, 20. 45 Uhr, im Hessischen Fernsehen III.

(12) 前掲、目取真『沖縄「戦後」ゼロ年』二八―二九頁。

(13) 同右、三六頁。

(14) 鈴木智之氏によれば、「「盛治」の声を聞くということは、単純に「米軍」の支配に抵抗して、「沖縄」の民衆の意思に寄り添うということではない。同時にそれは、「出来事」の記憶を押し殺し、その〈声〉を封印しようとする「沖縄」に抗うふるまいにならざるをえない」とする。そして「「盛治」が体現している暴力的抵抗を「テロル」と呼び、その規範的な正統性を問いなおすことは、おそらくそれほど難しいことではない。しかし、法的な根拠の有無を問う以前に、その行為を「狂者」のものとして構成するシステムがどのように作動しているのかを問わなければならない」とする(「輻輳する記憶——目取真俊『眼の奥の森』における〈ヴィジョン〉の獲得と〈声〉の回帰」『社会志林』第五九巻一号、二〇一二年七月、六三頁)。

〔付論〕「強靭な意志をもって人間の悪を裁きに」没後五〇年　フリッツ・バウアー

フリッツ・バウアー（一九〇三―六八）は、ドイツ・ヘッセン州の検事長としてアウシュヴィッツ裁判（一九六三―六五）を指揮したことで知られている。ベルリンがソ連赤軍によって陥落してから一八年経過してようやく、ドイツ人みずからがユダヤ人虐殺という過去の罪責に正当に向き合おうとした瞬間であった。当時の世論調査では、西独国民の五四パーセントが裁判に反対であった。

バウアーがフランクフルト・アム・マインにある自宅の浴室で不可解な死を遂げてから五〇年を迎える。ナチの残党や旧協力者からの脅迫を受けながらも社会的正義を貫いたバウアーの生涯は、今日、シリア難民の受け入れ等をめぐって異民族・他宗教を排斥する風潮を危惧するEUの人びとのあいだで共感を呼んでいる。ユダヤ人であった彼は、決して報復のために裁判をはじめたわけではなかった。

二〇一六年には、「わずかな氷山の一角」というタイトルの付いた、重さ四・五トンのモニュメントがフランクフルト上級地方裁判所に設置された（ツアイル四二番地）。二枚のブロンズのプレートには、「あなたは知らなければなりません。氷山のあることを。そしてわたし達は小さな部分だけを見て、大きな部分は見ていないことを」と記されている。一九六四年のパネルディスカッションでバウアー自身が使った言葉である。

アウシュヴィッツ裁判では、同収容所に関与していたドイツ人八〇〇〇名のうち、わずか四〇名しか訴追することができなかった（実際に最終的に起訴できたのは二〇名）。たしかにナチスによる組織的な暴力の一部しか明らかにできなかったかもしれないが、ホロコーストという戦争犯罪に対してドイツ社会が正視せざるを得ない状況をつくり出した意義は大きい。

二〇一七年には、バウアーの旧居（フェルトベルク通り四八番地）に、フランクフルト市が彼の「勇気と覚悟」を讃える記念プレートを設置した。日本でも、映画『顔のないヒトラーたち』（原題『沈黙の迷宮の中で』二〇一四年）や『検事フリッツ・バウアー　ナチスを追い詰めた男』（同『総長の書類』二〇一六年）、テレビドラマ『アイヒマンを追え！　ナチスがもっとも畏れた男』（同『国家対フリッツ・バウアー』二〇一五年）などの作品が公開された。また、ローネン・シュタインケによる伝記が本田稔氏によってアルファベータブックス社から二〇一七年に刊行された。

大戦終結後、アルゼンチンに潜伏していたアドルフ・アイヒマン元親衛隊中佐の消息をつかんだバウアーは、ドイツ国内で訴追と身柄送検に必要な手続きができないことを知ると、イスラエルの諜報機関モサドにその情報を伝え、一九六〇年五月のアイヒマン拘束につながった。これはバウアーの死後一〇年経つまで知られることのなかったエピソードであった。またバウアーが同性愛者で、亡命先のデンマークで男娼を買って逮捕されていた過去なども明らかにされた。ナチス政権下で制定された、同性愛を取り締まる刑法一七五条は、一九六九年まで西ドイツ社会に残存していた。

一九六三年一二月二〇日、アウシュヴィッツ強制収容所の関係者に対する公判が開廷された。二二カ月におよぶ審理では、生存者二一一名を含む三五九名が証言した。最終的に謀殺罪の正犯あるいは共同正犯によって六名が終身刑、一一名が最長一四年の懲役刑という判決が下された。証拠不十分で三名は無罪であった。バウアーは、「加害者の口からせめて一言でも人間的な悔いの言葉を聞きたかった」と語った。

被告のうち誰ひとりとして「人間的な言葉」を口にしたものはなく、それを期待することもできなかったのである。

フランクフルト地方裁判所の二階には、バウアーが「私は自分の部屋から出るとき、敵の領土に入る」と語った執務室が「バウアー・ホール」と名付けられて再現されている。白と黒の格子柄の壁紙をみると、失われた生命の尊厳を回復するために、忘却の闇を打ち破って〈人間の悪〉を厳格に裁きにかけた強靭な意志が伝わってくるのである。

第6章 「群蝶の木」
——暴力の共犯者と家父長的権威——

1 軍慰安婦（Military Sexual Slaves）

「誇りをもって黄色いバッジをつけよう」という社説を新聞「ユーディッシュ・ルントシャウ」に掲載したのは、ドイツ・シオニスト連合の編集長ローベルト・ヴェルチュであった。そのときナチスは、一九三三年三月五日の国会選挙で連立政権を組んで支配権を掌握し、二三日ヴァイマル憲法に拘束されない無制限の立法権を授権した全権委任法を成立させていた。議会政治を終焉させたこの動きに危機感を覚えたアメリカのユダヤ人たちが、ドイツ製品をボイコットする運動をはじめようとすると、ドイツ・シオニスト連合はそれを取りやめさせようとしたのである。自分たちは神によって選ばれた民族であるため、他の民族と同化してはならないという意識は、同じく強い民族意識で支えられていたナチスの精神と瓜二つのものであった。さらに、階級と民族を超克しようとするマルクス主義は彼らにとって共通の敵であったのである。

シオニズムの考え方は「反セム主義は不可避であり、これと戦って克服できるようなものではない。唯一の解決方法は、移住を望んでいないユダヤ人を生成ユダヤ国家に移住させる」ことにあった。[1]東欧に定着した同化ユダヤ人（Ashkenazi Jews）は、パレスチナ移住を最優先させるシオニストにとって唾棄すべき存在で、たとえ彼らが絶滅収容所に送られて死の灰になろうとも「けだし血を代償にしてしか我々は国を得ることができない」と言い切るような態度をとっていた。[2]

同じユダヤ人でありながら、「反セム主義には勝ちえないと堅く信じる世界シオニスト機構はけっして反セム主義と闘わなかった」。むしろ「反セム主義への適合、そしてユダヤ人国家を手に入れるための反セム主義の利用、これがシオニズム運動の中心戦略」になっていた。[3]みずからが闘うべき敵に同化してその権力を内面化させ、同族を支配する絶対者になってしまうのは、抑圧された社会に共通してみられる現象である。ユダヤ人の公民権を奪ったニュルンベルク法では、ナチスのハーケンクロイツ旗と、青と白のシオニストの旗の二つだけが第三帝国の下で公認された――それは「ドイツ・シオニスト連合を大興奮させた事態であった」[4]――のは、彼らが共犯関係にあったことを示す象徴的なできごとであった。

目取真俊の「群蝶の木」は、初出が『小説トリッパー』二〇〇〇年夏季号（二〇〇〇年六月）、初収が『群蝶の木』（朝日新聞社、二〇〇一年）である。戦争中とはいえ、日本軍に召集されたウチナーンチュが同じウチナーンチュに対して凄惨な暴力をふるった事態を描いている。「時として、忠誠心を示そうとしてか、スパイ容疑で捕らえられた沖縄の住民に対して、彼らがヤマトの兵隊以上に苛酷な仕打ちをする」のであった。

さらに「群蝶の木」は、軍慰安婦（Military Sexual Slaves）の問題を描き出している。沖縄戦当時、約一三〇にも上る慰安所が沖縄に設置されていた。作品に登場するゴゼイは、戦争中は日本兵に身体を弄ばれ、戦争が終わると米兵相手に身体を売る慰安婦であった。「村の女達が襲われないように」ウチナーンチュの指導者が売春を強いたのだが、ゴゼイは彼らを「呪い殺したかった」。そして「何で部落の人間でもなければ、あんたらの言う婦女子でもないうちが、あんたらの妻や娘を守るためにアメリカ兵達の相手をしないといけないね」と憤るのであった。「ショーセイ、助け《たしき》てぃとらせ、兵隊《ひーたい》の我《わ》ん連《そう》れてぃ行くしが」というゴセイの叫びは、読者の胸に残る。

南城市にある糸数アブチラガマは、現在でも見学できる唯一の戦跡壕である。南風原《はえばる》陸軍病院の分室とされたその洞窟《がま》には、傷病兵約六〇〇名と現地住民二〇四名が退避していた。ひめゆり学徒一四名がそこで看護に当たっていたことが知られているが、全長二七〇メートルに及ぶ洞窟には、朝鮮人慰安婦と日本人慰安婦それぞれ六、七名がいた。[5]負傷者以外の日本軍関係者は、少尉と軍曹各一名のほかに軍医と一〇名前後の衛生兵しかいなかったとされるが、[6]断末魔の叫び声が聞こえる地下の暗闇の中で、なぜ慰安婦がそこにいなければならなかったのか。

一九四二年から四四年にかけて、ナチス親衛隊は一〇カ所の強制収容所に売春施設を設けた。特権的な男性囚人が強制労働を通じて高い業績をあげるための「刺激剤」にしたのであった。[7]死と背中合わせの強制収容所に売春婦が存在した事実を、どのように解釈すればよいのだろうか。

暴力によって畏怖させる支配者と闘うのではなく、その共犯者となって同胞を虐げ、女性を辱めようとする人びとの現実を、「群蝶の木」を通じて検討してみたい。ウチナーグチを多用し、視点人物を替えながら過去と現在を自在に往還する語りの手法は目取真独特のもので、その方法が使われた「群蝶の木」は代表作のひとつとして数えられる小説である。

2　共同体の過去の記憶を呼び覚ます媼

村の御獄《うたき》前の拝所《うがんじゅ》周辺の家に生まれた義明は三〇代半ばすぎ、那覇にある大学を卒業後、県職員に採用された。四年間宮古島で生活した以外は那覇で住みつづけ、実家に帰るのは旧盆のほか年に一、二回しかなかった。

豊年祭《むらうどぅい》は四年に一回おこなわれる。御獄《うたき》の森を背後にひかえた拝所《うがんじゅ》の庭で二日間にわたって、奉納の棒術や踊り、芝居が繰り広げられる。「群蝶の木」では、「評議会員や老人会、婦人会、青年会などの代表で作られた実行委員会で、役所《やくどころ》が割り振られた」と配役の選定《なーじゃし》が記される。約一カ月前から練習がはじめられるが、一人一役ではなく、（戦前は女性が踊りに参加できなかったこともあって）いくつもの芸を受け持つことがあった。『仲宗根誌』によれば、「そのような芸人の苦労は並大抵ではなく、中にはあまり役をもちすぎて、練習期間中やせ細るものさえあった。それでも芸人達は愚痴一つこぼすことなく、「村事」であるという意識のもとに一生懸命練習に励んだ」(8)。戦後になると女性も参加するようになり、「近年では、豊年祭りは村行事、村御願であるので、上手、下手は別として、部落民全員が参加すべきであるとの考え方から仕立方、舞台出演者、旗頭、棒組、路次楽、あるいは事務的な役務等に配置され、豊年祭りをみんなで盛りあげて行く」とされる(9)。だが村をあげての祭りになると、その反作用として、そこから排除される人間も発生してしまうのである。

沖縄では同じ豊年祭といえども村ごと字ごとに特徴がある。旧暦八月一〇日前後――「群蝶の木」の時間設定は九月下旬――、五穀豊穣を神に感謝し村の芸能を神へ奉納するという年中祭祀のひとつである。山原《やんばる》では「〝神への奉納〟という意識をしっかり感じることができるのが、ウタキ～神アサギ～舞台という軸線」で、「ウタキの神を神アサギへと迎え入れ、その神アサギに迎え入れた神へ奉納芸能を堪能してもらう」という。[10]「群蝶の木」にも描かれる、能「翁」に似た「長者の大主《ウフシュ》」という舞踊は、白髯の老翁が大勢の子や孫を連れて登場する。折口信夫は、この村踊りが「遠方から来臨する祖霊及び眷属の遊びに、其源を発して居るのである」と指摘している。[11]義明は「日頃、琉球芸能を見る機会は少なかったが、けっして嫌いではなかった。むしろ三十歳を過ぎてから、生まれ育った島の音楽が、自分の血の中にも流れていることを自覚させられていた」とある。その一方、高校の同級生Tが自殺も疑われる死を遂げたことから「この地域に生まれ育って、この歳になったものにはな、何か共通する、こう、みんながTみたいになるというわけではもちろんないがな、何か共通するもの」が流れていることを感じている。

二日目の土曜日の午後、神女《かみんちゅ》の祈願の後に道連《みちじゅ》ねーがおこなわれる。棒術と踊りの組との二つの旗頭を先頭に、総勢三〇〇名近くが行列に参加し、それぞれ演技を披露する。沿道の観衆の中から「ひやさっさ、ひやさっさ、と声をあげて、カチャーシーを踊っているように手足を動かしている老女」がフォークダンスの列に近づいていく。「腰のあたりまで垂れた髪は黄ばんだ灰色で、目鼻立ちもはっきりしないくらいに陽に焼けた顔。小柄な体を包んだ着物は、何日も着っぱなしのようだった」。義明は「五メートル以上離れているのに漂ってくる異臭に顔をしかめ、アスファルトに濡れた裸足の足跡がつくのを目にし」た。「手を振った勢いで着物の前がはだけ、片方の乳房がはみ出る。女子中学生達の笑い声に振り向いたゴゼイが、歯のない口を開けてヒヤ、ヒヤと声をあげ、勢いづく。長い乳房が大きく揺れる」。役場の職員や警官に保護され、女性たちになだめられて落ち着いたようにみえたが、ゴゼイは「ショーセイ、助《たしき》けてぃとらせ、兵隊《ひーたい》の我ん連《わんそう》れてぃ行くしが」と大声を発して義明に向かって走ってくるのであった。

ゴゼイは半年以上前から少しずつ異変を生じ、「スーパーに入ってきていきなり商品に手を出して口に入れたり、昼となく、夜となく部落内を徘徊する。食事は隣近所の人が哀れんで残り物などを世話していたが、風呂に入ることもなくなり、髪を乱し、異臭を放ちながら歩く姿」がみられた。

琉球古典舞踊の踊り手が観客を魅了するあいだにも、ゴゼイが「兵隊《ひーたい》の来よる《ぬちゅん》ど、諸人《むる》、早《へー》くなあ逃げ《ひんぎ》れ《り》よう」と大声をあげて乱入する。「スピーカーの音楽にも負けない声で叫んだ拍子に帯が解け、左右に開いた着物の間に痩せ衰えた裸体が現れる。柄を振るたびに長い乳房が揺れ、そこだけ黒く若々しい陰毛が照明に浮かび上がる」。このような姿は、記紀神話の世界に登場する天宇受売命《あめのうずめのみこと》（天鈿女命）を想起させる。天岩屋戸の内に隠れた天照大神を招き出すために、伏せた桶を踏みとどろかして踊りながら、乳房と陰部を剝き出し、天神たちを哄笑させた。性的狂態によって太陽神を復活させたというエピソードは、霊力を通じて病める肉体や魂を治癒したという古代のシャーマンの姿を想起させるが、ゴゼイの悪態は「人の過ち・手落ちを誹謗する」という来訪神(12)——ただし言祝《ことほ》ぐことの決してない、共同体の過去の記憶を呼び覚ます嫗《おうな》——といえないだろうか。

3　性の二重基準による女性の分断

豊年祭の行事の中で観客が一番楽しみにしているのは芝居であった。戦前から伝わっている脚本がいくつかあって、それを交互に上演している。「群蝶の木」では「明治後半から大正、昭和の初めにかけて、東京や神奈川、大阪などの紡績工場を中心に出稼ぎにいった村人達が体験したことを材料にしたものがほとんどだった」。それらの中には「当時東京で演じられていたプロレタリア演劇を沖縄方言でアレンジしたものもあり、本土の研究者が調査にきたこともあった」という。

初日の芝居は「沖縄女工哀史」である。「大正時代に神奈川の紡績工場に出稼ぎにいった少女の話」で、出演者はみな素人であったが、「琉球芝居のプロの役者に演出と演技指導を頼んだというだけあって、なかなか見応えがあった」。

チルーという主人公の少女が、寮で同じ部屋に住んでいる同僚と喧嘩して、「沖縄人、豚殺し」と罵られたり、工場の近くの食堂に「朝鮮人、アイヌ、琉球人お断わり」という紙が貼られているのを見て立ちすくんだりする場面になると、涙を流す老女やビールの空缶を握り潰し、「腐れ大和人《くさりやまとんちゅー》、打《う》ち殺《くる》せー」と野次を飛ばす者があちこちから出た。

義明も、神奈川の紡績工場に出稼ぎに行った祖母から同じような話を聞かされていた。彼女は、琉球人差別反対運動を闘っていた祖父と知り合った。今帰仁村仲尾次で生まれた目取真の祖母も、一〇代の半ばに神奈川県の紡績工場に出稼ぎに出かけていたという。町の食堂に「琉球人、朝鮮人お断り」という張り紙が貼られていたり、他県からの女工と喧嘩になると「腐れ沖縄、豚殺し」と馬鹿にされたりしたことを祖母から伝え聞いている。出稼ぎの女工は最初に東京見学をする。皇居の門衛に「一目で良いから天皇陛下を拝ませてください」とお願いした祖母に、「物も言わずに顔の前で手を横に振った」。彼女は自分が差別されているのだと頭にきて、「腹いせに宮城前の植え込みで小便をしようとした」という。(13)

「沖縄女工哀史」のチルーは、同じ工場で働く「地元の男」にだまされて妊娠する。会社を馘首され沖縄に帰ってくるが、「父親に激しく殴られ、母親や兄弟にも蔑まれて、那覇の町に出て一人で子供を産む」。だが一歳の誕生日に子どもを捨ててしまい、仕事を転々とした後、最後は「遊女」――琉球語で尾類(ジュリ)と呼ばれる――に身を落としてしまう。ちなみにチルーという名前は、琉球王国の時代、遊女で歌人であった吉屋チルー(一六五〇―一六六八)を想起させる。

沖縄戦当時、慰安所を設置するために、日本軍は抱親(アンマー)たちを集めて協力を要請した。アンマーとは、母を指す沖縄語《ウチナーグチ》であるが、昔は遊女の雇い主の女性を意味することもあった。ストーリーから見えてくるのはヤマトンチュからの差別だけではない。借金のかたや口減らしのために出稼ぎに出た娘が窮地におちいって帰郷しても、彼女を保護するどころか〝家の恥〟として追放してしまう、ウチナーにおける家父長的権威主義の実態である。皇居前の植え込みで小便をしたという目取真の祖母の姉も、出稼ぎに行った紡績工場で「精神に変調をきたし、沖縄に戻ってからも曾祖父の暴力的な抑圧にあって気がおかしくなり、不幸な死に方」をしたという。(14) 家や共同体から排除されて精神を病んだ、あるいは認知症も疑われる老いを迎えた彼女たちの姿は、ゴゼイや「平和通りと名付けられた街を歩いて」(『新沖縄文学』第七〇号、一九八六年一二月)のウタに共通する特徴がある。

沖縄の労働運動に詳しい福地曠昭氏は、本土の紡績工場に出稼ぎに出た沖縄の元女工たちにインタビューした記録を『沖縄女工哀史』（那覇出版社、一九八五年）にまとめている。大正から昭和のソテツ地獄――サツマイモを確保することもできず、調理法を誤ると中毒死するソテツを常食とせざるを得ないほどの苦境にあった――によって「幼児の売買が盛んになり、インザ（奉公人）やイチマンウイ（糸満売り）、そしてジュリウイ（尾類売り）も、その頃の農村の貧しさゆえであった。山原、それもとくに山間部落では農地が少ない上に人口は多く、その日の食事にこと欠く時代であった」という。(15)目取真によれば、《山原《やんばる》》という言葉には差別的なニュアンスが含まれていたとする。

今ではウチナーンチュも抵抗感なく「ヤンバル」という言葉を使っていますが、北部地域を指す「ヤンバル」という言葉には、もともとは差別的な意味が含まれています。首里を中心とした那覇から見れば、「ヤンバル」というのは山に囲まれた野蛮な田舎で、「ヤンバラー（ヤンバルの人）」という言い方には、侮蔑的な響きがあります。(16)

沖縄の内部にある地域格差を認識しなければ、なぜ一九五〇年代に辺野古地区がキャンプ・シュワブ基地を誘致し、九五年以降、普天間基地の移設先として浮上したのかがわからないという。

大分県の富士紡績大分工場では、それまでの朝鮮人女工が集まらなくなったので、一九三〇年頃から沖縄の女性を募集した。被差別部落にも大々的な募集がおこなわれていたとされる。(17)和歌山紡績手平工場に勤めていた大城ウシによれば、「沖縄の女工は名前も書けなかったので、朝鮮人と同様にいやな目で見られていました。わたしとこの工場に一緒に入社したのは三十人でしたが、そのうちの二十人が自分の名前を書けない女工たちでした。学校も十分に出ていない人たちだったので文字が書けるはずもなく、無理もないことでした」と証言している。[18] さらに、三重県の東洋紡績に勤めていた島袋サダは「紡績男工に惚れるなよ／智慧ない　金ない　甲斐性ない／甲斐性どころか　家もない」と歌って憂さ晴らしをしていたという。[19]

紡績工場に出稼ぎに行ったり、遊郭に売られたりしたウチナーの女性たちは、帝国日本の底辺に位置づけられていた。沖縄における慰安婦を調査した先駆的な取り組みとして、『戦争と女性――「慰安所マップ」が語るもの』（第五回「全国女性史研究交流のつどい」第一分科会メンバー、一九九二年九月）が挙げられる。この報告書によれば「沖縄の港町、那覇はもちろん、名護、今帰仁、嘉手納、与那原などはあいまい宿が多く、旅館として、私娼たちを酌婦の名目で置いていた」。そのため沖縄戦当時の状況を調査したものの「今回与那原や今帰仁で慰安所が見つからなかったのは慰安所の〝商売〟が特殊なことでなく、日常のこととしてとりたてて意識することではなかったからではないか」と推測している。[20]

「群蝶の木」では、ゴゼイは日本軍の将校用の慰安婦であった。彼女とは別に、下級兵士を相手とする朝鮮人の慰安婦がいた。改装した旅館が慰安所にあてられていた。沖縄戦当時、慰安婦とされた女性は、朝鮮人が一〇〇〇人、沖縄の遊郭である辻出身の女性が五〇〇人、日本本土、台湾の女性も若干数いたのではないかと推測されている。民家や公民館などの既存の建物を利用した慰安所がのべ一三六カ所あった。[21]

一九九一年八月、金学順《キムハクスン》は慰安婦であったことを韓国ではじめて名乗り証言した。この影響を受けて、九〇年代後半になると朝鮮人慰安婦は〈強制連行された女性たち〉、日本人慰安婦は〈公娼制度に組み入れられた女性たち〉という対比が強調されるようになった。玉城福子氏によれば、沖縄の自治体史にもナショナリティの境界線が引かれて記述されることが多くなり、「日本人「慰安婦」を犠牲者の範疇から排除する」傾向がみられるようになった。ヤマトンチュの「慰安婦」にはヤマトンチュとウチナーンチュの両方が含まれ、朝鮮人「慰安婦」との対比の中でウチナーンチュの「慰安婦」は不可視化され、暗に日本人に含まれる形で提示されていたとする。朝鮮人慰安婦の場合は、「妻＝母」の女性として彼女たちの犠牲に共感する面があるものの、外国人であるために共感され得ない。他方、ウチナーンチュやヤマトンチュは同じ日本人であるために共感され得るが、「娼婦」であるために共感されない。ナショナリティと性の二重基準（「妻＝母／娼婦」）により、どちらの女性も結局は「犠牲者をめぐる共感共苦《コンパッション》の境界線」の外側に位置づけられるというのである。[22] だがそもそも、ヤマトンチュと同じであるとカテゴライズされてしまうと、ウチナーンチュの犠牲の実態は見えてこない。彼女たちが受けた差別の実相をとらえ直すことが求められるのである。ところが玉城氏によれば、沖縄戦史の記述をめぐって県幹部や行政担当者を批判した「沖縄の知識人」にも、「家父長的な性の規範」が入り込んでいたという。

> 性の二重基準による女性の分断（「妻＝母／娼婦」）に疑問を持たない普通の住民は、売春する女性を排除したり、性暴力被害者を家族や地域共同体の恥と見なし抑圧してきた側面がある。沖縄戦時に限っても、住民という語には、朝鮮人、「慰安婦」、障がい者は暗に排除されてきたのではないか。「慰安所」やAサインバーの女たちは、性の規範からはずれた者とみなされるがゆえに「我々」から排除される。[23]

この結果、「沖縄の知識人」は「悪意もなく、無意識のうちに「慰安婦」やAサインバーの女性たちを沖縄戦や沖縄の戦後の歴史の中で不可視化することに加担してしまっていた」とする。「家父長的な性の規範」を知らぬ間に内面化させる共同体から、死角の位置に据えおかれた慰安婦は、誰からも顧みられずに歴史の闇へと葬り去られようとしていたのである。

4 「今帰仁村の戦時状況」

沖縄戦において米軍は、日本軍の敗残兵が民間人にまぎれ込んでいないかを調べるために、軍服を脱がせて日焼けの度合いをみたり、針で手の平や足の裏を刺したり、肩を調べて背嚢の跡がないか確認したとされる。「群蝶の木」では「全身から森の匂いがし、潮の匂いがし、古木のように超然としたところ」のある青年・昭正の肉体は、ゴゼイに「生きた男の体を抱いたのは初めてだった」との感覚をもたらした。風呂焚きや掃除、客の使いなどの雑用を旅館で担当していた彼は、事故を装って左の手首を石で砕き、かまどに突っ込んだ。ゴゼイには、昭正が「知恵の足りないような言動、粗末な身形をしているのも、人を欺くため」であるのがわかっていた。

旅館に帰れば、腐った青白い体に触れられるのもおぞましく、特に石野という部隊長の、紫色の歯肉から血と膿のにじむ口をわざと近づけ、嫌がるゴゼイを見て喜んでいる顔を見ると、殺意を抱かずにはおれない。

「日本軍の将校達の腐った白鳥賊のような体」に虐げられるゴゼイにとって、「友軍に媚を売って助けてもらおうと思い、抜け目なく商売をしている村の連中など、みな死に果てればいいと思う」。ゴゼイは親が誰なのかも知らず、娼館の奉公人として子守りや水汲みの日々を重ね、昭正と出会った二三歳まで娼婦として生きてきた。

連隊陣中日誌によれば、一九四四年八月はじめ本部半島に移駐した独立混成第一五連隊は、一〇月五日に本部町渡久地に軍慰安所を開設した(24)。同第一大隊は、謝花慰安所を開設するため一一月六、七日に副官が今帰仁村に出張し、「慰安婦招致」――旅館や料亭の経営者に「慰安婦」集めを手配した――をおこなった(25)。同第一六中隊と海軍第二七魚雷艇隊が配備されていた今帰仁村では、運天港の近くに慰安所が設置された。一九四四年秋、仲宗根にあった民間の宮城病院を利用して慰安所が設置された。宮城貞重医師は軍医として召集されたが、彼の家族は九州に疎開していたため不在であった。

米軍が上陸し、日本軍がゲリラ戦を展開すべく山中に立てこもっているあいだ、米兵の強姦対策として住民が慰安所を設けた。慰安所の実態を調査した古賀徳子氏によれば、今帰仁の周辺は次のような状況であった。

戦前から運天港の近く(今帰仁村字仲宗根)にあった料亭の経営者が日本軍の命令で、慰安所を経営することになり、幼い頃に中南部から料亭に売られてきた沖縄の女性五～六人が「慰安婦」をさせられた。一九四五年三月二三日に本部半島への艦砲射撃が始まり、地元の住民は山中に避難した。経営者と女性たちも同様であった。しかし、独立混成第二歩兵隊(宇土部隊)が反撃せずに多野岳に撤退したため、五月には住民は山を下り、元の集落に戻りつつあった。「慰安婦」の女性たちも経営者の出身地である字越地に身を寄せていた。当時、米軍による強姦事件が頻発した。それに頭を悩ませていた区長らが、経営者の提案で、強姦対策として米兵向けの「慰安所」を設置した。集落で最も大きい家が提供され、家の前には米兵が行列をつくった。日本軍の慰安所にいた女性たちはここでも「慰安婦」をさせられたのである。女性たちは毎日一〇数名の体の大きな米兵の相手をさせられ、「つらい」と話していたという。「慰安所」は住民が収容所に移されるまでの約一カ月続けられた。(26)

右のような状況におかれた今帰仁村で、目取真によれば、米兵用の慰安所を設ける中心メンバーとなったのが「慰安所に女性を斡旋していた旅館の主人と、当時警防団長をしていた私の祖父」であった。米兵と「料亭の主人」が交渉しているそばにいたのを目撃されたために、祖父が敗残兵からスパイ視される原因になったという。(27)「今帰仁整理」――敗残兵によってスパイと目された住民を粛清する――という言葉が伝わっている。

「今帰仁村の戦時状況」(『沖縄県史』第一〇巻所収)では、今帰仁村在住の男性五名が座談会形式で往時を語っている。字《あざ》湧川の糸数昌徳によれば、山に潜伏していた敗残兵が村に下りてきて、米軍に協力している村民の名簿を作成し、彼らを殺害すると告げられた。殺害リストに記されていた村民のひとりは料亭を経営していた男性であった。糸数は敗残兵に向かって「あんた方、誤解ですよ」と訴えた。「一般の婦女子が米軍に強姦されて、たいへんなことになる」ので、料亭の経営者は自分の店の女性を「提供」して米兵用の慰安所を設けた。彼の「婦女子を守ろうという精神」は「決してスパイ活動ではない」、「こんなにりっぱな、住民を護ろうとする考え方」を説明して、辛うじて「今帰仁整理」を免れたとする。その一方、経営者は早くから米軍に協力していたおかげで「良民証」を発行してもらい、堂々と馬車で移動していたという。(28)

「群蝶の木」では、戦後になってからゴゼイに「米兵相手の売春旅館に入ってくれないか」と勧誘したのは「戦争中、日本軍の将校相手の慰安所になっていた旅館の主人」であったとされる。米軍の収容所で生活していたゴゼイに、「島袋というかつての主人と内間という収容所内で部落の世話役をしていたという男」は「執拗に頼み込んだ」。彼女は「戦争中は日本兵に体を売っていた自分が、戦争が終われば次は米兵の相手をするものと、決めてかかっている島袋や内間という男達を呪い殺したかった」。それでも彼女が引き受けたのは、村でそのまま暮らしてもよいという許可を得、米軍の資材を使って小さな家を建ててもらう約束をしてもらったからであったという。「収容所内で部落の世話役」をしていた内間は、戦時中は警防団長を務め、戦後は区長を一〇年以上、村会議員を三期務めたとされる。現在九〇歳を越した内間が執筆に加わったという字史は、「箱入りで表紙が布張り」の「五百ページ以上もある立派なもの」であったが、昭正やゴゼイのことはまったく触れられていなかった。彼らは公式の歴史からは一顧だにされない存在であったのである。

5 「ゴゼイ、ゴゼイよ。何を悔いる必要のあるか」

あっけなく降伏するような日本軍になぜ、ウチナーンチュは忠誠を誓わされて虐待され、挙句の果てに虐殺までされたのか。そしてなぜ、慰安婦は留め置かれねばならなかったのか――。圧倒的な米軍を前に、石野の部隊は山奥の洞窟《がま》に潜伏し逃げ回るだけであった。十数名の部隊には、ゴゼイと朝鮮人の女性二名が連れられていた。ゴゼイは「こんな山奥の洞窟《がま》にまで逃げのびてきて、米軍に一方的にやられっぱなしの腑抜けどものくせに、女の体を弄ぶことはやめようとしない腐れ男ども《くさりいきが》」「腐れ日本の兵隊《ひーたい》にあんし哀《あわり》れさせられてや」と憤りを感じている。

だが同時に、石野に「媚を売ろうとしていた自分が情けなくて、今すぐ、この洞窟もろともすべて爆破されてしまえばいい」と感じている。監禁状態にある女性が生きながらえるには、支配者の男性による庇護を受けようとするのもやむを得ない。崖の下にある洞窟には五〇名近い村人が避難していた。三〇歳をすぎた昭正もその中にいた。日本兵が食糧の徴発をはじめ、抜刀した石野が「黙れ」と怒鳴る。それまでに三名のウチナーンチュがスパイ容疑によって殺されていた。村人たちへの「同情」も抱いたが、ゴゼイは「兵隊達のおこぼれにあずかっている身」であった。昭正に対しても「自分が日本の兵隊達の側にいることが後ろめたく」、去り際に目をやると「憎しみに光る村人達の目の中に、一段と鋭い光の昭正の目があった」。ゴゼイは「村人達だけでなく、昭正まで裏切ってしまった」ことに絶望するのであった。日本兵と行動をともにしている慰安婦は住民たちの敵とされていた。そのことが彼女たちを救済しようとする活動が戦後発展しなかった理由であった。

他方、スパイ容疑を着せられた昭正は、与那嶺という名前の首里出身の将校に殴られる。ほかにも嶺井や大城という沖縄の兵士が虐待に加わり、昭正は洞窟の外に連れ出されて殺されてしまう。なぜウチナーンチュが同じウチナーンチュの虐殺に加担するのか。プリーモ・レーヴィによれば、アウシュヴィッツには「ユダヤ人の名士」がいた。「奴隷状態にある何人かに、仲間との自然な連帯関係を裏切れば、ある特権的な地位、ある種の快適さ、生き残れる可能性を与えてやると持ちかけたら、必ずそれを受け入れるものがいる」。そして「抑圧者のもとでは吐け口のなかった彼自身の憎悪が、不条理にも、被抑圧者に向けられることになる。そして上から受けた侮辱を下のものに吐き出す時、快感をおぼえるのだ」という。(29) 戦時下の沖縄も、日本兵に常時監視され、自由に話すことさえ禁じられていたという意味では、ラーゲリ体制に似た状態におかれていたと考えられるのではないか。そこで、ウチナーンチュが同じウチナーンチュに対して嗜虐的な暴力を加えるという事態が発生したのである。

「昭正の血の臭い」を放ちながら石野はゴゼイを殴りつけて性交しようとする。しかし、米軍が攻めてくると「洞窟の入口で威嚇発砲しただけで」石野の部隊は降伏してしまう。「全身が冷えきって痺れ、下腹部の鈍い痛みだけが自分がまだ生きていることを教える」ゴゼイを介抱したのは朝鮮人慰安婦であった。黒砂糖のかけらを口に押し込めてくれたのも彼女であった――「唾液が溢れだし、白く細い命の根が伸びていくような気がする」。ゴゼイは「名前も知らないまま別れたことに胸が痛んだのは、ずっと後になってのことだった」と回想する。彼女はどこに行ったのか、その生死さえわからない。

共同体の記憶から抹消された人びとの痕跡をよみがえらせるには、どのようにすればよいのか。「群蝶の木」には、義明の視点にその手がかりが託されている。彼が幼稚園の年長であったころ、友達の家に遊びに行った帰り道、方向がわからなくなってしまう。「残飯や空瓶を載せたリヤカー」で家まで送り届けてくれたのはゴゼイだった。だが父親は「何《ぬー》が、汝《なー》や、人の《ちうぬ》童《わらび》を何処《だー》に連《そー》れてぃ行じゃが?」と怒鳴り、祖父は「お前如き女子《いやーぐとるいなぐ》の、腐れリヤカーに我んが孫《まーが》を乗せて歩きよるな。みな、心配《しわ》してどれだけ探《かめ》したんでぃ思《うむ》ゆが?」と叱り飛ばす。ゴゼイは「赦《ゆる》してきみ候え《そーれ》」と「消え入りそうな声」で謝った。ゴゼイが「十名近い人に囲まれて」罵られているのをみると、義明は「後ろめたさと恥ずかしさの感覚」を抱かされた。その感覚は「三十年経った今でも忘れることができない」という。長らく忘れていた記憶を想起し、なぜ黒砂糖の匂いをかぐのも嫌なのか、いまその理由に思い当たった。道に迷った自分に、ゴゼイは黒砂糖を口に含ませてくれたのであった。義明は「自分の卑怯さ」から目を背けようとして、親切にしてもらった記憶を抑圧していたのである。子どもに悪戯をすると噂されるのは、「眼の奥の森」の盛治も同じであった。両者に共通するのは、村人たちから「狂者《ぷりむん》」扱いされ、共同体の内部と外部との境界線上を生きざるを得ない境遇に立たされていたことであった。

「後ろめたさと恥ずかしさの感覚」を抱き、「自分の卑怯さ」から目を背けようとしていた過去を内省できる人間こそ、共同体から排除された人間の生を凝視できる可能性がある。ゴゼイが黒砂糖の甘さとともに朝鮮人慰安婦の存在を思い出したように、義明は黒砂糖を通じて、それまで抑圧していたゴゼイの記憶をよみがえらせた。「雲が切れて月の光が差すと黄色い大きな蝶が群れるようにユウナの花が咲いている」――この木の下で、ゴゼイは在りし日の昭正の姿を思い抱きながら生きてきた。ゴゼイにとって、義明を連れて帰った「あの短い時間が、部落に住んでいて、一番楽しい時間だったさ。ほんとうに、せめてあんたの子供を身籠ることができていたらね……」と感じる。彼女にとって義明は、昭正とのあいだの子どものように思えたのである。「ゴゼイ、ゴゼイよ。何を悔いる必要のあるか」という台詞は、ゴゼイの胸に響く昭正の声であるが、沖縄戦の犠牲者すべてに向けられた悼みの声でもある。

注

(1)「群蝶の木」の本文は『群蝶の木』(朝日新聞社、二〇〇一年)に拠った。

(2)レニ・ブレンナー『ファシズム時代のシオニズム』(芝健介訳、法政大学出版局、二〇〇一年)三〇頁。

(3)同右、三六三頁。

(4)同右、六頁。

(5)同右、一三五頁。

(6)『糸数アブチラガマ』(糸数アブチラガマ整備委員会編集、沖縄県南城市発行、一九九五年)一一頁。

(7)同右、三二一—三三頁。

(8)レギーナ・ミュールホイザー『戦場の性——独ソ戦下のドイツ兵と女性たち』(姫岡とし子監訳、岩波書店、二〇一五年)一一頁。クリスタ・パウル『ナチズムと強制売春——強制収容所特別棟の女性たち』(明石書店、一九九六年、四七頁)によれば「労働成績の向上を期待したこと、ならびに、囚人の順応性を助長し、あるいは囚人たちのあいだに潜む抵抗の可能性を抑えるために囚人間の仲間割れを狙ったこと、こうしたことを優待策導入の、かつ強制収容所内に売春宿を設置することになった根拠とみるべきである」とする。

(9)仲宗根誌編集委員会編『仲宗根誌』(今帰仁村字仲宗根公民館、一九九六年)一〇四頁。

(10)同右。

(11)玉城菜美路「今帰仁村内外の豊年祭」(『なきじん研究』第一九号、二〇一三年三月)一六五頁。

(12)折口信夫「国文学の発生(第三稿)」(『折口信夫全集』第一巻、中公文庫、一九七五年)二九頁。

(13)同右、二四頁。

(14)目取真俊『沖縄「戦後」ゼロ年』(NHK出版、二〇〇五年)四一頁。

(15)同右、四二頁。

(16)福地曠昭『沖縄女工哀史』(那覇出版社、一九八五年)九頁。

(17)前掲、目取真『沖縄「戦後」ゼロ年』一〇六—一〇七頁。

(18)前掲、福地『沖縄女工哀史』三三一頁。

(19)同右、九一頁。

(19) 同右、一〇九頁。

(20) 『戦争と女性――「慰安所マップ」が語るもの』(第五回「全国女性史研究交流のつどい」第一分科会メンバー、一九九二年)五頁。

(21) 高里鈴代「強制従軍「慰安婦」」(『なは・女のあしあと　那覇市女性史(近代編)』ドメス社、一九九八年)四五四―四五九頁。

(22) 玉城福子「沖縄戦の犠牲者をめぐる共感共苦《コンパッション》の境界線――自治体史誌における「慰安婦」と「慰安所」の記述に着目して」(『フォーラム現代社会学』第一〇号、二〇一一年六月)一二〇―一三一頁。

(23) 玉城福子「沖縄県平和祈念資料館展示改ざん事件の再考――共犯化概念からみる植民地主義とセクシュアリティ」(『女性・戦争・人権』第一三号、二〇一四年一二月)六九頁。

(24) 独立混成第四四旅団独立混成第一五連隊速射砲中隊陣中日誌(一九四四年一〇月三日)。

(25) 同右。

(26) 古賀徳子「沖縄戦における日本軍「慰安婦」制度の展開(4)」(『季刊戦争責任研究』第六三号、二〇〇九年三月)六九―七〇頁。

(27) 前掲、目取真『沖縄「戦後」ゼロ年』六五頁。

(28) 「今帰仁村の戦時状況(座談会)」(『沖縄県史』第一〇巻、一九七四年)五一一頁。

(29) プリーモ・レーヴィ『アウシュヴィッツは終わらない――あるイタリア人生存者の考察』(竹山博英訳、朝日新聞出版、一九八〇年)一〇八頁。

第7章　「虹の鳥」
――《依存》と《隷属》の社会――

1　《共依存》の心理傾向

目取真俊の「虹の鳥」（『小説トリッパー』二〇〇四年冬季号）は、全篇を通じて暴力がみなぎった小説である。その暴力の起源は、五九万の県民のうち一二万名が戦死した沖縄戦であり、沖縄本島の面積約一五パーセントを強制接収して設けられた米軍基地にあるとされる。

もし戦争がなく、米軍基地として強制接収されることがなければ、カツヤたちも金網の向こうの土地に生まれ育ったはずだった。そうだったら、今とはまったく違った人生を生きていたはずなのに……。カツヤの人生だけでなく、両親や祖父母、戦後の沖縄を生きた村の人々、全ての生き方が変わっていたはずだった。

国家による圧倒的な暴力の前には、いかなる市民も無力である。本来の生き方をねじ曲げられてしまったことは誰の目にも明らかである。軍用地料で生計を営んでいるカツヤの父は、よく「反対運動が盛り上がらないと、軍用地料も上がらないし、政府の補助金も増えない」と口にしていたという。表面的には基地反対運動を支持しているかのように見えて、実は米軍基地に依存し切った生活を送っている。このように米軍基地との共犯関係を持つ人びとを覚醒させ、「本気で米軍を叩き出そう」と思うのなら「吊してやればいいんだよ。米兵の子どもをさらって、裸にして、五八号線のヤシの木に針金で吊してやればいい」という手段が、暴力団「琉誠会」とのかかわりのある比嘉によって示される。暴力に対抗する究極の方法は、圧倒的にそれを上回る暴力を見せつけるしかないとの考えである。だが、カツヤや松田たちを使嗾《しそう》して沖縄の少女を凌辱し金儲けをしている比嘉の行動はまったく正当化できない。非道な暴力によって維持される比嘉のアウトロー集団は、沖縄の社会を内部から喰い荒らしているという点では米軍以上に罪深い。

カツヤと比嘉の出会いは中学生時代にさかのぼる。沖縄市にある中学にカツヤが入学すると、比嘉をリーダーとする上級生たちのリンチが待ち受けていた。比嘉のグループは「長期にわたって全生徒を支配する方法」を確立していた。カツヤからすれば「普通の生徒の呼び出しが何を基準に行われているのかは不明だった。それが学校内での生徒たちの行為全てに不安をつきまとわせていた」。暴力による被害を少しでも軽くするには「比嘉に気に入られる以外に、安全に過ごす方法はなかった。気に入られるためには、人より多くの金を出し、より従順に振る舞うこと、中学一年のカツヤには、それしか思いつかなかった」。カツヤは比嘉の強さに「他の上級生とは違うものを感じて、惹かれるようになっていた」。比嘉によって売春をさせられクスリ漬けにされた少女の中には、「本気で比嘉に金を貢ごうとしている少女も少なくなかった」という。この小説の全篇にみられる支配と抑圧のメカニズム――「自分を傷つけた相手に依存する、一見奇異に見える行為」――がそこに存在するのである。監禁状態におかれた暴力の犠牲者、あるいはDVにさらされた家族にみられる《共依存》の心理傾向に通じるといえよう。このように倒錯した状態は、沖縄の少女が犠牲になりながらも、駐留経費負担（「思いやり予算」）を支払いつづけ、米軍への依存を止めようとしない日本政府の喩として読めるのではないか[1]。本章では「虹の鳥」を取り上げながら、マイノリティ社会が抱える矛盾――自分たちを周縁化するマジョリティとの関係がコミュニティの内部に転移され、さらなる支配と抑圧を生み出している――を考察してみたい。また、第二次世界大戦下、ナチスに支配された地域で設置されたユダヤ人評議会が矛盾に満ちた役割を担っていたことや、ドストエフスキーの文学が少女の凌辱という衝撃的なテーマを扱っていたことなどを、「虹の鳥」を読み解くための手がかりとして活用してみよう。

2 「二重の隷属」

マイノリティ社会における支配と抑圧のメカニズムを分析するために、まずヨーロッパ全土を席巻した反ユダヤ主義の嵐の中でショアーに直面したユダヤ人社会を例に検証してみよう。

第二次世界大戦終結後、ユダヤ人シオニストのグループは、ナチスの絶滅計画に対抗するには自衛のための積極的な武装活動が必要であったとし、とりわけワルシャワ・ゲットーのレジスタンス闘士が称賛された。イスラエルでは、国家建設の礎となるパレスチナ生まれのユダヤ人が理想とされたのに対し、ヨーロッパの強制収容所からの生還者は「せっけん」という俗語で呼ばれ、ショアーに受動的にしか対応しなかったことが暗に批判されていた。だが実際に銃を手にしたレジスタンス闘士がほんの少数であったことを考えれば、そのような神話はナチス支配下におかれたユダヤ人共同体の実態を見えなくしてしまう。ユダヤ人評議会は「ドイツ官僚機構の延長」でもあったのだ。(2) 大著『ヨーロッパユダヤ人の絶滅』を著したラウル・ヒルバーグは、ドイツ人はユダヤ人の協力なしにはユダヤ人絶滅政策を遂行できなかったと結論した。この後、大論争を巻き起こすことになるヒルバーグの主張は「神、王、法律、契約を信頼するユダヤ人の伝統」や「最終的に、経済的に利用価値のある者を遂行者が破壊することはあるまいというユダヤ人の計算」を考慮することからはじまっていた。なぜなら「このユダヤ人の戦略こそは、協調を強要し、抵抗を排除したものであった」からである。(3) ナチスによってヨーロッパ各地に設置されたユダヤ人評議会は、伝統的な「ユダヤ人の戦略」に従って、ナチスへの「適応と順応」をユダヤ人に説いた。

評議会は、ドイツにとっての道具だっただけではなく、ユダヤ人社会における機関でもあったのだ。彼らの戦術はユダヤ人が何世紀にもわたって実行してきた適応と順応の延長だった。私はユダヤ人指導者と一般のユダヤ人を別々に見ることはできない。指導者たちは、ユダヤ人によって長い間受け継がれてきた危機に対する反応の基本的姿勢を代表していたからだ。(4)

ユダヤ人指導者は、自分たちを支配している者に「適応と順応」を示すことによって、苛酷な反ユダヤ社会を生き延びてきたという経験知を受け継いできた。だがそれは同時に、一般のユダヤ人に権力に抵抗する意志を放棄させる結果になった。ハンナ・アーレントによれば、このような悪弊を持つユダヤ人社会は「跪いて生きることを選ぶ人間は、跪いて死ぬ」のである。[5]「パーリアとしてのユダヤ人」の中で、アーレントは反ユダヤ主義を批判する研究者ベルナール・ラザールの説を引きながら、ユダヤ人社会にある「二重の隷属」とは、一方で周囲にある敵対的な要素への依存であり、他方で、敵対者とどういうわけか手を携えている自民族の「高位の同胞たち」への依存を意味する」という。[6]そして、ユダヤ民族の命運において「比較にならないほど深刻で決定的だったのは、パーリアが反抗者になることを端的に拒んだという事実」であったとする。[7]——ちなみに、現代も継承されているユダヤ法では、宗教的指導者のもとでの結婚しか認められず、離婚も男性側にしか決定権がなく、離婚の手続きは宗教裁判所が管轄するというユダヤ共同体が抱えるジェンダー差別が残存している。

「反抗者」になることをあえて断念してきたというのは、武器を放棄した歴史を持つとされるウチナーンチュの心性に通うものがある。圧政者に対し武装蜂起することがなかったこと、そして他民族による支配に妥協して生きることを導いてきた過去の沖縄の指導者たちが示した姿勢も、両民族の共通点として挙げられるのではないか。そこには、民族コミュニティにおける権威と依存の強い関係がみられるのである。

カツヤが比嘉に気に入られるためには、少しでも多くの金を渡すことと、より従順に振る舞うことしかなかった——たとえそれらを実行したとしても暴力から逃れることはできなかったのだが。カツヤの場合、不動産管理会社を経営する父の宗進が愛人をつくると、母の久代は資金の半分を宗進に出してもらい二四時間営業のゲーム喫茶を開業する。子どもに無関心な両親は、カツヤが暴力の被害を受けていることを知らないが、金銭面ではルーズであり、両親からもらった小遣いを渡すことでカツヤは暴力を振るわれずに済んでいた。そのおかげでカツヤが一線を越えて比嘉の支配に抵抗することはない。カツヤに預けられている少女たちと同じように、カツヤ自身も生かさず殺さずという状態におかれている。「上納金の額にしても、暴力にしても、下級生を過度に追いつめることもしなければ、不安と緊張を失わせることもしない。長期にわたって全生徒を支配する方法を比嘉のグループは確立していた」のである。

谷口基氏によれば、比嘉は「基地経済がもたらす不安定な沖縄の生活環境の上にこそ存在可能なアウトロウとして造形」されている。彼らは「「血縁地縁」が強い結束力を持つ沖縄古来の共同体からはじき出された孤独な家庭や、「経済原則を無視した軍用地料の値上げ」によってモラルが崩壊した家庭の中に獲物を見出すのだ」という。(8) 軍用地料による収入という条件を除けば、都市郊外の核家族化や家庭崩壊など、日本国内に広くみられるいじめの社会背景と似通っているともいえる。だからこそ、「虹の鳥」の随所に描かれる陰湿な暴力の現場を、読者が実感をもってイメージできるのである。

しかし暴力によって支配された比嘉のアウトロー集団は、米軍基地に依存して成立している沖縄社会そのものの象徴である。佐藤泉氏が指摘するように、「「虹の鳥」が男女の非／人間の形象化を通して示したテーゼは、軍用地政策とは人間の作り替えではなかったか、というものだ」。すなわち「人間の外部でも内部でもない生ける死者の形象」が描き出されたというのである。(9) 彼らは外部の権威に順応する伝統的な沖縄社会とは異質の傾向を持つ人間である。比嘉のみならず彼の仲間の松田も、テレビに映る抗議集会を見て「こんだけ集まったんだったら、基地の金網破って中に入ってな、アメリカ兵を叩き殺してやればいいのによ。いくら口だけわーわー騒いでも、アメリカーたちは痛くもかゆくもないだろう」と言う。だが胸中に「底のない空虚」が存在しているような比嘉は、既存の沖縄社会に対して真に革命的なインパクトを与える行動をとることはなく、若者たちを非道な暴力で支配し、沖縄の少女を蹂躙するだけの生き方しかできない。彼もまた、琉誠会という暴力団のヒエラルキーに所属する一走狗でしかない。そこに絶望的な社会の闇が垣間見られるのである。

3 「虹色の鳥」の刺青

ベトナム戦争当時、山原《やんばる》の山中にある北部訓練場で米軍特殊部隊がゲリラ戦の訓練をおこなっていた。カツヤにとって、中学の社会科教師から聞いた、つねに死と隣り合わせに生きている特殊部隊のイメージが「沖縄でもっとも充実した生を生きている者として、鮮烈な印象を残した」。このような倒錯は、もしいまも米兵が山原の森にいるなら「森の中で彼らに襲われ、頸動脈を切られて殺されるなら、それでもよかった。今の自分には、それ以上の死はないような気さえした」という妄想にまで発展した。生きているのか死んでいるのかわからないような空虚感を払拭するには、過激な暴力による死が必要であるとさえ感じていたのである。

ホテルの浴室で比嘉にシンナーを浴びせてライターで火をつけたのは、健康を損なって廃人になりかけ、もはや性的な商品として使えなくなっていたマユであった。炎に包まれた比嘉は、浴槽の縁に後頭部をぶつけて死ぬ。さらにマユは、山原の森をめざしてカツヤと逃走中に、立ち寄ったマクドナルドでアメリカ人の若い夫婦の娘をさらい、車の中で殺害しようとする。車を運転するカツヤに向かってマユは「さっさと出せよ、クズ」と「低く強い声」で発した。カツヤには「初めてマユの本当の声を聞いたような気がした」という。彼女を貶めるために、彼女を取り巻く男性が使っていた「クズ」という言葉を、彼女がはじめて投げ返したのである。これまで暴力をふるわれつづけていたマユが、はじめて報復という主体的な行動に出た瞬間であった。

しかし、自分に直接的な暴力をふるう比嘉に対する報復と、自分とは何の関係もないアメリカ人の少女の殺害とは同じ意味を持つのだろうか。アメリカ人の少女を殺す動機がマユにあったとは到底思われない。なぜマユの手にアーミーナイフが握られていたのか。小説という虚構の中での象徴的な行為であるのは言うまでもないのだが、アメリカ人の少女を供犠に捧げることが本当に必要なのか。そして比嘉や松田ではなく、なぜマユが殺害するに至ったのだろうか。

目の前の現実を変えるには、報復以外にはもはや手段は残されていない、というのがカツヤの心境であった。一九九五年九月の米兵少女暴行事件に際して八万人を超える県民が抗議集会に参加した。これは、この作品の背景となっている事実だが、カツヤは、集会でマイクを持って「八万五千の人々に訴えている少女の姿は美しかった。だが、必要なのは、もっと醜いものだと思った。少女を暴行した三名の米兵たちの醜さに釣り合うような」と感じていた。比嘉が語ったように「本気で米軍を叩き出そう」と思うのなら、米兵の子どもを殺害して吊るすこと、「それ以外の方法はありはしない」。「そこまでやらなければ、アメリカ人も日本人も、いや沖縄人だって本気で考えはしない」とする。この小説の中にあえてショッキングな殺害を取り込んだ目取真の意図は、米軍基地が沖縄社会にもたらしている暴力の現実を明確にしようとしたことにある。アメリカ人に、日本人に向けてそれを訴えようとしただけではなく、何よりもまずウチナーンチュ自身に――米軍基地に依存し、日本政府に依存し、沖縄の保守系指導者層に依存している――

向けられていたのではないか。アメリカ人の少女を殺害することは、もはや内外の権威に依存する《二重の隷属》に後戻りを許さない状態におちいらせるための企みであったと考えられるのである。

マユの態度の変化は、彼女の背中に彫られた「虹色の鳥」の刺青がイメージを変えてゆくことに象徴される。「虹色の鳥」は次のような図柄であった。

左の肩に向けて斜め上を向いている鳥は、赤や黄や青、緑、紫の羽根に包まれ、虹色に彩られた翼を左右の肩胛骨の上に広げている。光の粉末を振りまきながら長い尾が腰と脇腹に流れ、頭部の飾り羽根はマユの首の方へ弧を描いている。

美しい鳥の刺青なのだが、「本来ならそこには、鋭い嘴を持った宝石のような頭部があるはず」の場所に、おそらく「何度もタバコの火を押しつけられたのだろう」「肉のひきつれ」が、「赤茶色く丸い隆起」となっていた。作品の結末部では、二件の殺害を実行したマユの背中で「虹の鳥」が再生する。

固い種子が割れ、新芽が芽吹くように火傷の傷が消えて、新しい皮膚が現れる。青や緑の羽毛に縁取られた緋色の顔。金色の虹彩と漆黒の瞳が夜の森を見る。鋭い嘴が開き、鳥の鳴き声がこだまする。樹間に差し込む月の光がマユの体を照らし出し、ゆっくりと上げられる左右の手の動きに合わせて、肩胛骨の上の翼が羽ばたき始める。羽音がしだいに大きくなり、マユの背中を離れた鳥は、七色の光を放ちながら夜の森を舞う。

「虹の鳥」を目撃したカツヤは幻想にとらわれ、「喉にアーミーナイフが当てられる感触」に目を閉じる。「そして全て死に果てればいい」と感じ、「体の奥から笑いが込み上げてくる」という。

カツヤとマユが山原の森をめざして逃走したのは、そこに「幻の鳥」がいるという伝説があったからである。米兵たちはそれを「レインボー・バード、虹の鳥」と呼んでいる。「もし森の中でその鳥を見ることができたら、どんな激しい戦場に身を置いても、必ず生きて還ることができる」と信じられていた。だが「その鳥を見た男は生き延びることができるが、代わりにというか、部隊の他の仲間は全滅する」という。逆に「他の仲間が生き延びるためには、虹の鳥を見た男を殺さなければならない」とされるのである。

カツヤは自分だけが生き延びることを願い、作品の最後まで受動的な生を送っている。報復という行動をとったのはマユであり、カツヤはそれを傍観していただけである。カツヤの発想はつねに、もしあのようなことがなければ、いまとは違う自分であったはずなのに、もしあのことがなければ違う人生になっていたのに、という過去を志向する消極的なものである。カツヤは「マユを哀れむ振りをして、自分を哀れんでいるだけではないか、今さら何を悔やんでも無駄だ」とさえ感じている。だが、破滅の淵に足をかけていながら、周囲の状況に助けてもらっていつもそれを何とか回避できているために、依存の体質は一向に改まっていない。「そして全て死に果てればいい」というカツヤの台詞は、小説の最後に至るまで自己の現実を見据えようとしないカツヤの態度を示している。山原の森にたどり着けば、彼は再生できるのか。いや、警察による捜査の手に絡めとられるだけだろう。

4　ドストエフスキー『悪霊』

少女を凌辱してもよいか、という身の毛のよだつようなテーマが論じられるのは、ドストエフスキーの『悪霊』である。『悪霊』第二部第一章5では、スタヴローギンとキリーロフによって衝撃的な内容の対話がおこなわれる。人こそが神であるという《人神思想 the man-god》を抱くキリーロフは、「人間が不幸なのは、自分が幸福であることを知らないから、それだけです」という。それに対してスタヴローギンは、「でも、餓死する者も、女の子を辱しめたり、穢したりする者もあるだろうけれど、それもすばらしいのですか？」と反論する。実は彼には、マトリョーシャという一二歳の少女を誘惑して凌辱し死に追い込んだ過去がある。キリーロフは「すばらしい。赤ん坊の頭をぐしゃぐしゃに叩きつぶす者がいても、やっぱりすばらしい。叩きつぶさない者も、やっぱりすばらしい。すべてがすばらしい、すべてがです」と答えるのであった。

この対話を読んで、戦後文学の作家・椎名麟三は「自分の魂がふるえるといった感じ」を受け、「その作品の背後から射している光のなかに、私の求めてきた「ほんとうの自由」のたしかな手ごたえを感じた」という(10)。椎名は、宇治川電気鉄道部（現山陽電鉄）に勤務していた頃に労働運動に参加するのだが、一九三一年に治安維持法違反の容疑で検挙される。転向上申書を提出して未決監の独房から釈放された三三年頃、精神的な虚無をさまよっていた。そのとき読んだのがドストエフスキーの『悪霊』であったのである。

椎名によれば、キリーロフの言葉は「人間はすべて許されている。しかしそのことをほんとうに知った人間は、女の子をはずかしめたりなどはしないだろう」と要約される。[11]だが〝すべて許されている〟ことと〝悪行をなさない〟ことのあいだに論理的なつながりはない。その矛盾を解決するためには「客観的な全的な自由」から「個人的な自由として道徳を守る」ことが導き出されていなければならない。すなわち「人間はすべて許されているということを、イエス・キリストにおいて知っている者は、小さな女の子をはずかしめたりはしないだろう」と置き換えることで、「人間の全的な自由と個人的な自由とが矛盾なく両立」できるようになるというのである。[12]

椎名の解釈には、全的な神の自由な恩恵に基づく人間の救済というキリスト教信仰が背景にある。だが「虹の鳥」には、《虹の鳥》を目撃した米兵の噂にあらわされるように、自分が生き延びて仲間が死ぬか、あるいは仲間が生き延びて自分が死ぬかの二者択一しかない。そこには神の恩寵が入り込む余地がなく、生存を賭けた人間どうしの闘争が導き出される。すなわち暴力で相手を圧倒するほかないのである。神なき時代、神が喪われた風土には、もはや報復という手段しか残されていない。

ところで、善悪を超越した気になり万事に無関心を装っていたスタヴローギンは、マトリョーシャの幻をみる。「あのときと同じように、私の部屋の戸口に立って、私に向って顎をしゃくりながら、小さな拳を振り上げていたあのときと同じように、げっそりと痩せこけ、熱をもったように目を輝かせているマトリョーシャを。いまだかつて何ひとつとして、これほどまで痛ましいものを私は目にしたことがない！」。あのときのマトリョーシャの顔だけがスタヴローギンに無関心の病から脱け出させ、自己の存在を耐え難くさせるのである。

「虹の鳥」では、マユに殺されるアメリカ人の少女の顔は「髪に覆われて少女の顔は見えない」とされている。ここには、《米兵の子どもを殺して吊るす》というこの殺害の抽象的な意味合いがみられるだけで、少女を殺すことが実感としてとらえられていない。つまり人格を持ったひとりの人間の死として描かれていないのである。この少女の顔が描けたであろうか、そして読者は、死の恐怖に満ちた、あるいは暴力から何とか逃れようと抵抗する少女の顔を受け入れられたであろうか。それを報復の結果だと突き放してとらえることができるのだろうか。

暴力をふるう男性とのあいだで《共依存》の関係におちいったマユは、男性の欲望を無意識に投影させたふるまいをみせる。殺人を実行したのはマユだが、殺意の衝動を彼女に植えつけたのは彼女を取り巻く男性たちである。この作品を読むに際して、性暴力の被害者であるマユが殺人を犯してもやむを得ないと済ませてしまうようであれば、この小説の倫理的な破綻を意味する。なぜなら、ひとりの女性に罪をかぶせるやり方こそ、男性集団によるジェンダー支配の奸智にほかならないからである。《依存》と《隷属》の社会構造をとらえなければ、マイノリティ社会が抱える矛盾は見えてこないのである。

「虹の鳥」では、米兵少女暴行事件に重ね合わせられるように、マユやカツヤの姉である仁美たちが性暴力の被害者として、きわめてリアルに描き出されている。銘苅純一氏によれば、「虹の鳥」の初出本文と初版本文（影書房、二〇〇六年）では、仁美が米兵にレイプされる設定が加筆されていること、被害女性たちが重なりを持って描かれるようになったことが異なっているという[13]。

堕落した生活を送る二人の兄とは異なって、仁美は学費や生活費はすべて自分で賄って九州の短大を卒業した。結婚して子どももいるが、教員になる夢は諦めていない。米兵少女暴行事件を知った久代が、米兵も悪いが夜に小学生をひとりで外出させる親も悪いと言うと、「そんな言い方はないでしょう。悪いのはアメリカ兵さ。相手は子どもだよ。被害者に落ち度があるみたいないい方をするのはおかしいさ」と反論する。基地のおかげで経済が潤っているとはいえ「だからといって、何をされても黙っているのは、もっとおかしいさ」と言う。彼女は「カツヤ、世の中は変わるよ、自分の力で生きなさいよ。あんたならできるさ」と励ます。松木新氏は「虹の鳥」書評を執筆して、「基地地主二万九千人、年間の地代八百億円という沖縄の現実を考えると、「自分の力で生きなさいよ」という言葉の重みは計り知れない」と評価していた。[14]しかし、ふたたび銘苅氏によれば、目取真がその書評を読んだかはわからないが「親の軍用地料を拒否し、自力で短大を出て教員免許を取得し、作中では唯一浸潤する暴力から逃れ、「人間らしさ」を維持した仁美に希望を託すという指摘は、仁美へのレイプという加筆によって拒絶される」とする。[15]仁美の克己心によってしても、沖縄の現実は「何も変わらない」という結論が導き出されるというのである。

『カラマーゾフの兄弟』の三男アリョーシャが純粋無垢な存在であったように、仁美も兄姉の中ではもっとも優れた倫理観を持った人物であった。彼女に米兵にレイプされた過去があったことを加筆することは、決して彼女の価値を下げるものではなく、沖縄ではどの女性も苛酷な現実と無縁には生きられないということを強調するためであったのではないか。絶望的な現実に抗いながら、それでもなお自立して生きることの大切さを仁美の生は伝えているのである。沖縄社会を取り巻く深い絶望の中でも生きる希望を見出す女性の姿は、暴力の描写に満ちた目取真の作品において、一点の光明を与える存在になっているといえよう。

注

（1）「虹の鳥」の本文は単行本版（影書房、二〇〇六年）、『悪霊』本文は新潮文庫版（江川卓訳、二〇〇四年）に拠った。

（2）奥野修司「「虹の鳥」目取真俊——暴力と憎しみで沖縄の現実を描く」（『文学界』第六〇巻九号、二〇〇六年九月、二四三頁）には、「沖縄は基地という暴力で蹂躙され、少女のようにいつレイプされるともしれない予感——。それゆえにカツヤと比嘉の関係が、沖縄とアメリカ（日本政府）の関係のメタファーとして映る」という指摘がある。

（3）ラウル・ヒルバーグ『記憶——ホロコーストの真実を求めて』（柏書房、一九九八年）一四五頁。

（4）同右。

（5）同右、一七六頁。

（6）ハンナ・アーレント「起こっていないユダヤ戦争」（『反ユダヤ主義　ユダヤ論集1』山田正行ほか訳、みすず書房、二〇一三年）二三八頁。

（7）ハンナ・アーレント「パーリアとしてのユダヤ人」（『アイヒマン論争　ユダヤ論集2』齋藤純一ほか訳、みすず書房、二〇一三年）六六頁。

（8）同右、六七頁。

（9）谷口基「不可視の暴力を撃つために——目取真俊「虹の鳥」論」（『立教大学日本文学』第九七号、二〇〇六年一二月）一八九頁。

（10）佐藤泉「一九九五—二〇〇四の地層——目取真俊「虹の鳥」論」（新城郁夫編『攪乱する島——ジェンダー的視点』社会評論社、二〇〇八年）一六八、一七三頁。

（11）椎名麟三「ドストエフスキーと私」（『信徒の友』第二三四号、一九六六年七月）、引用は『椎名麟三全集』第二〇巻（冬樹社、一九七七年）八一頁。

（12）椎名麟三「悪霊」（『月刊キリスト』第一八巻六号、一九六六年六月）、引用は同右書一三七頁。

（13）同右。

（14）銘苅純一「目取真俊「虹の鳥」の異同」（『人間生活文化研究』第二二号、二〇一二年一〇月）一〇九頁。

（15）松木新「「虹の鳥」のことなど」（『民主文学』第四七三号、二〇〇五年三月）一六四頁。

（16）前掲、銘苅「目取真俊「虹の鳥」の異同」一一二頁。

II

第8章　霜多正次「虜囚の哭」
――強制された共同体――

1　個人の判断を超える「厳粛な事態」

一九四五年六月二三日、沖縄防衛軍司令官の牛島満中将が摩文仁海岸の洞窟で自決した。この日をもって沖縄戦における日本軍の組織的抵抗は終結したとされるのだが、自決する前に牛島は、各部隊に宛てて「全将兵ノ三ヶ月ニワタル勇戦敢闘ニヨリ遺憾ナク軍ノ任務ヲ遂行シ得タルハ同慶ノ至リナリ。然レドモ、今ヤ刀折レ矢尽キ、軍ノ運命旦夕ニ迫ル。スデニ部隊間ノ連絡杜絶セントシ、軍司令官ノ指揮ハ困難トナレリ。爾後各部隊ハ各局地ニオケル生存者ノ上級者コレヲ指揮シ最後迄敢闘シ悠久ノ大義ニ生クベシ」という命令を出していた[1]。

日本軍守備隊は壊滅状態におちいり、各部隊には解散命令が出されていたにもかかわらず、「生キテ虜囚ノ辱ヲ受ケズ」とする「戦陣訓」に従って降伏が許されず、死に至るまで米軍と戦闘を続けることが求められた。しかし、「軍司令部の壕にも、南部海岸のいたるところの岩穴やアダンの防潮林のなかにも、まだ数万の将兵と住民とがひそみかくれていた」のである。

霜多正次「虜囚の哭」の主人公・波平昌堅は国民学校教師で、沖縄戦に際して郷土防衛隊に現地動員されていた。五〇名ほどの野砲部隊に配属され、壕の構築や糧秣輸送、炊事その他の雑役に使われていた。しかし、米軍の攻撃によって隊員のほとんどが戦死するか行方不明になって部隊が四散してしまうと、波平は南部に向かって逃げ、喜屋武岬に近い海岸のアダンの茂みに身を潜めていた。

一般住民は海岸伝いに港川に移動せよ、と米軍が呼びかけていた。波平は、自分が捕虜になることには「まだ抵抗を感じていた」のだが、子どもや女性の多い「十数人の住民」が降参し、イモ畑を駆け抜けてゆく光景を見ると「何か見てはならぬ、目をそむけたいような気持と、一方では、無事にみなが助かってくれればいいがと祈るような気持」になっていた。「日本国民としての忠誠心を信頼できない琉球人」に対する差別意識は、「琉球人」たちを「逆に奮い立たせ、無理にも忠誠をしめさずにはいられない気持にかりたてた」。しかし、たとえ「沖縄人の恥」と非難されようとも、波平は「こういう惨めな姿でただ逃げまどうだけで、何の戦闘力もない住民までが、兵とともに玉砕しなければならない」ということに「矛盾」を感じていたのである――「島のいっさいのものが亡びようとしているこの期になって、なお沖縄人の恥ということが、いったいどれほどの意味をもつのか」。そして波平にとって「それはもはや彼の判断を越える、なにか厳粛な事態のような気がしていた」とされる。

非戦闘員も巻き込まれるような大量殺戮、しかもその犠牲が「天皇制護持のための捨石」であったことの衝撃をモチーフのひとつにして「虜囚の哭」は書かれている(2)。戦争文学の傑作と評される大岡昇平の「野火」に関して、霜多は「作者は一人のインテリ兵士が人間を喰うことを拒否した問題に焦点をあて、そこから神の観念などをひきだしてくるよりも、多くの兵士たちが人間を喰うほどに追いつめられた事実の厳粛な意味こそ、全精神をこめて追及すべきであったろう」と言及した。[3] 霜多によれば、日本の戦後文学は「個としての人間の心理や感情や情緒を主として追い求めてきた近代文学のワクを越えて、作家がいやでも日本と日本人全体の運命に自己を結びつけざるをえなかったところにその歴史的意味」が存した。それまでの日本文学と異なる戦後文学の「最も重要な歴史的指標」は「民族的な視野をとりもどし、国家権力と全的に対決し得た」ことにおくことができる。この観点に立てば、「俘虜記」「野火」は「「大東亜戦争」の実体を、その侵略性と野蛮さと非人間性の本質」を「生きいきとしめしてくれて」いる。批評家の多くは「人間の心理や精神の深層に深くはいりこむほど、それだけ「文学的」である」とする近代小説の通念に従って、「大岡文学の意義をその心理分析の透徹した論理性にもとめてきた」。しかし、それでは「全体の記録性」に秀でた大岡の戦争小説が持つ「進歩的、積極的な側面を抹殺あるいは過小評価し、その保守的な側面を拡大」してしまうことになるという。[4]

戦争は、個人の存在や「判断」をはるかに超える「厳粛な事態」である。現地住民九万四〇〇〇名を含む約二〇万人が死亡した沖縄戦を、霜多はどのように描き、その「事実」から「厳粛な意味」をどのように導き出したのか、以下に「虜囚の哭」を分析してみよう。

2 沖縄方言論争

「虜囚の哭」（原題「虜囚の歌」）は『文学界』第一五巻八号（一九六一年八月）に掲載された。その後修正が加えられ改題されて、単行本『虜囚の哭』（新日本出版社、一九七〇年）に収録された。この小説の全篇に頻出するのは、スパイと疑われたり、米軍に投降したりするウチナーンチュに対してウチナーンチュ自身が抱く「恥」の意識である。戦争に巻き込まれた被害者であるはずのウチナーンチュの中になぜ「恥」の意識が生まれるのか――。「恥」という言葉は小説の中で一四回使用され、とくに「沖縄の恥」（二回）「沖縄県民の恥」（四回）「沖縄人の恥」（一回）という表現が登場する。たとえば波平は、沖縄の言葉や墓が「南支の風習」に染まっていると会話する日本軍兵士たちに、豚に人糞を食べさせる豚小屋の便所《フール》を見られるのが恥ずかしいと感じていた。学校の教員、さらには波平のように県外に住んだことのある人間は、沖縄の風習が異様なものとして県外の人びとの眼に映ることを恥じていたのである。県当局は、この風習に加えて「死体の洗骨の風習」をやめさせる生活改善運動を推進し、県教育界も「日本国民として恥ずかしくない青少年を育成する」ことをスローガンにすえていた。「県民の劣等意識」に由来するこれらの「恥」は、主としてウチナーンチュの指導者層に抱かれたものであったが、霜多によれば、「恥」の意識を抱かざるを得ない状況にウチナーンチュを追い込んだのは本土の日本人であった。

こういう風習の特異さから、兵士たちはごく自然に、沖縄人、琉球人という差別意識をもつのだった。近代的な民族意識が形成されず、まだ村落共同体の閉鎖的な意識をひきずったまま、「アジアの盟主」に成り上がった日本人として、それは当然だったといえよう。沖縄の風習や文化には、もちろん中国の影響や南方諸国の影響が色こくのこっている。しかし言語をはじめ生活の基礎にある民族的な生活は、古い日本人のそれと同一であることは、すでに学問的に明らかにされている。しかし、一般の兵士たちには、そんなことはわかるはずもなく、見た目の特異さで、南方かどこかの「土人」なみに扱いかねない態度があったのである。

ウチナーンチュを劣等民族扱いする発想は、日本軍兵士によって「沖縄県民の忠誠心を疑い、戦争協力を強制する結果」に至らせてしまった。しかし霜多は「いや、差別はむしろそのような意図で、作りだされたものだった」とする。「十数万の上陸部隊に宿舎を提供し、労力と物資とを供出するにあたって、すこしでも不平不服を顔」に出せば、「それでもお前は日本国民か」とすぐに叱責された。ウチナーンチュを馴致させるために、故意に「劣等意識」がつくり出されたというのである。先だって差別が存在するのではなく、支配を進んで受け入れさせるために後から差別が拵えられ、服従が強いられたとする。

「虜囚の哭」には、ウチナーンチュの「劣等意識」の例証として、柳宗悦と沖縄県学務部とのあいだで繰り広げられた「沖縄方言論争」が取りあげられている。柳宗悦を代表とする日本民芸協会の一行二六名が沖縄を訪問していた一九四〇年一月七日、沖縄観光協会と郷土協会の主催による座談会が那覇市公会堂で開かれた。日本民芸協会側が「琉球文化の特異性、その貴重な価値を賞揚し、このような立派な文化を否定し軽蔑して、沖縄人自身がいたずらに大和風をまねるのは、県民を卑屈にするだけで、日本のためにも、沖縄のためにもならない」と発言した。会議の席上、県警察部長がそれに反論したのに続いて、一月一〇日、生活改善運動や標準語励行運動を指導していた社会教育主事の吉田嗣延《しえん》が「愛玩県」と題する一文を琉球新報、沖縄朝日、沖縄日報の三紙に発表した。すなわち「柳氏らの主張は、沖縄文化にたいするたんなる無責任なエキゾチシズムであって、そのような趣味人の玩弄的態度は、沖縄県人をまどわし、有害である」という。さらに一月一一日に県学務部による声明書が発表されると、柳が「国語問題に関し、沖縄県学務部に答ふるの書」（『月刊民芸』一九四〇年三月号）を発表して沖縄県当局に反駁した。

柳は沖縄県による標準語励行運動を否定していたわけで決してない。柳によれば、「伝統的な純正な和語を最も多量に含有するのは東北の土語と沖縄語」であり、沖縄語には「国宝的価値」すらある。「純日本語の樹立」と「標準語の浄化運動」のためには沖縄語が必要であるとされ、「私達が沖縄語に敬念を禁じ得ない理由の一つは、寧ろ正しい標準語の樹立の為である」というのである。(5)

この論争をふり返ってみれば、面会に訪れた柳に向かって淵上房太郎県知事は「併し此県の事情を他県と同一に見てはこまるのです。此の県は日清戦争の時でも支那につかうとした人がゐた位です」と発言していた。(6)それに対して日本民芸協会側が「今次支那事変において、戦地に鹿島立つ出征勇士の、あの旺んな那覇の港の見送りの光景などは、おそらく日本のもっとも熱烈な愛国の至情のあふれきつた姿でなくて何であらう」と説明していた。(7)沖縄語の使用を認めるかどうか、ではなく、かつて明清時代は中国王朝に朝貢していたという琉球国の歴史的経緯に由来する、ウチナーンチュの国家意識の薄さが論争の核心におかれていたのである。「標準語を徹底的に普及せしめ、地方語を圧迫しつつある当局の方針は全く正しい」（「東京朝日新聞」一九四〇年五月二二日）と主張する文芸評論家・杉山平助に対し、『月刊民芸』編輯員の田中俊雄は、沖縄をめぐる社会情勢が次の二点において推移していると反論した。すなわち、沖縄文化が日本文化系統に属するものであることが明らかになってきたこと、そして日中戦争に際してウチナーンチュが出征し、島民は盛大に見送ったことからも《日本人としての意識》が確信されたことである。これらの点から標準語励行の方針も転換させ、沖縄の郷土文化を肯定することを前提に言語政策が進められなければならないとする。

われわれはかさねて言明する。沖縄の郷土文化は純日本の文化的存在である。かゝる事実が明確すぎるほど明確となつた今日において、県民に国民精神をあたへるのには、その日本精神のすべてを他の植民地におけるごとく外部より持ちこむ必要は盲頭ない。県民にはつきりとこの沖縄の文化的位置を認識させ、その郷土に対する限りなき自信と愛情のなかより、輝やかしい日本精神を復興させ、かうして、さらに戦時下における緊急の中央的意志を他府県同様伝達するのであらねばならぬ。(8)

田中によれば、「純日本の文化的存在」である「郷土文化」を持つ沖縄には、「他の植民地」とは異なって「日本精神」を外部から持ち込む必要がないという。柳田国男も「朝鮮半島の国語普及政策の、やゝ筋違ひの追随」であると標準語励行運動を批判していた。(9) しかし同時に、その認識は沖縄に「輝やかしい日本精神を復興」させ、「戦時下における緊急の中央的意志を他府県同様伝達」することを要請するのである。一年以上にわたって意見が応酬された一連の論争が終結するに際し、杉山に宛てられた田中の書簡が公表されるが、その中には次のような表現がみられる。

また沖縄県人の国家意識については、日清戦争の当時は約二十名ばかりの下士が出征し、日露戦争のときは漢那氏のごとくスクルイドルフの艦隊を撃破されたやうな勇敢な行為があつたのですが、しかし同じこの時代に、まだ支那崇拝の党派が沖縄の内部にくすぶつてをつたし、沖縄県人と他県人との感情にも、たとへば沖縄県人の他県人に対する非難が、直ちに反日的な雰囲気をつくつた場合もあつて、この歴史的見解に対する判断は、複雑な相をそなへてゐるので、一概にさう割りきれないものがあつたのであります。[10]

日本民芸協会側にも「割りきれないもの」があったことを認めている。沖縄の言葉や文化を尊重せよ、とは言いながらも、「国民意識の旺盛なる今日、和語への浄化運動は当然起つてい丶。之こそは皇紀二千六百年の光輝ある一大事業とも目す可きであらう」と考えていたのであり、帝国日本への同化政策を沖縄に強要する点では、沖縄県当局とのあいだに違いはなかったのである。[11]「虜囚の哭」では、「職員室の多数の同僚は、内心はともかく、表立っては柳説に荷担しなかった」こともあって、波平は「そのような潮流にあえて反抗するほどの勇気も、学問的、思想的な確信もなかった」という。

彼はけっきょく大勢におされて付和雷同し、そのまま戦争を迎えたのだった。だから、彼はいまも、たとい地方人でも捕虜になることは沖縄県民の恥だという思想に、あえて抗することはできなかった。（中略）彼にはっきりしていることは、港川へ向かっていくあの葬列のような黒い人影にたいして、それを非難する気はおこらないということ、そして、彼自身はしかし、それらの人びとの後についていくことができない、ということだった。

ここに表現されているような、ウチナーンチュに対するウチナーンチュの「恥」の意識は、波平自身が捕虜になることで変化してゆく。波平は「大勢におされて付和雷同」していたのにすぎなかったことを思い知る──「あの場合はしかたがなかったと、いくらいいわけをして見ても、それはいいわけにはならない。自分を社会から引き離し、戦争から引き離して考えた時のいいわけで許されるべきことではない」。これは、負傷した渡嘉敷良子を南風原陸軍病院第一外科壕に残して南部に撤退した仲宗根政善が、良心の呵責に苦しんで記した言葉である。[12] 渡嘉敷は自力で壕を脱出した後、米軍に収容されて手当を受けるが、九月二日米軍宜野座病院で死亡する。死の直前、仲宗根は彼女と再会していた。仲宗根は「敵として恨んだ米軍が、かえって教を説いた先生よりも親切であった。渡嘉敷からしてみれば、壕にほうり捨てて去った先生や学友よりは、救ってくれた米兵の方がありがたかったにちがいない」と自責の念を込めて書き残している[13]──「ひめゆりの塔のあの厳粛な事実の重さに、我々は無口になる[14]」。

3 虜囚体験

拳銃で自決した将校の図嚢を兵士たちが盗もうとして奪い合う。極限の状況下、人間の欲望が剥き出しになった場面を波平や女学生たちは見せつけられる。翌朝、夜明けと同時に、海岸から四、五百メートル沖合に米軍舟艇が来て、越来《ごえく》村の胡差《こざ》にある米軍捕虜収容所にいるというウチナーンチュの男性によって投降が呼びかけられる。これまでは日系二世の通訳による呼びかけであったが、今回はそれとは違って「あきらかにこの島の、生きた人間の声」が聞こえてきた──「皆さんは犬死にせずに、ぜひ生きて下さい。生きて、この無惨に破壊された郷土を再建して下さい」──学徒看護隊の女学生たちは、彼が「スパイ」

ではないかと疑っていたが、波平は「島の再建のために生きよ」という言葉から「まったく思いがけない啓示」を受けていた。「生きて荒廃した畑を耕せ」と言われて「はっと目が覚めたような気持」になったのである。真栄田という名前の彼は、波平の隣村の役場吏員であった。

波平たちは、沖縄本島から十数キロの距離にある小さな離島に連れてこられた。収容所の狭いテントの中は暑くて寝苦しく、恥ずかしいなどとは言っておられず女性も肌をみせて寝るようになっていた。人びととの顕著な変化として、「捕虜になってから、人びとは大和口《やまとぐち》はあまり使わなくなっていた」。うす暗いテントの中でぼそぼそと語られている話し声は、ほとんどが「方言」であった。波平は変化の理由を「それを使わないために青年団員から叱られ、人間的な価値が計られるということもなく、いまは誰にも気がねがいらなかったからである。一億玉砕とか必勝の信念とかというコトバにつながるその大和口を使わないことで、戦争を忘れ、捕虜になったことの惨めさや、多少の自責を眠らせる役に立っていたにちがいない」と推測していた。どの程度話せるかによって人間の品定めがなされたり、軍国主義思想が注入されたりと、「大和口《やまとぐち》」はもはや単なる言語ではなく、ウチナーンチュの人格を改造するための道具になっていたのである。

捕虜収容所に入れられるというのは、霜多自身の体験につながっている。パプアニューギニアのブーゲンビル島タロキナ地区で宣撫工作をおこなっていた一九四五年五月一九日、陸軍第六師団（熊本）司令部参謀本部付きの伍長であった霜多は、僚友と二名でオーストラリア軍に投降した。捕虜になっても生命が保証されるという確信を霜多が持っていたのは、撃墜された戦闘機の米軍パイロットを尋問した経験があったからである。霜多によれば、「捕虜になって恥ずかしくないか」という日本軍参謀の質問に対し、二二歳の若者は「けげんな顔」をして「自分は兵士としての任務をはたしたのだから、恥ずかしいとはすこしもおもわない」と発言し、「そのうち戦争がおわれば、結婚したばかりの妻に会えるのが楽しみだ」と「なんのこだわりもなく」話してみせた。(15) 豪軍の処遇は予想以上に良好で、密林を彷徨している僚友たちにそれを知らせるため「日本軍にたいする投降勧告ビラの原稿を書かせてもらえないか」と、霜多は豪軍に申し入れたというのである。

一九四六年二月、敗戦前に捕虜になった、霜多を含む五〇〇名がパプアニューギニアのラエからラバウルの捕虜収容所に移送される。彼らの多くは体力が回復するにつれて「生キテ虜囚ノ辱ヲ受ケズ」という戒めにとらわれ、「どのツラさげて「郷党家門」にまみえるか」と苦悩するようになった。しかもラバウルには、敗戦にともなって武装解除された元日本軍（ポツダム捕虜）が一〇万人収容されていた。霜多にとって収容所のようすは「衝撃的」だった。

一夜があけると、まずわたしたちは中からきこえてくる起床ラッパで目を覚まされた。そして次には、点呼をとっている声がはっきり聞こえ、皇居遥拝のあと、軍人勅諭も奉誦された。これは、もうすっかり忘れていた、身震いするような忌まわしい世界だった。

集団では、まだ軍規がきびしく維持されていたのである。そこに合流するために、わたしたちは長い髪を丸坊主にされ、赤い捕虜服を軍服に着替えさせられ、捕虜になるまえの階級章をつけさせられて、まず収容所の部隊長に申告させられた。(16)

解体されたはずの軍がそのまま残っていた。そこから逃亡した霜多にとっては「まことにおぞましい、むしろ怖い世界」であったが「それが動かぬ現実」であった。しかし、それこそが「天皇制支持八〇パーセントの祖国の現実でもある」ことを「覚悟」しなければならなかったのである。このとき霜多が感じた《衝撃》こそ、「虜囚の哭」を創作する際の重要なテーマになっている。敗戦によって変わったはずの社会がまるで変わっていなかった。変わったと思ったのは自分の錯覚であったのか、あるいは認識の甘さであったのか。多大な犠牲を払った戦争を経験しても、日本社会の保守的な精神的基盤は何も変わらないことを切実に感じさせられたのである。

「虜囚の哭」では、隣のテントにいた若い女性が収容所の病院で男の子を産んだというニュースがもたらされると、夜遅くまで歌や踊りでそれを祝った。祝事《スージ》は「いまは確実に生きる見とおしのついた人びとの、いわば生の饗宴」であると同時に、「戦時ちゅうは生活改善などという名目でながく圧えられていたものの爆発的な表現」でもあった。

学徒看護隊の山城和子は、「死にたくない」といって友人の金城喜代子と座間味貞子を説得して米軍の捕虜になっていた。他方、女子師範学校の国語教師である仲松は、女学生たちとともに手榴弾で自決していた。波平にとって「護国の華と散るといっていたあの女学生たち、男か女かわからぬ、一団の観念にすぎなかったあの女学生たちの姿」と、捕虜となってテントで暮らす和子とはまったく異なるもので、彼女は「ただ一人の成熟した女」として目の前にあらわれていた。祝事でみせた和子の「あのなめらかな、欲情的な姿態とリズム」は、戦争によって忘れていた「情感」を取り戻させたのである。

死の危険から解放され安息のひとときを味わっていた彼らの運命は、収容所長のグレース大佐に呼び出されたことから急転することになる。沖縄戦が終結してひと月が経った頃のことであった。グレース大佐によれば、米軍はすでにK島の半分を占領しているものの、日本軍一箇中隊がまだ山の洞窟に潜んでいる。波平にK島に出かけてもらい、住民たちに投降を勧めてほしいというのであった。もうそろそろ食糧にも困っているはずなので、「その住民を自分が行って救うことができるとすれば、それはすばらしいことだという気がした」。真栄田の呼びかけによって自分たちが救われたことからも、「立派な、やり甲斐のある仕事」だと思われたのである。

和子たち三名の女子生徒も、島民を救うことに「娘らしい情熱」を示し、彼女たちも同行すれば「その純真な訴え」がきっと大きな効力を持つに違いないと思われた。だが、思いもかけない展開が待ち受けているのであった。

4 隔絶された集団の心理

波平たちが投降勧告に訪れたK島では、鍾乳洞のひとつに、役場吏員や学校長など村の幹部たちとその家族数十人が避難していた。彼らは陸軍のデマ情報をまだ信じており、日本軍による大規模な反撃がおこなわれると考えていた。波平が戦争の実情を話し、和子たちも野戦病院の悲惨な状況を伝えた。だが日本兵がそこに乱入し、波平や和子たちにスパイ疑惑をかけ、軍曹の命令で彼らを部隊長のところに連行した。

波平は「戦線を離脱して地方人に化けている兵隊をさいしょに見たときの驚きとよろこび」を忘れてはいなかった。米軍の圧倒的な攻撃を前に、戦意を失って逃げまわっているだけの兵士たちの姿を目に焼きつけていた波平にとって、K島の兵士も「孤立無援の情況に絶望している気の毒な兵士たちとして、漠然と考えていた」のである。しかし彼らは「まだ一度も戦闘をしていなかった」。米軍の沖縄本島上陸に前後して巨大な長距離砲がK島に設置されたが、一箇中隊では歯が立たないとして、K島の守備隊は「拱手傍観し、長期持久戦を豪語」していたのである。一カ月以上も前に沖縄戦は終結していたにもかかわらず、軍規を絶対的なものとして奉じつづけていた彼らのイメージの原型は、霜多がラバウルの収容所で遭遇したポツダム捕虜であったと思われる。

部隊長の長岡大尉によって命じられた四名の兵士たちが、波平たちの前に、円匙を使って四つの穴を掘りはじめた。日本軍によって処刑されようとしているのを感じたとき、波平の背筋を戦慄が走る。「彼は和子たちがわっと泣き叫ぶのではないかとおもったが、かの女たちは、しかし、顔を上げてどこか一点をじっとにらんでいた。それは、すでにあきらめたか、何かを決している、動かぬ顔だった」。処刑を前にして動じない彼女たちの顔は波平に《衝撃》を与えた。部隊が潜んでいた壕に連行されてくる際も、和子の目に「生きたい、収容所にかえりたい、と必死に訴えている表情を期待していたが、しかしその視線に出会ったとき、かの女が何を考え、何を感じているのか」は、波平には「ちょっとわからなかった」という。

覚悟を決めたように見えた彼女に比べて、波平はかなり動揺し、長岡大尉の言葉を聞いているうちに不意に「自分はもしかしたらとんでもない道に踏み迷っているのではないか」という疑惑が湧いてきた。名誉ある死を選んだ同胞たちとは違って、捕虜となった自分は進むべき道を間違えたのではないかと思いはじめたのである。

否、それはちがう！　と波平は断乎として拒否することができなかった。彼はこの戦争の本質、不動の信念を強制しているそのからくりをまだ知らなかったし、沖縄人としての劣等意識からも、まだ自由ではなかった。彼がつかんだ真実は、そこから現実のすべてを再構成し、歴史を書きかえるには、まだ力が弱かった。彼をとりまく現実は、そのためにはあまりに重かった。

戦争の本質、すなわち「生キテ虜囚ノ辱ヲ受ケズ」として、個人を強制的に死に追い詰める集団力学の構造を分析する必要がある。なぜ軍規が絶対的なものとされるのか、なぜ投降が許されず自決せざるを得なかったのか、なぜ「沖縄人」は劣等意識を抱かされていたのか、それらの謎を解き明かすためには、帝国日本が巧妙に構造化していた「からくり」を知る必要があったのだ。

波平たちは、刀を抜いた長岡大尉によって、穴の前に座れと命じられる。「何かいい残すことはないか」と尋ねる大尉に、和子は歌をうたわせてくださいと言って、ほかの二名の女学生たちと一緒に「海行かば」を歌い出した。「海行かば」を歌うことで「死んで行った学友たちの後を追おうとしていることがわかった」。「憑かれたように、恍惚としてうたいつづける三人の傍らで、波平は目を閉じてじっと坐っていた。その顔には恐怖ではなく、あきらめでもなく、地獄までひきずっていくにちがいない苦悩が凍りついていた」という。

このような作品の最後の部分では、波平と和子たちとのあいだにあった心理的距離が強調されている。同じように捕虜になったからといって、同じ心境でいたわけでは決してなかったのだ。収容所にいるあいだ、波平が和子から「先生、浜に行ってみません?」と誘われたとき、彼女が使ったのは標準語《ヤマトゥグチ》であった。テントではほとんどが「方言」で話されていたにもかかわらず、和子は標準語で波平に呼びかけていたのである。彼女は学徒看護隊の一員としてのアイデンティティを捨ててはいなかったのである。

沖縄戦史において実際に離島に収容所が置かれていたのは、沖縄県中頭郡与那城町の平安座島であった。与那城町には藪地島、宮城島、伊計島があり、隣接する勝連町には浜比嘉島、津堅島の有人島と浮原島、南浮原島がある。これら八島は与勝諸島と呼ばれている。作品のロケーションから推測すれば、これらの島のひとつがモデルになっているとも思われる。他方、大城将保『沖縄戦の真実と歪曲』(高文研、二〇〇七年)によれば、日本軍による虐殺事件の主な事例として四六件一六七名余が数えられている。犠牲者の内訳は、沖縄県民一四一名強、朝鮮人軍夫一二名、米軍捕虜六名である。投降勧告に訪れた住民を殺害した事件は久米島、座間味島、渡嘉敷島、伊江島、名護市為又で報告されている。久米島では、八月一八日までに五件二〇名が海軍守備隊によってスパイ容疑で殺害されているのである。

「虜囚の哭」のエピローグでは、K島の住民が投降し、「長岡大尉以下六三名の日本兵が山から下りてきたのは、日本の降伏後ひと月たった九月十九日であった」とされる。実際、沖縄戦で米軍が九月半ば頃に進駐したのは、那覇から北西の海上約五八キロメートルに位置する島尻郡渡名喜島であった。渡名喜島には将校を含む約一〇名の日本軍通信隊が駐留していたが、島民は「九月半ば頃、米軍の舟艇がやって来て初めて戦さが終わったことを知らされました」と証言している。[17]

いずれの島も作品のモデルと考えられるのだが、やはりK島の設定は、霜多独特のモチーフにもとづく創作と考えてよい。離島という隔絶した空間の閉ざされた共同体の中で、個人が追い詰められ死を強制される――これはK島だけのことではなく、沖縄とその諸島、さらには島国日本などの、島嶼に存する共同体という地理的環境がもたらす社会構造の問題であった。中央権力から遠く離れるほど、しかもそれが孤絶した場所におかれていればいるほど、自分が属するコミュニティのアイデンティティを明瞭にしようとして、かえって中央権力への求心力が強く働くケースがある。たとえばブラジルの日系移民社会では、敗戦後も日本が連合国に勝利したと信じる臣道連盟というグループが存在し、ブラジル各地で、敗戦を受け入れた日系人二三名を暗殺し一四七人の負傷者を出した。一九七〇年代になっても〝勝ち組〟と〝負け組〟との対立は潜在的に続き、今日もなお当時の経緯を語ることはタブー視されているのである。《社会的周縁》にいる人びとこそ《中心》を強く志向する――《中心》への志向を通じて《社会的周縁》はそれぞれに凝集力を持つという矛盾を、民俗学者の谷川健一は「強制された共同体」と呼んでいる。

沖縄の社会に私たちが発見する全体性は、島という限られた空間性によって保障されている。同時に本土と偏差をもつ隔絶した時間性によって守られてきた。底ぬけに明るい南島の風物の中に、苦渋の陰影がまじるのを防げないのは、孤島苦と差別されたものの苦悩が今なお引きつづいているからであるが、しかもその苦悩が沖縄の社会を分裂させなかったのは稀有のことに属する。それを皮肉に、強制された共同体と呼ぶこともできよう。(18)

「強制された共同体」は個人の身体と精神を制限する。それが圧倒的な強制力を持っているのは、投降したことが本当に正しかったのか、もはや確信を持てなくなっていた波平の態度にあらわれている。波平は国民学校教員という指導的立場にいる人物であったのだが、彼は沖縄戦に際して、天皇制イデオロギーの忠実な推進者になるわけでもなく、だからといってウチナーンチュの側に立つわけでもなく、終始自分の立場を定められずにいた。平時であれば、社会から与えられた自分の立場を疑いなく受け入れていたと思われるのだが、自分の生死を分けるような戦時においては逡巡する機会が目立って多くなっていた。ふたたび谷川によれば、「沖縄の人たちのなかにはもう一人の沖縄人が住んでいる」という。大城立裕の「沖縄で日本人になること――こころの自伝風に」の記述に触れて、次のように述べている。(19)

しかし沖縄の人たちのなかにはもう一人の沖縄人が住んでいる。大城立裕の耳に「沖縄人だからそうなのだ。ヤマト人ならそうではあるまい」というささやきが絶えず聞こえたとすれば、それはもう一人の沖縄人がささやいたのである。それは、どのような結果を生むことになるか。できるだけヤマトの人間の服装や言葉や考え方を身につけようとする焦慮となってあらわれる。そうして自分と自分の住む社会をヤマトの眼でながめなおそうとする。つまり自分の欲するすがたに自分を似せようとする結果、自分と自分の住む社会を一種の差別感でながめる。(20)

県外の生活を送るうちに「できるだけヤマトの人間の服装や言葉や考え方を身につけようとする焦慮」があらわれる。「自分の欲するすがたに自分を似せようとする」(理想自我＝想像的同一化)心的態度は、「自分と自分の住む社会をヤマトの眼でながめなおそうとする」傾向につながる。聖なる御嶽《うたき》は沖縄の貧しさの典型であるとするような「一種の差別感」が持たれるようになる反面、「沖縄の貧しさと差別された状態に対する怒りの表現」を示すようにもなる。しかし、「醜いヤマト人を指弾するとき、その指弾する行為が裏返しにもう一人のヤマト人を作ってしまうというおそれ」が生じている。なぜなら「ヤマトの思考法でヤマト人にむかって糾弾」するうちに、「沖縄が貧しさからの脱却をする際に、本土が明治以来一度も改めようとしない近代化のレールにはまる危険」におちいってしまうからである。[21] すなわち、生活改善運動や標準語励行運動にみられるように、均質化された国民を生産するという近代国民国家の戦略の片棒をかつぐことにつながるのである。

ウチナーンチュが主体的に思考するには、《ヤマトの言葉》を使って《ヤマトの論理》で沖縄を支配しようとする《植民地の知識人》という立場から、つねに身をひるがえしつづける必要がある。だがその一方、波平は死の瞬間に至るまで自己の主体を定置することができなかった。米軍が管理する収容所から日本軍が支配するK島に身を移したときに、価値の全面的転倒を目の当たりにして、判断の拠りどころを喪失してしまったのである。「集団が欲するすがたに自分を似せようとする」(自我理想＝象徴的同一化)心的態度は、支配される側の自己規制が支配の前提となる秩序を強化し、強化された秩序が支配をさらに徹底させる。人間は他者のまなざしから逃れられないことを自覚すると、そのまなざしをみずから進んで引き受けて内面化し、それに従って自己規制をはじめるからである。田口律男氏は、「虜囚の哭」が切開してみせたのは「抑圧・支配されるマイノリティが、〈主体〉を立ちあげるために、抑圧・支配するマジョリティの政治力学システムを積極的に内面化／身体化した結果、逆説的にもたらされたものであったということである。そこでみいだされた〈主体〉は、みずからの劣等性・後進性を検閲するものであり、それから離脱するためにも、必要悪として権力システムを身につけざるをえなかったのである」と指摘した。[22]

霜多の作家としての生涯を貫く基本モチーフは、霜多によれば「わたしは天皇の軍隊から逃亡して敵に投降した不忠の兵だったから、《虜囚ノ辱メ》思想にひどく悩まされ、そのような思想の震源である天皇制イデオロギーには強い関心をもたざるをえなかったのである」という。(23) 個人を強制的に死に追い詰める集団力学は、何かに似せようとする自我の心的態度から端を発しているのかもしれない。巧妙に構造化されたその「からくり」を解き明かすことが、天皇制イデオロギーの呪縛から市民を解き放つきっかけになるかもしれない。

天皇即位五〇年式典が挙行された一九七六年一一月、平良幸市沖縄県知事は、国民儀礼だからという理由で出席、知花英夫県会議長は県民世論を考慮して欠席した。「島が小さく、いつも中央政府に依存しながら、陳情をかさねて、政治をして行かなければならない」状況を、仲宗根政善は「孤島苦」と呼んだ。仲宗根によれば、中央政府に迎合するか反発するか、「政治家のこのような苦悩は、沖縄の塩である。もしこの塩がなければ、沖縄はたちまち腐り、沖縄ではなくなってしまう。孤島苦になやみつづけることによってしか、独自の創造は生まれない」という。そして「ひめゆりの塔にねむる乙女たちは、一体いかなる思いで、即位五十年祭を迎えるのであろうか」と問いかける。(24) 最後に仲宗根の日記を引用しておきたい。

生徒たちは、最後まで生きたかったのである。巌にかじりついても生きようともがいたのである。一人として、慫慂として国家に殉ずることを心からよろこび死んでいったものはいなかった。親を呼び、兄弟をよび、友をよびつづけながら、死んでいったのである。戦争のむごたらしさをむき出しにして死んだのである。（一九七六年一一月九日(25)）

注
(1) 「虜囚の哭」の本文は『霜多正次全集』第一巻（沖積舎、一九九七年）に拠った。
(2) 防衛庁防衛研修所戦史室『戦史叢書 沖縄方面陸軍作戦』（朝雲新聞社、一九六八年）六〇〇頁。
(3) 霜多正次「私の戦後思想史」（『霜多正次全集』第五巻、沖積舎、二〇〇〇年）二一〇頁。
(4) 霜多正次「文学と現代」（同右）一〇一頁。
(5) 同右。
(6) 柳宗悦「国語問題に関し、沖縄県学務部に答ふるの書」（『月刊民芸』一九四〇年三月号）、引用は谷川健一編『叢書わが沖縄（二）方言論争』（木耳社、一九七〇年）三六頁より。
(7) 月刊民芸編輯部「問題再燃の経緯」（『月刊民芸』一九四〇年一一、一二月合併号）、引用は同右書一三一頁より。
(8) 日本民芸協会「沖縄言語問題に対する意見書」（『月刊民芸』一九四〇年一一・一二月合併号巻頭）、引用は同右書一〇四―一〇五頁より。
(9) 同右、一〇五頁。
(10) 柳田国男「沖縄県の標準語教育」（『月刊民芸』一九四〇年三月）、引用は同右書五二頁より。
(11) 杉山平助・田中俊雄「沖縄方言論争終結について――書簡往復」（『月刊民芸』一九四一年四月号）、引用は同右書一六六頁より。
(12) 前掲、柳「国語問題に関し、沖縄県学務部に答ふるの書」。
(13) 仲宗根政善『沖縄の悲劇――ひめゆりの塔をめぐる人々の手記』（おりじん書房、一九七四年）一七〇頁。
(14) 同右。
(15) 仲宗根政善『ひめゆりと生きて　仲宗根政善日記』一九七五年八月四日付日記（琉球新報社、二〇〇二年）一六七頁。
(16) 霜多正次「ちゅらさか」（前掲『霜多正次全集』第五巻）五五〇頁。
(17) 同右、五五四―五五五頁。
(18) 比嘉松吉「渡名喜島の戦争体験」（『沖縄県史』第一〇巻、一九七四年）六八一頁。
(19) 谷川健一「解説」（前掲『叢書わが沖縄（二）方言論争』）二三三頁。
(20) 大城立裕「沖縄で日本人になること――こころの自伝風に」（『叢書わが沖縄（一）』木耳社、一九七〇年）。

(20)前掲、谷川「解説」二四一頁。
(21)同右。
(22)田口律男『都市テクスト論序説』(松籟社、二〇〇六年)三八五頁。
(23)前掲、霜多「ちゅらさか」五四八頁。
(24)前掲、仲宗根『ひめゆりと生きて』一八四—一八七頁。
(25)同右、一八七頁。

第9章　霜多正次「沖縄島」
――戦後沖縄社会の群像――

1　全体小説の構想

霜多正次にとって最初の長編小説となった「沖縄島」は、戦後まもない一九四五年一一月頃から、沖縄人民党弾圧事件の一九五四年一〇月頃までの期間を描いている。

五一年九月にサンフランシスコで調印され五二年四月に発効した対日平和条約は、その第三条――沖縄と小笠原に関して米国を唯一の施政権者とする信託統治制度の下におく――によって沖縄米軍基地を日本国憲法の適用外におき、「銃剣とブルドーザー」による土地接収という軍事的支配を法的に容認することになった。対日平和条約は、沖縄の軍事的占領と日本本土の非武装化の表裏一体化のもと、日米安保条約と抱き合わせで締結されたのであった。琉球政府立法院は「土地を守る四原則」（一括払い反対・適正補償・損害賠償・新規接収反対）を決議して、行政府および立法院、市町村会、土地連合会の四団体が四者協議会を組織し、米本国政府と直接交渉することになった。これが後に、沖縄六四市町村のうち五六市町村で住民大会が開かれるという「島ぐるみ闘争」にまで発展し、プライス勧告への抗議活動を通じて日本復帰・沖縄返還運動に大きな影響を与えることになったのである。

「沖縄島」は『新日本文学』第一一巻六号（一九五六年六月）から同第一二巻六号（五七年六月）まで、全一三回連載された。連載終了後の五七年八月に単行本として筑摩書房から出版され、毎日出版文化賞と日本文化人会議の平和文化賞を受賞した。この作品には、戦後の沖縄を生きた人びとが数多く登場する。時代の制約を受けながらも多様な生き方をみせた人びとの視点を通じて、沖縄社会の全体像を描き出そうとする「全体小説」の試みがなされたのである。霜多によれば「歴史をまるごととえがこうとする壮大な二〇世紀小説」の方法は「多元的な視点による総合的な方法」とされ、「一人の人間の視点からはとらえられない現実の多様な側面を、複数の人間の視点から総合的にとらえようとする方法」であった[1]。

「沖縄島」では、沖縄民政府初代委員長の伊波朝光が米軍に弱腰であるのに比べ、仲本善光は米軍の日琉分離政策を批判して日本帰属論を唱えた。主人公のひとりである平良松介は、「個人の誠実さや勇気に期待するのは、問題の本質的な解決にはならない」ことに気づいた。

恐れず主張するのはいいに決っているが、それが人民の組織的な声として代表されず、仲本善光のように個人的にやったのではムダであり、性急な倫理的要求は、そうした個人プレイを刺戟してかえって有害であることを松介はしったのだった。そして、人は大衆を代表しているときはおのずから強く、伊波朝光のようにかつては鬼校長といわれた男が弱いのは、住民との結びつきがないからだということをしった。

仲本善光のモデルは、沖縄諸島日本復帰期成会を結成した仲吉良光であり、伊波朝光のモデルは、沖縄諮詢会委員長、沖縄民政府知事を務めた志喜屋孝信である。仲吉は日本復帰の陳情書を在沖米軍に提出し、それが（沖縄民政府の前身である）沖縄諮詢会に回されたが、「占領政策への迎合にみずからの政治的経済的利益を見出す者たちか、あるいは沖縄独立に解放の希望を託する者たち」によって却下されてしまう(2)。

政治を動かすには、個人の英雄的行為ではなく「人民の組織的な声」に支えられた行動が必要であるという主張は、「政治と文学はほんらい切りはなすことはできないもので、すべての文学は政治の反映」と考える霜多にとって(3)、社会問題を追究する文学運動の創作上の課題でもあった。「自己中心的で、明治の志士的な、悲愴な殉教者意識の強かったかつてのプロレタリア文学」には(4)、「人間をいかに変革するか、大衆をいかに組織するか、という革命の具体問題よりも、困難にたえて革命運動に参加するという個人の生き方の問題に、より多くの関心をもっている」という限界があった(5)。それを乗り越えるには「運動の大衆化の方向への発展的な実践の立場」から創作しなければならない(6)。そのような手法は「超人的な英雄や、空想の世界に自分たちの願望を托し」た「さまざまな民話」を創作してきた、「暴風とながい圧制とで、ひとびとが身につけた悲しい知恵」を持つウチナーンチュにとって、とりわけ必要とされるものであったとするのである。

「この島全体の惨めな運命」――「祖国を守るために流した血が報いられることもなく、その祖国の教科書からも抹殺されるような島」――に立ち向かおうとする人びとの群像を描き出した「沖縄島」の登場人物に着目しながら、戦後沖縄の社会をテーマにした作品の特徴を検証してゆこう。

2 「個人の意志」と「軍隊の意志」

「日本の降伏がつたえられてからでも、もう三月たっている」とされる頃、山城清吉が敗残兵とともに山に潜伏しているところを目撃される。まだ小学校六年生であった弟の清次は機銃掃射で殺され、母は収容所に連れていかれた後マラリアに罹患して死んでしまっていた。清吉には、「自分の肉親やいとこの栄徳などもふくめて、村じゅうの人間が敵の捕虜になんかなっているのが恥ずかしかった」。ウチナーンチュはスパイであるという噂が流れると、「無責任な流言にたいする怒り」と同時に「郷土の同胞にたいする忿懣」を感じていたのである。

他方、運天栄徳はまったく異なる態度を示していた。彼は、四五歳以下の男子で編成された郷土防衛隊に召集され、本島北部を防衛する国頭支隊に配属されていた。支隊長の矢野大佐は「陣中にいつも三人の遊女をおいていた」とされ、米軍との戦闘が一一日目になると「矢野大佐以下部隊本部が率先して女たちをつれて遁走」してしまう。栄徳が敗走する部隊に従って山の中をさまよっているうちに、隊列の先頭が米軍に遭遇する。故意に敵陣地に導いたという言いがかりをつけられて、栄徳と同じ村の兵長が射殺される。ウチナーンチュに対する差別意識にもとづくスパイ容疑に、栄徳は「恐怖と怒りとで、その場で部隊をはなれる決心」をしたのである。

収容所で栄徳は使役に引っ張られるのだが、米軍兵士と接するようになると「新しくひらけた世界は、自分たちをいじめ、スパイ扱いし、大言壮語していた皇軍にたいする不信と憎悪とをいっそうかきたてた」。米軍兵士が「ジャパニーとオキナワとを区別するのをみて、むしろ味方をえたような気さえした」のであった。村でも「いちばん貧乏な小作で、藁葺の牛小屋のような家」に住んでいた栄徳にとって、「一間四方のテント小屋に十数人がおしこめられる豚のような生活」であっても「その痛苦と不自由とをほかの人ほど感じなかった」。なぜなら彼は「もともと失うべき何ものもない極貧」だったからで、「金持も身分のあるものもみな同じ家に住み、同じものをたべ、同じ衣をきて、上下の差別がなく、礼儀も作法もいらないことが愉快でさえあった」という。

栄徳はみずから志願して米軍任命のCP（Civilian Police）になった。軍物資の盗難を防ぐのが本来の任務であったが、物資の見張りをしながらそれを掠めとることに励んだ。小学校三年生のとき、五〇円の借金の利子代わりに地主の家の草刈りに身売りされた栄徳にとって、収容所のテント生活は、地主や資本家で固められていた「世の中の秩序」が「いまや見事に氷解した」という感があった。それは「真に生き甲斐のある革命」のように思われ、これからは人生を左右するのは「もっぱらその人の頭と体力」であることと、それこそが「アメリカのいう民主主義とか自由とかというもの」であると理解したのである。小原元は、栄徳の人生を「日本復帰も琉球独立もかれの物質的利害との関連においてしか意味をもたず、したがってその一面からでしかいっさいを思考し判断しえぬ植民地的無国籍者的人間として形成」されてゆくと表現した(7)。

他方、軍作業を管理するオフィスに務めるようになった清吉が米軍兵士と接していると、毎日のように軍労務者が馘首されていた。たとえば住民と兵士とのあいだで便所が厳格に区別されていたり、兵士しかコーヒーを飲んではいけなかったりという細かなルールがあり、ささいな違反で馘首される「無慈悲なやり方が、オフィスで接触するひとりひとりの兵隊からうける印象とはだいぶちがっているのが不思議であった」。このような「個々の兵隊からうける感じと、米軍として住民にたいする態度」との違いは、「個々の人間の意志というよりも、軍隊そのものの意志のような気がした。そして、その軍隊の意志は、あきらかに勝者として自分たちと住民とを区別し、それは峻厳なものだった。しかもその峻厳さには、どこか冷酷な、非情なものがあって、清吉は納得できなかった」のである。清吉には、組織としての軍隊が持つ無慈悲な暴力の存在が感じとられていたのである。

「労務者を補充し、監督し、かれらの住居を指定し、物資を配給する権限」を与えられていたウチナーンチュ作業隊長の大湾喜良は、村長としても「独裁的な権力」をもって村の人びとの前に「君臨」していた。沖縄戦当時、彼は准尉であったが、巧みに民間人に化けて兵隊用の捕虜収容所に入れられるのをまぬがれた。「一年まえまでは日本軍の准尉で、敵軍にたいする憎悪心が足りないと自分たちを叱咤していた人間が、いまはその敵軍への協力をさけんで、また同じような権力をふりまわしている」のであった。

敗戦直後は日本軍兵士に対する不信から米軍に期待を寄せるウチナーンチュもいたが、それが見事に裏切られてゆくプロセスこそ、「沖縄島」全体を貫くモチーフになっている。

3 平良松介

平良松介は、女子師範学校の歴史の教師を務め、沖縄戦では従軍学徒看護隊を引率していた。戦後は「教師として、多くの生徒たちをむなしく死なしたこと、そして自分だけがいきのこったことにはげしい自責」を感じ、テント小屋の中で「罪ほろぼしのつもり」といって戦争の記録をノートに書き記していた。中学時代に松介から教わったことのある清吉は、松介が「沖縄人としての生き方」について示唆を与えてくれたことを覚えていた。松介によれば、「琉球人という卑屈な感情をすてて、日本人としての自負をもて」とし、「われわれはもともと日本人であるから、日本からいじめられたというふうに受身に考えずに、日本人としてもっと積極的に差別とたたかっていかなければならない。そのためにはまず大和人《やまとんちゅう》（日本人）ということばを、われわれ自身の生活感覚からなくすることだ」というのである。ウチナーンチュにとって抜きがたい習性となっている「卑屈な奴隷根性や、その裏がえしである事大主義」を克服しなければならないとする。日本への同化主義を慫慂《しょうよう》した松介は、実は「大東亜共栄圏について清吉たちに熱心に説いた一人だった」とされる。

沖縄戦の末期、松介が一二名の女子学徒看護隊員とともに喜屋武岬の阿旦《あだん》林を彷徨した三日間は、仲宗根政善の『沖縄の悲劇――ひめゆりの塔をめぐる人々の手記』の記述にもとづいて描写されている。米兵に取り囲まれて手榴弾に点火しようとする女子学生に向かって「まだ待て！　まだ栓をぬくんじゃない！」と制する台詞は、「今死ぬんではないぞ！　福地、センをぬくな！」という仲宗根の言葉が典拠になっている(8)。また、生きていた証として自分たちの名前を石ノミで岩に彫り込もうとする場面も『沖縄の悲劇』の中に描かれている。松介は「自分がもし明確な態度で、たえず生きることをかの女たちに求めていたならば、かの女たちは決して死ななかったにちがいない」と感じている。

戦争と、生徒たちを死にかりたてた狂信とにたいして、かれの理性はしばしば抵抗を感じていたのだった。しかしそれは弱々しく、いつでも強暴なものに惨めに叩きのめされていた。半年の捕虜生活で、まるで悪夢から覚めたようになった松介は、戦争の手記をかくことで、これまでの自分をきびしくあとづけてみたかったのである。

敗戦後、松介は沖縄民政府教育部で教員速成学校の運営を担当した。しかし、英語の授業数を増やせ、沖縄では日本語ではなく琉球語が国語であるとする米軍将校の言葉から、アメリカによる占領を合理化しようとする米軍の企みを察知していた。松介によれば、かつて琉球が日本の近代国家に編入されることに反対したのは、封建的な特権が失われることを恐れた士族階級であって、一般人民は琉球王国と薩摩による「封建的な二重の搾取」から解放されたのを喜んだという。「土地改革によって農民の負担が従来の三分の一ていどに減り、農奴から近代的土地所有者になった」からである(9)。

捕虜収容所での米軍防諜隊（Counter Intelligence Corps）の思想調査では、「日本ではなくアメリカに与した方がよい」と答える市町村長たちが多かったとされる。松介は、それはピストルを突き付けられて答えさせられるという「勝者にたいする恐怖」のためであったと考えていたが、「薩摩が侵攻してきたとき、抵抗をあきらめて城をあけわたしたときいらいの、この島の卑屈な精神がながれてはいなかったか。上《あが》り日《てだ》ど拝《うが》みゆる、下《さが》り日《てだ》や拝《うが》まぬ（上がり日は拝んでも、落日は拝まぬ）という俚諺があるが、アメリカを上り日とみたてて、下り日を足蹴にする奴隷の心がそこにはなかったか」という疑念を抱いていた。

敗戦後三年が経過し、松介はT高等学校の教師に転職する。「アメリカがあれほど強調している自由や民主主義というものが、この島ではまだ何ひとつ具体的な形では示されていない」とし、米軍と住民とのあいだで起こる事件のかずかずは「異民族による被征服者への人種的侮蔑以外のものではなかった」からである。これらのことは、「米軍がこの島で秘密裡に軍事基地を建設している」という事実に結びつけて理解すべきものであった。「ひとびとは、おしつけられた運命に服し、そのわく内で、すこしでもよい生活をもとめて努力するか、それとも呪われた運命そのものに反抗するか、そのどちらかをえらばなければならなかった。この島の四百年の歴史は、反抗がつねに失敗したこと、運命はいつも力に味方したことを示していた」のである。そのような「挫折の歴史」は「外部の侵略にたいして、抵抗がつねに民衆によってではなく、支配階級によって行われた」という「歴史的制約」を持っていた。すなわち「支配階級は屈服し妥協することで保身の途がのこされていたから、たたかいはつねに一部の頑固派や、傑出した個人によってしか行われなかった。そして、民衆はいつの時代にも眠っていた」のである。なぜなら「チムン・テーン・ナラン（いくら気がはやっても、どうにもならぬ）」という言葉に象徴的に表現されているように、沖縄の民衆は「亜熱帯の気候と甘藷のおかげで、どういう世代りにも生存そのものがおびやかされることがなかった」からである。

松介は、自分たちの運命を打開するには「異民族の支配を脱して、祖国と一体になるいがいにない」と考え、「祖国を喪った少年たちに、かれらの先輩が祖国のためにどうたたかったを教える」ことによって「民衆の意志が強固に統一」されることを望んでいた。それはとりもなおさず「死んだ生徒たちにたいする、かれ自身の個人的な義務」と信じていたのである。

しかし米民政府による支配の下、琉球政府が設立されると、「もと中学校教諭や、村長や、弁護士や、県庁の小役人だった連中が、いまは局長、官房長官、大学教授、最高裁判所判事になり、地方条令などではなく一国の法律を制定していた」。

そして、かれらの地位と権力とは、九十万の琉球人民によってではなく、もっぱら米軍によって支えられていた。そういう地位にとくとくとしている連中の心理は、もちろん自分たちこの島の人間の身についている権威主義、事大主義に根ざしているにちがいなかった。しかし、個々の人間では、だれにしても五十歩百歩にすぎないそういう傾向が、一つの機構のなかでたがいに補い合って拡大され、いまはそれが大きな権力機構となって自分たちにのしかかってきているのだった。

沖縄教員会の事務局長を引き受けていた松介は「いまでは、それとたたかう以外に自分たちをまもることができなかった」と考えるようになった。

ひめゆりの塔の管理責任者のひとりである松介のモデルは、前出の仲宗根政善で間違いないだろう。ただし仲宗根は歴史ではなく国語が専門で、沖縄戦当時は沖縄師範学校女子部（新制師範）教授兼予科主事であった。戦後の経歴は異なるところが多い。霜多にとって仲宗根は同郷（今帰仁村字与那嶺）の先輩で、「生家も近く、私の家から百メートルと離れていなかった」という。[10] 松介の「周囲に石垣をめぐらした大きな瓦葺の家」のイメージは、仲宗根の「立派な高い石垣をめぐらしたカーラヤ」（瓦屋）と同じである。戦後はじめて霜多が沖縄を訪れたのは一九五三年三月とされ、そのとき最初に向かったのは仲宗根の家であった。『沖縄の悲劇』を彼から寄贈されていたからで、仲宗根に誘われて、ひめゆりの塔や喜屋武岬などの南部戦跡をたどった。このときの体験は「沖縄島」や「虜囚の哭」の創作に活かされている。

仲宗根は米軍政府の命令によって、教科書編集所に勤めて戦後の小中高校の教科書の編集をおこなうが、そのときの苦労は「沖縄島」の城間栄信の姿を通して語られている。仲宗根によれば、米軍は新しい教科書を琉球語で書けと指示してきた。仲宗根たちがそれに反発すると、沖縄を日本から切り離すというGHQの方針に従って米軍係官は、沖縄は日本ではないといきり立ってまくしたてた。「藁半紙をホッチキスでとめた薄っぺらなガリ版刷り」の小学校日本語教科書ができあがったとき、その表題は〝こくご〟ではなく〝ぶんがく〟に替えられていたという。(11)

やがて仲宗根は「米軍人の尊大な態度や、それにおもねる同胞の卑屈さと権力にすりよる腹黒い葛藤などに巻きこまれていく自分が情けなくなって」仕事を辞め、その後は琉球大学に転じる。仲宗根が一九九五年二月一四日に八九歳で死去したとき、霜多は彼について「戦争とその後の沖縄の惨めな現実を生きた誠実な知識人の典型をみるおもいがした」と追悼している。(12)

沖縄が返還された一九七二年五月一五日、仲宗根は今帰仁の郷里の家に帰っていた。沖縄戦で日本軍に虐殺された謝花喜保の家を訪ね、妻と長男から当時のいきさつを聴いていた。その日の日記には、「復帰の日だというのに何と重苦しい日なのだろうか。二十余万の人間の屍のうまっているこの沖縄が、基地はそのままで本土にかえるのだ。ベトナムは八日以来ますます緊張し復帰の日も嘉手納基地からは米軍爆撃機が飛び立っている」と書かれている。(13)

仲宗根のこの悲痛な思いはその後も途切れることがなかった。海洋博がはじまった七五年七月二九日の日記に、「沖縄はこの狭い地域に、肉親を失い肩をすり合わせて泣き悲しんでいる。戦後も異民族の支配に喘ぎ、十字架を背負いつづけて来た。本土並復帰と称して、三年前に本土にかえったのだが、復帰当初本土と沖縄の基地の比率は半々であったのが、今では本土三沖縄七の比率となり、基地の機能は当初本土の五六百倍といわれたのが日に日に強化されつつある」という記述がみられる。[14]

沖縄が返還された一九七二年当時、全国の米軍専用施設面積に占める沖縄県の割合は約五八・七パーセントであった。その後本土では米軍基地の整理縮小が進んだ結果、その割合が格段に増加することになる。二〇一七年には、国土面積の約〇・六パーセントしかない沖縄県に、全国の米軍専用施設面積の約七〇・六パーセントが集中するまでに負担の格差が拡大している(沖縄県知事公室基地対策課資料)。

一九七九年五月一三日深夜、日本テレビがドキュメント'79「ひめゆり戦史・いま問う、国家と教育」という番組を放映した。沖縄では二〇日深夜、沖縄テレビで放映された。「琉球新報」同年五月一七日夕刊は、番組で登場した生存者たちの証言を報じている。テレビ番組の中の「生存者のひとりが取材班に〝門前払い〟をくわす場面」について「三十四年たっても消えない戦争のキズと悲しみが感じられ、見る人を何とも言えない気持ちにさせる」とある。旧第三二軍高級参謀の八原博通は、ひめゆり部隊を編制することに「私はあまり賛成じゃなかった」と発言したのに対し、沖縄内務部教学課の真栄田義見は「県はどこまでも受け身だった」と語った。さらに沖縄師範女子部長兼第一高女校長の西岡一義は「軍からの命令的なもので、反対することができなかった」と主張したが、元職員は「部長の独断で看護要員は編成された」と証言したのである。

関係者の意見の対立を際立たせる報道について、仲宗根は「今日になってあたかも両者が相反するかのように、ことばじりで判断するのは誤りである。両者のことばはかけはなれているけれども、根底に於いて極めて接近しているのである。その背後にはくるった国家がある。くるった世の潮流がある。この軍国主義的、国家主義的潮流をぬきにしてことばの意味をひろげて黒白を判断することは出来ない」と冷静に反応している。仲宗根は沖縄戦当時、西岡と摩文仁伊原の路上で遭遇し、彼の「やつれた様子があわれだった」と感じたことを想起し、西岡には「戦争中の行為にこのましくないことがあったにしても、その非を悔いていることを思うといたいたしくてたまらない」と擁護してみせるのである。[15]

プリーモ・レーヴィは、第二次世界大戦中のユダヤ人強制収容所での体験を振り返って「抑圧が厳しければ厳しいほど、被抑圧者たちの間では権力に協力する姿勢が強まる」と回想し、「犠牲者と抑圧者の逆説的な類似」を指摘した。[16]しかしたとえ権力に迎合したからといって、協力者たちに「性急に道徳判断を下すのは軽率である。明らかに、最大の罪は体制に、全体主義国家の構造自体にある」とする。[17]

虐待されていたという条件は罪を免除するものではない。そしてしばしばその罪は客観的に見て重いことがある。しかしその罪の計量を委託すべき、人間の法廷を私は知らない。[18]

レーヴィはこのように述べた上で、「もし私にそれが委ねられるなら、もし私がそれを判断するよう強いられるなら、私は良心の呵責など感ぜずに、最大限に強制され、最小限、罪に加担したものたちすべてを許すだろう」と結論するのである。[19]

過去の戦争責任を問うとき、それは過去のあるできごとの正否を問うのではなく、今日を生きる自分たちの目の前の現実へのかかわり方を問いなおすためにおこなわれるべきであろう。「沖縄島」では、対日講和条約が調印される以前、日本復帰をめざす「社会党」（社会大衆党がモデル）・人民党と、沖縄の独立を主張する「独立党」（共和党がモデル）、アメリカの信託統治を受容する「協和党」（社会党がモデル）とが対立していた。座談会に引っ張り出された松介は、恣意的に過去を解釈して議論することに警戒感を抱いていた。

松介は座談会などで、ひとびとが自分の主張に納得するのをたしかめることはできた。が、かれらの眼にかがやきをみることはできなかった。それは、自分の敵の術策にのって、この島の過去にばかりかかずらわっているからなのだ、ということにかれはまもなく気がついた。自分の専門がたまたまそうだったので、かれは歴史の誤った解釈にやっきとなって反論していたが、それはけっきょく敵のワナにかかっていたのだ。というのは、問題は過去にあるのではなく、現在にあるのだった。現在のこの惨めな現実をどう理解するかによって、過去の解釈もわかれるのだった。

松介は、独立論者が「たえず過去の亡霊をふりまわし、歴史記述のなかから、かれらに都合のいい部分だけを引用してくる」ことに苛立ちを覚えていたのである。歴史認識をめぐる論争はつねに、現実から眼を背けさせようとする詐術から生じている。過去の議論にばかり心を奪われていると、いつのまにか現在の問題への関心が薄れてしまい、現状追認に傾いてしまう。それと同様に、過去の語り方のみに議論の焦点をおいてしまうと、いま起こりつつある問題に対してどのように行動するかの対応がおろそかになってしまう。そうではなく、目の前の現実をどのように解釈し、どのようにかかわっていくのかが大切なのであり、その姿勢を通じて過去の解釈が導き出せるのである。そして、それこそが歴史修正主義者の詭計をくぐり抜ける方法なのである。

4　翁長亀吉

「沖縄島」では、一九五〇年九月の沖縄群島知事選挙で、岸本宗春と知花英雄、翁長亀吉とが争った経緯が描かれている。沖縄民政府の建設部長を務め、予算規模や権限の大きさから「岸本天皇」と呼ばれていた岸本のモデルは、米国インディアナ州のトライステート工科大学を卒業したエンジニアの松岡政保であった。松岡は沖縄民政府工務部長を務め、占領米軍の下で復興資金を一手に握る「典型的な植民地官僚として権力の頂点」に立っていた。[20]「沖縄島」では「アメリカ的な生活様式を身につけている」岸本は「米軍との折衝に有利」であるだけでなく、「この島の封建的なじめじめした風土を民主的、合理的なものにかえていくうえに大きな力」になると考えられて、沖縄民政議会議員渡久地《とぐち》政幸の民主クラブが岸本を支持した。渡久地は戦前からの社会主義者とされ、「日本帝国主義がいかに沖縄をさくしゅしたか」という観点から、「敗戦こそ新生沖縄の「世代り《ゆーがわい》」」だとし、「アメリカの庇護の下に自立していく」ことを主張した。彼のモデルは四七年六月に戦後最初の政党、沖縄民主同盟を結成した仲宗根源和であった。彼は一九二二年日本共産党の結党に参加し、二三年党大会では堺利彦、佐野学とともに常任幹事に選ばれた経歴を持ち、戦後は沖縄諮詢会の社会事業部長、沖縄民政府では沖縄議会議員を務めていた。

しかし実際、仲宗根の沖縄民主同盟と、それまで沖縄民政府を批判してきた社会党が松岡を推薦したことは、両党が共通して、占領米軍に協力することを通じて沖縄の独立を図るという親米独立論に立つとは

いえ、「権力に批判的な政党としての性格を棄てて権力の側に投じた」ことを意味していたのである。(21)

他方、米軍に配慮して公然と表明はしないものの、日本復帰を志向している知花英雄のモデルは、戦時中は大政翼賛会沖縄県支部壮年団長を務めていた平良辰雄であった。戦後は農業組合連合会長、琉球農林省総裁を歴任していた。封建的な支配層はもとより、日本復帰に期待を寄せる「沖縄青年連合会の幹部を含む知識青年グループや教職員など、知識層」からの広範な支持が集まっていた。(22)平和憲法を持つ祖国への復帰という目標に限りない希望を抱く人びとが潜在的に多数を占めていたのである。

最後に、人民党から立候補した翁長亀吉は、「沖縄島」では渡久地の視点から「これは問題にならなかった」とされ、「チンピラ元共産党員」と揶揄されている。日本共産党の創立に参加した「大物」であった渡久地の経歴からすれば、翁長は「沖縄でチンピラ党員として検挙され、非転向で出てきた貧相な男」に過ぎなかった。翁長は、渡久地が支持する岸本の「戦災復興費の使途に不正があるかのようなバクロ記事」を発表していたとされる。翁長のモデルである瀬長亀次郎は、史実においても、沖縄人民党の準機関誌『人民文化』第七、八号(一九五〇年七—八月)に「復興費の行方」「復興費よ何処へ行った?」と連続して松岡を批判する記事を発表したために、松岡を擁立した沖縄民主同盟と対立関係におちいっていた。「沖縄島」では、人民党は「勤労人民」の立場から、岸本と知花を批判して「鬼畜米英を唱えたときも人民の指導者であったかれら、そして世がかわって、米琉親善をとなえているいまも、また指導者として大きなツラをしている奴ら」と呼んでいた。

現実の選挙の結果は平良辰雄一五万八〇五二票、松岡政保六万九五九五票、瀬長亀次郎一万四〇八一票であった。「沖縄島」では、「住民の保守的な政治意識をふくみながら、しかし本質的には、米軍の統治にたいするきびしい批判として、占領者を狼狽させた。一をいえば十を理解してくれる協力者のかわりに、顔ののっぺりした、アジア人特有の、表情のはっきりしない男が選ばれたのである」と描かれている。

選挙後の一九五〇年一一月、米国政府が対日講和七原則を発表し、一二月には「琉球列島米国民政府に関する指令」（FEC指令）が出されることになった。平良の支持者たちは沖縄社会大衆党を結党し、五一年四月には社大党と人民党に民主団体が参加して、琉球日本復帰促進期成会が結成された。

しかし、中野好夫・新崎盛暉『沖縄戦後史』（岩波新書、一九七六年）によれば、「文化的民族的一体感が基調」となった日本復帰運動は、全面講和論や米軍基地問題など米国政府を糾弾するような論点があらかじめ排除されていたり、「沖縄が帰ろうとする祖国は、「差別支配」を強いた日本ではなく、平和憲法をもつ民主国家日本である」として「平和憲法（日本国憲法）下の民主制度」を理想化しすぎたりする傾向がみられた。「復帰思想は、その内実のいかんを問わず、復帰思想であるがゆえに正当化されたのである。そこに、この時期に戦後沖縄において唯一の正統的革新思想としての地位を確立した復帰思想のアキレス腱があった」とされている。(23)

大城立裕が「沖縄で日本人になること──こころの自伝風に」（谷川健一編『叢書わが沖縄（上）』木耳社、一九七〇年）の中で説明したように、「心情的一体化志向」にもとづく「日の丸復帰」論は、「子が親をしたうような気持ち」という比喩が使われ、日本復帰は「民族問題であって政治問題ではない」と語られた。「左翼的学生など」が考えていた「反米復帰」論は、琉球大学生によって原爆展とあわせて展開されたように、「沖縄人の主体の存立が、米軍統治によっておびやかされている」という「人権問題」として認識されていた。「主体性喪失のべったり癒着の気味」があったものと、「自己─沖縄─日本というものが、不即不離に同心円の関係」にあったものとでは、同じ復帰をめざしていても、その内実は大きく異なっていたのである。[24] 祖国復帰という言葉に幻惑されていた人びとは、その後実現した「核抜き・本土並み」復帰が沖縄を真に解放するものではなかったことに気づかされることになる。

米軍による軍事支配に対して沖縄人民党が労働法を勝ちとった闘争は、「沖縄島」では山城清吉の視点から描き出される。日本で有数の建設会社であるS組が請け負った軍工事の下請けをしている近藤組（近藤建設会社沖縄出張所）で、清吉は建設工事をするようになった。清吉にとって「惨めさがどうにも我慢できない」のは、会社が本土から連れてきた作業員たちとのあいだで給与や飯場の環境などの労働条件があまりに異なることであった。一時間の賃金はウチナーンチュが一二円に対して、ヤマトゥの作業員は最低でも一八円だった。ウチナーンチュは板囲いの掘立小屋、長さ四間の一棟に四〇名近くが寝泊まりするので、三尺に二人半の割になって体を横にしなければならなかった。屋根は雨を遮らず、カッパをかぶって寝る始末であった。それに対してヤマトゥの作業員の飯場は柵をめぐらした宿舎で、トタン屋根で雨も漏らず、部屋には畳が敷いてあるのだった。「琉球人にたいする蔑視」は、「炊事や便所や飲料水まで「現地人用」として区別」されるなど、あきらかな「人種的差別」となってあらわれていた。

清吉の仲間の多くは、徳之島や奄美大島から出てきた青年たちであった。「三面記事に書きたてられるような恥さらしなことをするのは、たいてい大島のひとだ、などという声が沖縄人のあいだにささやかれていた」とあるように、島を取り巻く歴史的な背景の違いから「もともと兄弟である大島のひとたちと清吉たちとのあいだに、戦後微妙な心理的コンプレックスを生んでいた」のである。江戸時代、沖縄は琉球王国という「名目上の独立」が与えられていたが、大島群島は「島津の直属」となって「徹底的な収奪」

を受けた。明治維新後になると、大島群島は鹿児島県の一部として「日本にその権勢を誇りえた」のに対して、「清国とその帰属をあらそわねばならなかった」沖縄は「近代的諸改革（土地改革、選挙権、地方自治制など）において約三十年おくれたばかりでなく、琉球、琉球人という差別を一身にひきうけなければならなかった」。さらに第二次世界大戦後の時代には、ふたたび立場が逆転して、大島の人びとは「政治的にも経済的にも、沖縄人よりはめぐまれず、地方的・従属的な立場にある」ことから「二重の痛苦」を感じていたのである。

清吉は「百人あまりの近藤組の土工たち」と那覇市の国際通りをデモ行進した。会社の差別的な待遇に加えて賃金の不払いが二カ月も続いたので、「この島ではじめての出来事」となるストライキをおこなうことになったのである。琉球政府の労務調停委員会での審議ではこの事態を打開できないと考えた清吉たち一一名はハンストを敢行する。

実際、一九四九年末から本格化した恒久的米軍基地の建設は、朝鮮戦争の中で急速に進められた。本土から建設業者が続々と乗り込み、土地を奪われた農民や、職を求めてやってきた奄美大島の人びとなどが奴隷的な労働条件の下で軍工事に従事していた。清水建設の下請会社である日本道路（一九五二年六月）や松村組（五二年六～八月）、清水建設本部砕石場（五三年一月）でストライキが発生した。「沖縄島」で清吉がかかわった労働争議のモデルは、浦添村城間に飯場を設けて米軍の牧港発電所工事を請け負っていた日本道路に対する争議であった。「当時の沖縄は、地形もあらたまるといわれた戦争によって産業基盤は徹底的に破壊され、広大な軍用地が接収され、窮乏化した奄美からは軍工事目当てに多くの人びとが流入していたなどの事情で、膨大な失業者、潜在失業者をかかえていた」。「人権闘争的色彩の強い」争議となって、「日本道路争議のときには、労働者大会の要請に応じて立法院が議事日程を変更し、保守派の議長や文教厚生労働委員会のメンバーがトラックに乗って団交現場におもむき、争議の調停にのりだすという光景までみられた」とされる。[25]

清吉はこの後人民党に入って、「人民の解放のためにたたかいの先頭に立つことを決心した」。「踏みつけられたひとびと――軍労務者や土地を追われたひとたちの生活と権利をまもるために、かれらの力をどう結集したらよいか」を考えて生きるようになったのである。教員の政治活動が禁止され、沖縄教員会の日本復帰運動が政治活動として問題視されたことから、沖縄教員会は清吉たちの争議に支持声明を出さなかった。事実、米民政府から「教職員は児童の教育に専念せよ」という警告を受けていた沖縄教職員会の屋良朝苗会長は「復帰は政策以前の問題であり、政党の参加によって政治的紛糾に巻き込まれないよう純粋な立場で行ないたい」という意見を持っていた。[26] それに対して沖縄人民党は、米民政府が軍用地料一括払いによって永代借地権を得ようとするのを領土権の侵害であるとし、米国による沖縄植民地化政策を厳しく批判していたのである。[27]

だがその一方、O村の軍用地接収に反対する住民闘争に参加していた清吉には「ひとびとは貧しければ貧しいほど、怒りを忘れ、利己心で石のように固まっているようにみえた」。住民たちに共通する「自分の家、自分の財産以外のことには一切興味をもたないこの頑固な利己主義」が、住民たちの「人民党はおれたちの味方だといっているが、しかし家や畑や墓をとり上げられる人間の身になってくれているわけではねえ、かれらは反対運動を大きくもり上げて、人気とりをしようとしているのだ」という声になってあらわれるようになった。清吉は「組織的な活動は精力的にやるが、人間的なつながりは軽視するような傾向が党にはあったのだ。それへの反撥から、清吉は逆に組織活動を忘れがちだったことに気がついたのだ」と思うことになる。人民党の活動に積極的に加わりながらも、住民たちの声に耳を傾けて冷静に判断している清吉の姿は「人間をいかに変革するか、大衆をいかに組織するか」という視点を重視し、「運動の大衆化への方向への発展的な実践の立場」から創作しようとしていた霜多の創作態度を典型的に示しているといえる。

労働争議の頻発によって一九五三年七月二四日、立法院本会議で労働法が可決された。だが八月一八日付で付令第一一六号「琉球人被用者に対する労働基準及び労働関係法」が公布され、約六万八〇〇〇名に上る軍労働者は、労働三法の適用外におかれることになった。

「沖縄島」ではこの後、人民党中央委員の米武二と労働組合協議会事務局長の笠利富雄に退島命令が出され、さらに清吉を含め書記長以下九名が逮捕された。立法院議員選挙で日本復帰を唱える野党が勝利したために、米軍が急に態度を硬化させたのであった。人民党を非合法化するために立法院に「共産主義活動調査委員会」、行政府に「防共対策委員会」が設置され、不当な弾圧が加えられるようになった。

実際の沖縄人民党弾圧事件は、一九五四年七月一五日、米民政府によって四八時間以内の退島命令が沖縄人民党の林義己と畠義基に出されたことからはじまった。奄美大島の出身の彼らは、奄美返還以降、外国人登録をすることで沖縄に留まることができるという半永住資格が与えられていたが、選挙権も被選挙権もなく、公務員にもなれず、土地所有権の取得も不可能、国費留学受験資格の剝奪、融資の制限など、すべての権利が奪われていた。その上、外国人なら低率の所得税で済むはずが税法上の優遇措置はとられなかったのである。五四年当時、外国人登録を済ませていない者を含めて、沖縄には奄美出身者が約三万人いたと推定された。前出の『沖縄戦後史』によれば「奄美返還後一年二カ月ほどのあいだに、売春、密貿易、殺人未遂、強盗などの容疑や登録令違反などで強制送還ないし退去命令を受けた奄美出身者は一四〇人をこえている。そのなかには、犯罪容疑もあいまいなまま、三〇分ほどの軍事裁判で判決を下されたり、たまたま登録証をもたずに外出して、有無をいわさず留置場にぶちこまれ、そのまま追放という例もあったようである」という。(28)

畠が豊見城村の人民党員上原康行の家で逮捕されると、同村長の又吉一郎が犯人隠匿罪および教唆などの容疑で、瀬長亀次郎人民党書記長が出入国管理令違反と布令第一号「集成刑法」違反の容疑で、それぞれ逮捕された。布令第一号二・二・二一項とは「合衆国政府又は軍政府に対し、誹謗的、挑発的、敵対的又は有害なる印刷物又は文書を発行し、配布し、又は発行或いは配布せしめ、又は配布の意図で所持するものは、断罪の上、五万円（B円）以下の罰金、又は五年以下の懲役、又はその両刑に処する」という、弾圧を目的にしたものであった。さらに、彼らの不当逮捕に抗議するビラやポスターを印刷配布したなどの理由で、大湾喜三郎立法院議員など二十数名が大量逮捕された。

沖縄人民党弾圧事件では、最終的に四〇名を超える関係者が逮捕された。弁護士抜きの審理の結果、又吉には懲役一年、瀬長には懲役二年の判決が出され、他の党幹部や党員も有罪判決となった。

「沖縄島」では、笠利富雄たちが証言を翻して人民党を裏切ったことが描かれている。清吉は「かれらの弱さは、けっきょく自分たちの弱さであり、人民ぜんたいの弱さだと考えるのでなければ、そこから具体的な行動の指針をみつけだすことはできないのだとおもわれた」とある。実際に、裁判の中で同志を裏切った畠義基は、米軍の保護を受け一九五五年四月に釈放されることになる。五四年一一月、又吉と瀬長が投獄された沖縄刑務所では、受刑者が暴動を起こして待遇改善を訴えたのであるが、この沖縄刑務所事件については「沖縄島」には描かれていない。

田口律男氏は「沖縄島」について、「確かに、マジョリティ（抑圧者）とマイノリティ（被抑圧者）の二項対立を支えていた権力システムそのものを脱構築する試みは未完に終わったかもしれない。しかし、権力システムの狡智そのものは見事に可視化されているし、それが簡単には内破できないことも示唆されている」と指摘している。[29] たしかに「沖縄島」は、「権力システムの狡智」を告発しようとした意図は評価されるが、登場人物の多さに比べて、テーマが十分に深化されていないという弱みがある。しかし清吉のハンストが「たんなる労働争議でなく、差別待遇の問題、人権の問題」であることを沖縄教員会が十分に理解せず、お互いに連帯できなかったことを描き出すなど、異民族による軍事的植民地主義からの解放を訴えた祖国復帰運動には多くの課題があったことを「沖縄島」はリアルタイムで伝えていたのである。やがて一九六六年、教員の政治活動を制限する「教公二法」問題——本土法に準拠した教育公務員特例法および地方教育区公務員法——をめぐって琉球政府文教局と沖縄教職員会の対立が激化する。ベトナム反戦運動の高揚を背景に、それまで沖縄で共存していた《日の丸》と《赤旗》は、袂を分かつことになったのである。

復帰という目標は共有していたものの、早期返還のためには〝核つき〟でもやむを得ないし、地元経済を維持するためには米軍基地も必要だとする《日の丸》と、基地撤去を通じて反戦平和の実現をめざす《赤旗》とでは、根本的に意見が相いれなかった。一九六八年におこなわれた最初の主席選挙で、沖縄自民党は革新共闘の支持者を切り崩そうとして、屋良朝苗を選べば「イモを食いハダシの生活をすることになる」という《イモ・ハダシ論》のネガティブキャンペーンを張った。基地の経済的効用を説いて基地反対派を黙らせようとする論調はいまもなお根強く、基地撤去という人びとの願いは依然として叶えられていないのである。

注　「沖縄島」は『霜多正次全集』第一巻（沖積舎、一九九七年）に拠った。

（1）「ちゅらさか」（『霜多正次全集』第五巻、沖積舎、二〇〇〇年）六一八頁。
（2）中野好夫・新崎盛暉『沖縄戦後史』（岩波新書、一九七六年）三七頁。
（3）霜多正次「文学の社会的責任」、引用は『霜多正次全集』第五巻、二七〇頁より。
（4）霜多正次「文学におけるリアリズム」、引用は『霜多正次全集』第五巻、八一―八二頁より。
（5）霜多正次「『党生活者』について」、引用は『霜多正次全集』第五巻、一四五頁より。
（6）霜多正次「文学におけるリアリズム」、引用は『霜多正次全集』第五巻、八二頁より。
（7）小原元「『沖縄島』論」（『新日本文学』第一二巻一一号、一九五七年一一月）一〇二頁。
（8）仲宗根政善『沖縄の悲劇――ひめゆりの塔をめぐる人々の手記』（おりじん書房、一九七四年）二九六頁。
（9）霜多正次「沖縄の歴史について」、引用は『霜多正次全集』第五巻、六八七頁より。
（10）霜多正次「仲宗根政善さんのこと」（『沖縄文化研究』第二二号、一九九六年二月）四頁。
（11）同右、一〇頁。
（12）同右、一〇―一一頁。
（13）仲宗根政善『ひめゆりと生きて　仲宗根政善日記』（琉球新報社、二〇〇二年）九六―九七頁。
（14）同右、一六五頁。
（15）同右、二三五―二三六頁。
（16）プリーモ・レーヴィ『溺れるものと救われるもの』（竹山博英訳、朝日新聞出版、二〇一四年）一八、四〇頁。

(17) 同右、四一頁。
(18) 同右。
(19) 同右。
(20) 前掲、中野・新崎『沖縄戦後史』四二頁。
(21) 同右。
(22) 同右、四五頁。
(23) 同右、五五頁。
(24) 大城立裕「沖縄で日本人になること――こころの自伝風に」(谷川健一編『叢書わが沖縄(一)』木耳社、一九七〇年)二一六―二一七頁。
(25) 『沖縄戦後史』六六頁。
(26) 同右、六四―六五頁。
(27) 同右、七七頁。
(28) 同右、七一頁。
(29) 田口律男『都市テクスト論序説』(松籟社、二〇〇六年)三六四頁。

第10章　大城立裕「棒兵隊」と大城貞俊「K共同墓地死亡者名簿」
――沖縄戦を書き継ぐこと――

1　川村湊編『現代沖縄文学作品選』

講談社文芸文庫『現代沖縄文学作品選』（二〇一一年七月）の「解説」は、編者である川村湊氏の「「沖縄文学」というものがあるのだろうか」という疑問から書きはじめられている。川村氏によれば「単に日本列島の一部としての沖縄地方における地域性や風土性が強調された文学作品群であると考えるならば、それは日本文学のなかで積極的な意味を持たないと思われる」。だが「表面的には日本語、日本的なものに服属しながら、自分たちの〝沖縄〟性を断ち切れないところに、危うく成立するものにほかならなかった」という特殊な性質を考えれば、「沖縄の近代小説」とは、「近代日本が産出してきた「日本語」や「列島全体を覆い尽くすために創作された日本語の近代的文体（文章）にほかならない」。しかしながら、それらは「日本近代文学の流れの主流」からは「限りなく遠いところ」に存在――「日本の近代文学が自分の身の内に抱え込んだ異質な部分」、「日本文学の日本文学性をその内部から食い破ってゆくような存在」――であったという。

このような沖縄文学に関する問題意識にもとづいて選択され、同書には安達征一郎「鱶に曳きずられて沖へ」、大城貞俊「K共同墓地死亡者名簿」、大城立裕「棒兵隊」、崎山麻夫「ダバオ巡礼」、崎山多美「見えないマチからションカネーが」、長堂英吉「伊佐浜心中」、又吉栄喜「カーニバル闘牛大会」、目取真俊「軍鶏《タウチー》」、山入端信子「鬼火」、山之口貘「野宿」の一〇作品が収録された。これらの作品の中から、沖縄戦に関係の深い二作品、大城立裕「棒兵隊」(『新潮』全国同人雑誌推薦小説特集号、一九五八年一二月)と大城貞俊「K共同墓地死亡者名簿」(『G米軍野戦病院跡辺り』人文書館、二〇〇八年)とをとりあげ、両作品の筋を追いながら、沖縄戦を書き継ぐことの意義を考えてみたい。

2 大城立裕「棒兵隊」

沖縄戦のさなか、G村に群れていた避難民の中で働けそうな男性二〇〇名が召集されて、郷土防衛隊が編成された。五隊に分けられた一隊の長にN村国民学校教頭の富村が命じられ、近くの壕にいたおよそ一個中隊ほどの高射砲隊に配属された。「炊事、諸掘り、水汲みの勤務に熱中」するが、首里の軍司令部の前線へ緊急進出を命じられ、防衛隊はS城址の壕にいる部隊に合流せよと「どこからか命令が突然下って」壕を飛び出す。しかし「ほとんど同時に十名が機銃掃射ではねかえるように即死」した。四昼夜かかって歩いて探し当てたS城址の壕に入ろうとすると、武器も食糧も持たない彼らは「きさまらあ、スパイだなあ、いまどき、沖縄の島民がこの壕をさがしてくるのは……」と一喝され、抜身の軍刀をふりかざした将校によって追い払われる。防衛隊員の赤嶺は、「六十歳の痩軀」をのめらせながら「わしらア、ボーヘイタイでありますが、わしの子供ア、兵隊さんでありますウ。わしらア、スパイは、しませんですウ……」と訴えようとする。

それに先立つ一九四四年一〇月二九日、第一次防衛召集がおこなわれる。「竹槍の尖に握り飯をくくりつけて、防衛隊員は壕掘と飛行場整地に通った。無学なとしよりは、〝棒兵隊〟というよび名をうたがわなかった」という。防衛隊という勇ましい名前が付けられていたにもかかわらず、箸にも棒にもかからない民間人ばかりが集まっているというギャップは、沖縄口《ウチナーグチ》でしか発音できない老人の誤解とともに、いかにも滑稽なものとして感じられる。しかし彼らは、兵士並みに過酷な戦地に向かわせられる悲劇を味わう。

一九四五年一月二〇日、第二次防衛召集（一七歳から四五歳までのほとんどの男性を召集）がおこなわれた際の徴兵検査で、病後の体重が極度に軽かったために丙種合格——実質的には不合格——となった久場は、沖縄戦で疲労が原因で昏倒した。「Y岳の壕から変装で他部隊へ連絡にでていた」曹長に見つけられて、Y岳の八合目、標高一〇〇メートルと推定されるところにある深さ七〇メートルほどの自然壕に収容された。久場が意識を取り戻したときには、富村を含む二一名は四回目の水汲みをおこなったところであった。

その晩「まだ学生気分の脱けきらない」佐藤少尉は、防衛隊員を連れてきた「四十にちかい思慮の深そうな」曹長に向かって、「情況が危険だから防衛隊員の水汲みをやめさせてはどうか」と考慮をうながした。遮蔽物もほとんどない泉までの約四〇〇メートルを往復するうちに、防衛隊員が戦闘機から機銃掃射を受けて死者を出す事態が発生していた。しかし、二〇〇名ほどの日本兵の「その約半数はどうにもならない負傷者で、壕内は身動きのとれないくらいの熱度をもっていたから、水の需要はたいへんなものであった」のである。

壕の中で佐藤少尉は、正面攻撃に加えて「斬込み」「特攻隊」「人間爆雷」などの奇襲をくりかえしてはいるが、「たいした物量をもっている」米軍に対してどれほどの効果があるのかわからないという「大局的な戦況報告」をおこなった。そして「しかし、きみたちは沖縄人だからいいよ。この壕からわれわれが撤退することがあっても、きみたちは居残っておくんだな。米軍はけっしてきみたちを殺しはしないよ」という。水汲み作業のために死者まで出すという犠牲を払いながら、最後まで運命をともにする同胞としては考えられていない。この間隙が不信感を醸成する温床となって、スパイ疑惑にまで発展する。壕に「居残っておく」ことは許されず、米軍に秘密情報を知らせるスパイになる可能性があるからという理由で集団自決が強要されたのである。

それから数日後、「手負い猪のように獰猛な敗残兵の一隊」五〇人ほどが壕の中になだれこんできた。彼らは「絶望とたたかうための横暴」を極め、防衛隊員に水を汲んでくることを命じた。気の毒がりながらも曹長は、昼間の一回を追加することにした。米軍がこの壕の場所を知ったのか、艦砲や迫撃砲の至近弾が多くなってきたので、水汲み作業は夜間でも難しく、富村は作業を当分中止させてもらうよう曹長に相談しようとしていたところであった。

富村が脱出の計画を久場に相談しようとしたところ、久場は便所からの帰りに思いがけない会話を聞いたという。将校のひとりが「サイパンの沖縄人捕虜が、ひそかに潜水艦で運ばれ、この島に上陸している。

これらはいずれも米軍のスパイで、特徴としては、局部の毛がなく、赤いハンカチと小さな手鏡をもっている」と話し、壕内にいる防衛隊員の身体検査をすぐにはじめるべきだと主張したというのである。将校の顔は「一面にたるんで黄色がかった皮膚のなかに、まるで何の判断力ももたない妄執そのもののような両眼がぎらぎら光っていた」と表現されている。日本軍が劣勢であることを明らかにした少尉を富村らはスパイではないかと疑っていたのが、今度は自分たちにスパイの疑惑がかけられたのである。

米軍のスパイとして「局部の毛がなく、赤いハンカチと小さな手鏡をもっている」とされたのは、『隋書』巻八一「列伝」第四六「東夷流求国」にある「男子用鳥羽為冠、装以珠貝、飾以赤毛」（男子鳥羽を用ひて冠と為し、珠貝を以て装ひ、赤毛を以て飾る）や「男子抜去髭鬢、身上有毛之處皆亦除去」（男子髭鬢を抜去し、身上有毛の処皆亦た除去す）という差別的な身体観に由来するものである。『隋書』の「流求国」とは一般的に沖縄ではなく台湾を指すとされているが、どちらも中国大陸からみれば〈東夷〉で、帝国日本からみれば属領であった。米軍によっていよいよ追い詰められたときにデマが飛び交うというのは、古来の根深い民族差別の歴史を感じさせる。

割り切れなさを感じた富村は、どこまで生き延びられるかわからないものの、ここで脱出して「スパイ、非国民という汚名」を永久に遺してしまうことになるのは「なにもかも犠牲にして敵を生身でひきうけた沖縄県民」として我慢できないと言う。久場は声をつまらせながら富村に同意するのだが、身体検査はどうしても許せないと感じる。だがこのとき富村は、首里の軍司令部東側にあるR陣地の壕に弾薬を運ぶという師団命令を少尉から受け、「協同と危険防止の便宜上」三人組をつくって移動することを指示した。防衛隊員一九名には、最後の手段として自決するために手榴弾という武器がはじめて与えられた。

二日後の五月二八日、首里城内にいた日本軍司令部は南下した。「あさから地球をひっかきまわすような豪雨が、硝煙をとかして、一面にあかちゃけた山野の土にくいいった」。この豪雨で、米軍にとっても前線への食糧弾薬の補給が困難となり、地上部隊の機動力が著しく制限され、視界不良のために航空機による攻撃も見合わせられることになった。その結果、日本軍は比較的安全に移動することができたのである。

久場と仲田と赤嶺の〝三人組〟は、首里城東南二キロの地点にある「この島特有のトーチカ様の墓」の中にいた。久場が考えるには、富村は「決死輸送の特務」を与えられることによって、壕から脱出するか身体検査を受けるかという差し迫った選択から解放されたのだが、佐藤少尉にしてみれば「狂暴な闖入者たちを説得するより、防衛隊を死地にだすほうが安易であった」のである。しかし、いまの久場には「死場所を得しめる」という「つかいふるされた大義名分」が許されるものとは決して思えなかった。他方、最年少の一六歳である仲田は佐藤少尉にスパイの嫌疑をかけており、「国家、故郷、同胞……などというものが、すべて徒労を生むだけのものであったか」と思う。久場は、仲田の「例の幼い動物のような顔」をみていると「こいつは生かしたい――というねがい」が脳裡をよぎった。

「襤褸と藁縄帯に身を包んだ汚れきった男」が墓の中に飛び込んできて、米軍に見つからないように自分を連れて逃げてほしいと懇願する。だが男が久場に取り入ろうとして「ね、私は、これ、沖縄の百姓に似ているでしょう。ね、ヒヒ、ヒッヒッ、ヒヒ……」とにやけた「唇が痙攣するような、きちがいじみた笑いの表情」を浮かべるのを見ていると、久場には突然「こいつをだしぬいて生きのびてやるんだという欲望」が起こる。久場は赤嶺に向かって「赤嶺さん！　死んじゃいかん。にげよう。どこまでも」といい、仲田には「でろ！」と叫ぶ。

墓の口から出た仲田は、一〇歳ぐらいの娘を連れて下のほうから転びながら上がってくる「中年の女」が隣家の小母であることに気づく。彼女たちと行動をともにすることを決めて、一緒に丘を登りはじめてから三〇秒経ったとき、「轟然たる音響といっしょに大きな震動」が起こる。墓の裏に艦砲弾の大穴が開き、仲田と母娘の姿は見えなくなった。

ひたすら走りつづけた久場と赤嶺は、「ある大きな部落の大きな共同井戸になっている泉の前」に倒れていた。赤嶺が水を飲もうとして泉に口をもってゆくと、「シャツの胸も袖もちぎれ、ズボンも膝から下はちぎれている」敗残兵のひとりが、こちらをにらみながらたたずんでいることに気づく。その「異様な男」は、昨日赤嶺がG村への道を間違えて教えたために、また同じところに戻ってきてしまったのだと怒りをぶつけてくる。久場にも赤嶺にもまったく心当たりがなかったこの敗残兵は、いきなり拳銃を構えて「きさまは、スパイだろう！」と言い、「しゃがれ声」で「あ、スバイ……」と叫んだ赤嶺の胸に弾丸を撃ち込んだ。

作品の冒頭で、スパイと疑われた赤嶺が「わしらア、スバイは、しませんですウ……」と将校に向かって反論していた。射殺されたときに赤嶺は何を言おうとしていたのか。この場面でも、老人である赤嶺の沖縄口《ウチナーグチ》が効果的に使われ、悲哀交じりに聞こえる沖縄口《ウチナーグチ》の「スバイ」が意味するものは、大和口《ヤマトゥグチ》で「スパイ」が意味するものとは、作品の最後まで一致することがなかった。「スバイ」としか発音できない人間は、どれほど「スパイ」ではないことを主張しても、「スバイ」と発音する以上はどうしても「スパイ」としかみなされないのである。

この後、赤嶺を射殺した敗残兵に対して久場がどのような行動をとったのかはわからない。「太陽が無数の避難民と敗残兵とを照らしてぎらつく下」で歩きつづける久場の姿が描かれるだけである。最後の段落には「避難民がときに追いこしながら話しかけたが、かれの耳にははいらなかった」とされ、「避難民は、こたえないかれにこだわらず、追いこして走った」とある。茫然自失したように見える久場は、靴が脱げながらもひたすら歩きつづける。「国家、故郷、同胞……などというものが、すべて徒労を生むだけのものであったか」と考えさせられた結論として、もはや誰の言葉にも耳を傾けないで歩きつづけることこそ——誰がスパイであろうとなかろうと——、自分の生命を守るために残された方法であったのである。

3　大城貞俊「K共同墓地死亡者名簿」

大城貞俊「K共同墓地死亡者名簿」では、小説の語り手・登喜子の前に、父の亡霊があらわれるようになった。それは、「父さんが、亡霊になって……、現れる筈だからね。父さんの話しを聞いてやって……。頼んだよ……」と言い遺して死んだ母の七十七日忌が過ぎた頃のことであった。必死で何かを訴えているように感じられるのだが、父の亡霊と出会ってから数年経っても、何を訴えようとしているのかは依然として不明で、「父の周りに漂っている悲しみのようなものの実体」はわからないままであった。戦争前に肋膜炎を患っていた父が風邪をこじらせて五六歳で死んだのは、戦争が終わってから四年目の暮れ、登喜子が一六歳を迎えた年のことだった。しかし「K共同墓地死亡者名簿」を作成していたときの父の姿を思い出し、「背後から私を抱きかかえるようにして、名簿の中の一人一人の死者の名前を指さし、声を上げて読み続けた」ときの「父の息遣い」が脳裡によみがえると、「父が亡霊であり続ける理由」がわかったような気がした。父が作成した名簿を夜遅くまで起きて書き写していた母は、死を迎える床の枕元に名簿を「藍色の風呂敷」に包んで置いていた。名簿をしっかりと保管するようにという父からの遺言を忠実に守って生きた母もまた、名簿の保管を娘に託して死んだのであった。登喜子が両親から託されたのは名簿の管理を受け継ぐことだけではない、それ以上に大切であったのは両親の無念さ――「確かに得体のしれない息遣いのようなもの」――を伝えることであった。

「K共同墓地死亡者名簿」とは、戦争中に登喜子たちの住んでいたG村にあった米軍の野戦病院と捕虜収容所とで没して埋葬された死者の名簿で、父が「薄手の大学ノート」五冊に記したものであった。しかし次第に「遺族の手垢が染みつき、涙の歳月で色褪せ、破れかけた」ために、最初は「字も十分に書けなかった」母が父の字を習いながら書き写していた。父と伯父が中心になって遺体を埋めるための坑を掘る作業をおこない、氏名や年齢、本籍地などを調べて一覧表にし、通し番号を付していた。さらに別冊として、「死者の死亡原因や、戦死地、あるいは生前の様子などの記入が試みられた名簿」もあった。この「試みられた」という言葉には、その名簿が完全なものではなく、「父が、なぜ、このような作業にまで手を広げていこうとしていたのかは分からない」という登喜子の気持ちが含まれている。登喜子によれば、「今に至って、思い当たるのだが、父は、よく人々に殴られては、地面にはいつくばっていた。たぶん、だれかれなしに、しつこく死者の身元や原因を尋ねて、煙たがられていたのだろう」。「お前はスパイか」などと周囲の人びとから「口汚く怒鳴られ」、「激しく突き飛ばされ、土の上に四つんばいになり、口から血を流している父の姿」を見たことさえあるという。しかし、坑を掘る作業が滞るために、名簿を作る行為に反対する村人も最初はいたが、その「軋轢《あつれき》」も次第に解消して「なにがしかの使命感」が芽生え、名簿を作ることに協力する者まで出てきた。

登喜子は四人兄姉《きょうだい》の末っ子であった。沖縄戦当時、父五二歳、母四五歳、長姉和子二一歳、次姉文子一八歳とされた。次姉は女子学徒隊に入って八重《やえ》岳の攻防戦で戦死した。兄の健一は米軍が沖縄に上陸する前年に一五歳で死亡していた。辛うじて戦火を逃れて米軍のG野戦病院で働いていた長姉は、そこで日系二世兵士ダグラス・ナガミネと出会って結婚し、戦後はハワイへ渡った。二世兵士がアメリカと日本とのあいだにはさまれていかに苦労したか——米軍にあっては、狂気とも思えるほど人命を軽視した日本軍に投降を呼びかける通訳者として大切にされながらも、日本側のスパイだとつねに疑われつづけ、日本軍からは、血を享けた祖国に対する裏切り者としてひときわ敵視された——を考えるだけでも、彼らの引き裂かれた存在が理解できる。さらに「ナガミネ」のような沖縄出身を想わせる人間には、本土と沖縄とのあいだでのジレンマ、すなわち本土の人間以上に《ヤマト》への忠誠心を示すことが求められていたのである。実はこのことは、兄の死にも大きくかかわっている。

兄は「父さんは、どうして俺が御国のためにご奉公する事を、許してくれないのだろう」と不満を漏らし、「敵軍を殲滅《せんめつ》するための秘密の訓練だ、女子供には分からない」と言って外出した。飛行機乗りになって特攻隊員になるのが夢であったのだが、突然死んでしまった。「友人たちと一緒の武芸の稽古から帰って来た夜、頭痛を訴えて寝込んだ。それがなかなか治らずに、やがて高熱が続き、うなされながら死んだ」。

戦争が終わってから、父が死に、母と二人だけの生活になったが、母は兄の死については、多くを語らなかった。それは、父の頑固さをも通り越していた。なんだか、兄の死に、秘密が隠されているのではないかと疑わせるほどに、異様な沈黙だった。

私が、兄のことを、懐かしく思い出して話し出しても、母は、すぐに涙を浮かべ、その話を遮るようにして席を立った。仏壇の前で香を焚き、位牌に手を合わせた。私も、そんな母の涙を見たくないばかりに、兄のことを、だんだんと尋ねなくなっていった。

本当に兄の死に疑問を感じていたなら、不審死として警察に届け出て司法解剖を要求することもできたであろう。だが両親は、医師の判断を受け入れざるを得ない状況におかれていたと考えられる。戦争が終わってなお真実を告白することができなかったのはなぜか――。兄の死因が不審なばかりではなく、そのいきさつを口外しない両親の態度も不審に感じられているのである。

だが登喜子は秘かに、兄の死が父の徴兵拒否運動と関係しているのではないかという疑いを持ち、両親の態度にどうしても納得がゆかないでいた。父の胸奥を知る唯一の手がかりは、罵声を浴びせられ殴打され突き飛ばされながらも、埋葬された死者の身元や死因を尋ねまわっていたことにある。一人ひとりの生命を尊ぶ父の姿勢は胸を打つ。だがその父は戦後も同じ村で暮らしつづけたのである。加害者を告発して殺人の罪を問うことをしなかったのは、村の共同体意識を守るためであったのだろうか。これは沖縄における戦争責任追及の問題にもつながってくるだろう。

父の作成した名簿を母が持っていることは、いつのまにか遺族のあいだに知れ渡って、母は突然来訪した遺族を墓地に案内することがあった。共同墓地であっても、遺骨の区別ができるように赤い瓦の裏面に死者の名前を書き、その瓦を懐に抱かせるように埋葬し、しかも埋葬場所の見取り図を別冊として名簿に付していたので、遺骨の回収に役立つことになった。

北村毅氏によれば、「沖縄口《ウチナーグチ》の「クヨウ」は、苦悩を意味するが、漢字では「苦揺」と書くこともある。まさに、この語は、他者や死者の苦しみに共揺れする感覚を表していると考えられないだろうか。ユタの語源は、神がかりとなってその身体が激しくユタめく（揺れる）ことにあるとする説もある」とする。(1) この作品の中にも「焼香するだけでなく、ユタ（巫女）や、家族と一緒にやって来て、遺骨を掘り当てて、持ち帰っていく人々」の姿が登場するように、佐藤氏は、死者の霊魂が生まれ育った家に還るべきものであると考えることによって「国家が用意する慰霊システムから取りこぼされた戦死者を救い上げ、さらには、そこに囲い込まれた（すなわち靖国神社に「合祀」された）戦死者一人一人を家族のもとに取り還していく過程」が実現されるとし、遺骨に語りかけ、遺骨の声に耳を傾ける遺族たちは「死者が語る／語られる場。靖国を介しない生者と死者の直接の「対話」を可能にしている地点に立っているのであるという。(2)

父の三十三年忌と母の十三年忌にあわせて、長姉和子がハワイから帰国した。女子学徒隊に入って戦死した次姉文子を不憫に思った父が、同じように戦死した村の若者と「グソーニービチ」（死んだ者どうしをあの世で結婚させること）をさせたことを明かした。はじめて聞かされた話に驚いた登喜子は、兄の死についで知っていることがないかを尋ねてみる。しかし次姉は「なんにもないよ、なんにもない。もし、父さんと母さんの態度がそうだったとすれば、健一が一人息子で、悲しみが大きかったということよ。ショックが大きくて立ち直れなかったということよ」と答え、登喜子は「なんだか気勢が削《そ》がれた気分」になるが「長い間の呪縛から、私は一気に解放されたような気分」になった。

登喜子に向かって長姉が「私たちはイクサヌ、クェーヌクシだからね。皆の分まで、幸せにならないとね」と言って、ハワイで一緒に住むことを勧める。「イクサヌ、クェーヌクシ」とは、「戦争の食い残し」という意味の沖縄方言である。母の死後、ひとりで農業をすることが困難になって小さな雑貨店を営むようになった登喜子は、まもなく還暦を迎える。親戚の中には、村役場に名簿を渡して埋葬地を管理させ、遺族を案内する仕事も任せたほうがよいと提案する者もいるが、村役場からは何の連絡もない。

名簿の氏名一覧表をみると、一五歳未満と一五歳以上とに分けられているのだが、なぜ一五歳で区切ったのかは定かではない。死亡年月日は、一五歳未満が「昭和二〇年六月三〇日から十月四日まで」、一五歳以上が「同じ年の八月三十一日から始まって、十二月二日で終わっている」。沖縄戦は公式には六月二〇日で戦闘が終了したとされるが、実際にはその後も投降をおこなわない残存兵力による散発的な戦闘が続いた。名簿に記載された死者たちは、正確には沖縄の戦後に死んだ人びとであった。

比嘉と名乗る男性が母と妹を連れて共同墓地を訪れた。比嘉の母によれば、戦死した前の夫とのあいだにできた息子が五歳で死亡し、ここに埋葬されているというのだが、母は数カ月前までその記憶を「封印」してきたのだという。登喜子が三人の後ろ姿を見ていると、「三人の影は、いつの間にか四人になっていた。私は思わず笑みをこぼした。三人に寄り添うようにして歩いているもう一つの影は、あきらかに父の後ろ姿」であったからだ。

父の背中は、イサトゥヤッチーと呼ばれていた当時と変わらずに痩せていた。その背中を折り曲げ、ゆっくりと歩いていく。その父が立ち止まり、振り返って私を見つめ、にっこりと笑ったように思った。私は思わず微笑みを返すと、思い切り手を振った。同時に、父が、なぜ十五歳で死亡者名簿を区切ったのか、その理由も分かったような気がした。

父が一五歳で名簿を区切ったのは、兄がその年に不審な死を遂げたことに結びついていたことが暗示されている。四部作のひとつとしてこの小説が収められた『G米軍野戦病院跡辺り』を総体として論じた鈴木智之氏によれば、「物語の奥底に暗然と示されながら、その真相を明らかにされることのない」兄の死が「〈同胞〉相互の暴力」によるものであったこの小説は、「いまだ償われていない暴力の記憶にこだわり、死者の無念の思いを引き継ごうとして生きてきた人々が、現実生活の困難に遭遇し、何らかの契機を経て、そのこだわりから解き放たれていく物語」であるという。そして『G米軍野戦病院跡辺り』の前半二作品（標題作と「ヌジファ」）が「（過去を）断ち切ろうとして、断ち切れずに終わる物語」であるとすれば、後半二作品（「サナカ・カサナ・サカナ」と本作品）が「（過去に）こだわろうとして、こだわりきれずに終わる物語」であるという対照がみられ、「解きがたい二律背反を抱え込むこと以外に、この地において、死者の記憶と共に「戦後」を生き続ける術はない。四つの物語が、相互の呼応関係の中で伝えているのは、その事実なのかもしれない」と解釈できるという(3)。

それでもやはり納得できないのは、兄の死の真相をなぜ究明しようとしないのか、ということである。同じ村で生活を続けようとするには、家族の死さえ口をつぐんでいなければならないということなのだろうか。登喜子は戦争のあったときには年少であったとされ、戦争が終わってからも両親の心労を分かつことを免除された末娘であったし、現在では名簿を保管し遺族を墓地に案内する仕事を引き受けているものの、老いを感じはじめた独身女性として、戦争の負の歴史を追及することからは免責されているように描かれている。しかし長姉も兄の死についての真相は知らないし、詳しく知ろうとすることもない。記憶とは、その現場に立ち会っていたからといって正しく憶えているとは限らないし、実際に見聞きしても、そのできごとを正しく把握する理解力を持っていなければ不確かなものになってしまうのである。主人公の情感を伝える穏やかな筆致の作品ではあるが、無力な一市民の悲しみの表現という次元にとどまっている。現代日本の至るところで記憶の風化と呼べる現象がみられ、戦争を体験した人間は無力感に襲われることが多くなっている。しかし死者の真の供養は、儀礼や法要ではなし得ないはずである。

兄が死んだとされる米軍上陸の前年には、何があったのか――。一九四四年三月二二日、南西諸島方面防衛強化という目的で第三二軍が創設され、七月七日東条英機内閣によって南西諸島の老幼婦女子・学童計一〇万人の集団疎開が緊急閣議決定される。八月に入ると中国河南省から移動してきた第六二師団をはじめ陸軍各部隊が沖縄本島に到着した。一〇月二九日第一次防衛召集がおこなわれ、主に飛行場建設に従事させられた。とりわけ政府が沖縄県に通達した集団疎開とは、沖縄本島・宮古・石垣・奄美・徳之島の五島から、六〇歳以上と一五歳未満の老幼婦女子と学童とを本土および台湾へ疎開させるという内容であった。一九四五年三月六日、国民勤労動員令の公布によって沖縄県の一五歳から四五歳までの男女が根こそぎ動員されることになるが、兄が死んだとされる米軍の上陸する前年の時点では、一五歳未満とは政府によって疎開を要請された非戦闘員を意味していたのである。徴兵拒否運動をしていた父のために、同年輩の仲間から暴力をふるわれて死んだのか、あるいは疎開を拒んだためになんらかのトラブルが発生して死んだのか、真相は不明だが、この年の八月には米軍が上陸する前に日本軍が上陸し、急速に戦闘準備態勢が整えられていったのである。登喜子はけじめをつけて心理的な解放を得たかもしれないが、兄を死に至らしめた暴力の痕跡が消えることはないのである。

4 「スパイ」と共同体意識

「棒兵隊」は、日本社会の〈内〉からみれば〈外〉、〈外〉からみれば〈内〉というマージナルな位置におかれた沖縄の民衆の姿を的確にとらえていた。どれほど忠誠を尽くし犠牲を払っても、所詮彼らは〈内〉の人間にはなれず、〈内〉と〈外〉との両義性を体現する「スパイ」という疑惑から逃れることができない。日頃から「国家、故郷、同胞……などというもの」に忠誠を払うように馴致されていたため、戦禍に巻き込まれてもそれらの観念から自由になることができず、避難民になるとデマに翻弄されて混乱に拍車をかけてしまう。

赤嶺が「スバイ」としか発音できなかったことが喜劇的にも悲劇的にも描かれている。沖縄の伝統文化の中で長年暮らしてきた老人の赤嶺であったから、〈内〉の人間になるには手遅れであったのか、将来若い世代が大和口《ヤマトゥグチ》で「スパイ」と発音できるようになれば「スパイ」ではなくなるのか。登喜子の両親は同じ沖縄の人間による暴力に口をつぐみ、富村は隊員に犠牲者が出ても防衛隊隊長の任務に忠実であろうとした。「棒兵隊」の後半部分、すなわち「決死輸送の特務」を与えられて移動してから、作品の視点人物は富村から久場に替わっている。日本軍の作戦を支援する防衛隊の隊長としての立場を超えられなかった富村に比べて、久場は「兵隊の正体を警戒する観念」を抱かされることによって、富村の立場を相対化することができた。意識を失いそうになるほどの空腹と疲労に襲われながら流浪する久場は、自分が「前後左右をゆき交う雑巾のような避難民」のひとりであることさえ忘れてしまうのである。逆説的ではあるが、虚脱状態におちいることでようやく、これまで自己を束縛していたあらゆる観念を捨て、ほかの誰でもない自己本来の意識を取り戻せる場所に到達したのであった。

「K共同墓地死亡者名簿」は、兄の死をめぐって不審を抱いて生きてきた登喜子が主人公であった。結局真相は明かされなかったが、この作品にふれた読者はどうしても、兄は同じ沖縄の人間によって殺されていたのではなかったか、という印象を持たされることになる。だが両親は戦後になっても真相を追究しようとはせず、K共同墓地の死亡者名簿を保管する作業に専念するばかりであった。長男を殺された無念さという私的感情を、多くの戦没者の供養という公共の作業に献身することによって昇華させようとしていたのかもしれない。当時のいきさつを知っていたはずの長姉の言葉に従って、登喜子は兄の死に納得することになった。登喜子は年少であったから兄の死をよく憶えていないとされるのだが、憶えているはずの長姉でさえ、実はあまり憶えていないのである。自分をとりまく現実を批判的にとらえ直す問題意識を持っていなければ真実は見えてこないのであり、仲間内で真実を語らせまいとする共同体意識を突き破ることはできない。戦争の記憶の不確かさ、そして同じ沖縄の人間による暴力を明らかにすることの困難さがこの作品には示されているのである。

注

「棒兵隊」「K共同墓地死亡者名簿」の本文は、『現代沖縄文学作品選』（講談社文芸文庫、二〇一一年）に拠った。

（1）北村毅『死者たちの戦後誌――沖縄戦跡をめぐる人びとの記憶』（御茶の水書房、二〇〇九年）二六六頁。

（2）同右、二七〇―二七五頁。

（3）鈴木智之「始まろうとしない「戦後」の日々を――大城貞俊『G米軍野戦病院跡辺り』（二〇〇八年）における「沖縄戦の記憶」の現在」（『社会志林』第五五巻三号、二〇〇八年一二月）一四―一六頁。

第11章　又吉栄喜「ギンネム屋敷」
――沖縄戦をめぐる民族とジェンダー――

1　韓国人慰霊塔

一九四七年七月、沖縄県浦添市に生まれた又吉栄喜は、戦争の痕跡に囲まれて育った。彼の少年時代、遊び場にしていた浦添城《グスク》周辺には兵器の残骸や遺骨が散らばっていたという。又吉は戦死者の亡霊を身近に感じ、兵士の幽霊を目撃したという噂を信じて「毎日のように兵隊の幽霊話に夢中になった」と回想する(1)。浦添では、一九四五年四月二五日から五月三日にかけて前田高地をめぐって激しい戦闘がおこなわれた。生き残った日本兵や避難した住民たちは、圧倒的に優勢な米軍に包囲され壕《ガマ》に閉じ込められた。浦添の人口約九二〇〇名のうち戦死者は四一一七名に上った。およそ四五パーセントもの住民が犠牲になったのである(2)。

又吉の場合、小説のテーマは、戦死者の幽霊が徘徊していた遊び場のイメージから発想することが多いという。

慰霊塔の下の洞窟の人骨、グスクの裾野に密生していたギンネムに、路地の奥に住んでいた台湾人や同級生の朝鮮人たちがごっちゃになり、『ギンネム屋敷』を発想した。(3)

糸満市摩文仁の丘には韓国人慰霊塔がある。強制徴募されて沖縄戦で犠牲となった朝鮮半島出身者を追悼するために、一九七五年八月に建てられた。彼らは日本社会への同化を強いられ、帝国日本への忠誠を強いられて戦争に動員された。一万人を超える犠牲者の中には、米軍のスパイと疑われて処刑された一般人や軍夫、慰安婦(日本軍性奴隷)として虐使された女性たちも含まれていた。慰霊碑に刻まれている言葉には、「祖国に帰り得ざる魂は、波高きこの地の虚空にさまよいながら雨になって降り風となって吹くだろう。この孤独な霊魂を慰めるべく、われわれは全韓国民族の名においてこの塔を建て謹んで英霊の冥福を祈る」という一文がある。「孤独な霊魂」をめぐる作品「ギンネム屋敷」(『すばる』第二巻一二号、一九八〇年一二月)は第四回すばる文学賞を受賞した。韓国語にも翻訳され、韓国の季刊誌『GLOBAL WORLD LITERATURE』第三号(二〇一四年三月)に収録されて刊行された。

2 「戦争後遺症」を抱えた人間の精神の暗闇

作品は一九五三年八月、浦添村字当山に住む宮城富夫——小説の語り手「私」——が登場する場面からはじまる。「私たちはギンネムの林にはさまれた坂道をおりた。HBTの裾の払い下げズボンの裾についている白い石灰粉が気になった」。米軍による艦砲射撃——鉄の暴風——が吹き荒れた後、沖縄本島では表土すら失われて、剝き出しとなった琉球石灰岩が白い粉雪のように舞っていたとされる。土壌の流出防止と緑化のために、米軍がハワイ産種のギンネム（銀合歓）を空から散布した。「私」が着用している「ＨＢＴ」とは、米軍の軍服とされたヘリンボーンツイルのことで、沖縄を侵攻した当時の米軍が着用していた軍服であった。「私」が登場する冒頭の場面には、戦後沖縄の日常風景がさりげなく、かつ効果的に表現されているのである。

ギンネム屋敷には、米軍のエンジニアをしている三〇歳前後の「朝鮮人」が住んでいる。彼には九日前の金曜日の朝、「知恵おくれ」で「売春婦」のヨシコーを、さつま芋畑で強姦した疑いがかけられている。亀甲墓の陰からその現場を目撃したという高嶺勇吉と、孫娘ヨシコーに売春をさせて暮らしている安里のおじいと「私」との三人は、「朝鮮人」から慰謝料を巻き上げようと密談する。「……おどしたら、戦車で部落潰されんかな？」と「私」が心配するのは、実際に米軍は浦添での戦闘で、戦車と火焔放射戦車による攻撃をおこなったからである。戦争で死亡したヨシコーの父親は、尋常小学校の教師でクリスチャンであったが、ヨシコーが生まれつきの「知恵遅れ」だったので彼女を安里のおじいに預けた。おじいは六五歳、ヨシコーと抱き合って寝ているという噂がある。ギンネム屋敷には幽霊が出るという噂や、「朝鮮人」がカービン銃やピストルを所持していて「夜訪れる者は米軍人の習慣に倣い、発砲する」という噂があった。これらのイメージは又吉の少年時代の記憶につながっている。番犬をけしかけ、すぐにピストルをぶっぱなす習性のある「外国人」がギンネム屋敷に住んでいるという噂を実際に聞いたことがあったのである。又吉によれば、「人を寄せつけない屋敷のせいか、まだ「戦時中」のような奇妙な気配が漂っていた。また、戦争は終わったが戦争後遺症を抱えた人が密かに暮らしているようにも思えた」[4]――「戦争後遺症」を抱えた人間の精神の暗闇こそ、この小説の主題のひとつである。

脅迫された「朝鮮人」は、意外にも「一万五千（B）円ほど」の金額を提示し、次の日曜日に支払うと告げた。この「B」という記号は米軍政府発行のB型軍票のことである。約束の日曜日、勇吉とおじいと「私」の三人はふたたびギンネム屋敷に出掛ける。だが何も話そうとしないので「この朝鮮人は復讐を考えているのではないだろうか」と疑う。なぜなら「私」には、虐殺に立ち会った経験があるからだ。

> 戦争の時に見た光景はまだ生々しい。中年の朝鮮人は泣きわめきながら、両手と両足を後ろからつかまえている四人の沖縄人の手をふりほどこうと暴れていた。朝鮮人の痩せた裸の胸を銃剣でゆっくりとさすっていた日本兵は急に薄笑いを消し、スパイ、と歯ぎしりをした。その直後に朝鮮人の胸深く銃剣は刺し込まれ、心臓がえぐられた。私は固く目をつぶったが、あの機械の軋むような朝鮮人の声は今でも耳の底によみがえる。

このとき「沖縄人」の「私」は、実際に手を下すことはなかった。だがおじいには、「友軍」に脅された仲間《ウチナーンチュ》が「朝鮮人《チョーセナー》」の仲間を銛で刺したのを目の当たりにした経験がある。そのときの「うらみ」によって「朝鮮人」がヨシコーを犯したのだとおじいは考えている。

しかし、この小説の根本的な問題として、「朝鮮人」という言葉によって、ギンネム屋敷に住む男性個人か朝鮮民族全体か、どちらが意味されているのか曖昧なケースがある。「沖縄人《ウチナーンチュ》」と「朝鮮人《チョーセナー》」が図式的に単純化してとらえられ、「私」が「復讐」におびえたり、おじいが「あれらは人間じゃない、いくら金を取ってもいいんだ」という差別感情を露わにしてしまったりするのである。

この小説の中で、もっともウチナーンチュの同族意識が強いのは勇吉である。彼は普段、米軍の軍作業には参加せずスクラップ拾いをして生計を立てている。勇吉が「〈戦果〉をあげるのはうまかった」とされるのは、米軍の食糧集積所などから物資を盗み出していたからで、MP（憲兵）やCP（文民警察）によって逮捕され要注意人物に指定されていた。

勇吉はヨシコーと結婚したいと話す。だが、おじいに断られると、「朝鮮人」から巻き上げた金でヨシコーを買春するつもりだと言って、おじいに叱られる。そこで彼は「ヨシコーはウチナーンチュの女だろ、どうしてウチナーンチュの男とやったらいけないんだ、なぜアメリカーやチョーセナー（朝鮮人）ならいいんだ、逆なのが当然じゃないか」と反論する。親兄弟を戦争で喪った勇吉にとって、「朝鮮人」から金を奪うのは「弁償金」に当たるという。この一見奇妙な論理は、（この小説が設定された）朝鮮戦争時代、韓国軍はかつてウチナーンチュの敵であった米軍とともに軍事作戦を展開し、「朝鮮人」自身も米軍のエンジニアとして高給をもらっていたと設定されていたからである。この見方を借りれば、ウチナーンチュはもっとも弱い立場におかれた民族になる。だが、ウチナーンチュの同族意識によって女性に対する性支配を正当化する勇吉の発想は、小説の結末部分に向けた重要な伏線になっている。

3　同族意識

「朝鮮人」がヨシコーを襲ったのはなぜか「私」にはわからなかった。この小説の中で、女性に対する性暴力は二回にわたって詳しく描写される。一回目は「私」ひとりが呼ばれてギンネム屋敷を訪れたときで、「朝鮮人」が「私」に過去を告白する場面である。「朝鮮人」によれば三カ月前、かつての許嫁であった江小莉《コーシャーリー》と売春宿で再会した。小莉の身体の特徴はほとんど覚えていなかったのだが、「静かに笑いかける時は必ず、右の耳たぶを親指と人さし指で軽くはさみ、顔を少しかしげる妙なしぐさ」をすることだけは覚えていた。彼女の「赤っぽい着物の裾からはみでた大腿に紫色の注射のあとが幾つも広がっていました」という。性病治療のために抗生剤を筋肉注射した痕だったと思われる。小莉は「性病にかかって米兵にもすてられ、乞食のような沖縄人がいざり寄ってくる売春宿」に閉じ込められていたのである。「朝鮮人」は、沖縄方言を話す女将に「常識の十倍の金額」を示して身受けした。だが、ギンネム屋敷に連れて帰っても家に入ろうとせず、彼のことをすっかり忘れてしまっていたように感じられた。

私がそっと肩に手をおくと、小莉は突然、立ち、逃げました。私は裸足でかけおり、竹林の土手を這いあがろうとしていた小莉の上着の端をつかみました。すると、小莉は濡れた土に足をすべらし、つかんでいた竹が大きくはね、私の目をしたたか打ちました。私は痛みをこらえましたが、涙があふれて、視界がぼやけ、肩をつかんだつもりが長い髪をひっぱっていました。私はそれをゆり動かし、一言いってくれ！　と哀願しました。小莉はつぶれたような悲鳴をあげ、振り返りざま、私の顔につばを吐きかけました。私は小莉をひきずりおろしました。両手に異常な力が出ました。小莉は全身の力を抜いて、私にもたれかかっていましたが、私は長い間、首を絞め続けていました。

この場面について、新城郁夫氏は「「小莉」殺害に至る「朝鮮人」の行為そのもののうちに、日本兵による「小莉」への戦時性暴力の再現を読み取っていくことは不可欠な作業だろう」と指摘する。[5]「朝鮮人」は、小莉が変わってしまったのはなぜかと嘆くと同時に、戦争が終わっても自分は「何一つ変わらない」、だが急激に変化する社会の中で「変わらないこと」のほうが狂気に近いのではないかと感じている。米軍から高給をもらっていても、アメリカ人女性とは決して睦まじくなれない「朝鮮人」にとって、民族的かつ性的な自尊心を取り戻せるのが小莉の存在であった。変わらないことを期待された小莉が変わってしまっていたことに気づいたとき、「朝鮮人」は小莉に暴力をふるってしまう。そもそも、似たしぐさをする以外、彼女が小莉であった証拠は何もない。村上陽子氏が指摘したように、男性が自己の同一性を維持するために女性の存在を利用するとき、それは「「変わらない」ことの暴力性」と呼ばれる事態におちいる。[6]

「朝鮮人」によれば、小莉は看護婦として徴用されていたが、実は慰安婦にされていたのではないかと疑っている。そして「沖縄の女だってそうですよね、あなたの妹さんは徴用されませんでした?」という。『浦添市史』「戦災地図・戦災実態調査表」では、朝鮮人慰安婦とともにウチナーンチュの慰安婦が一四カ所の慰安所に存在していたことがわかっている。[7] 朝鮮人慰安婦は強制連行されてきたが、ヨシコーは現在ウチナーンチュであるおじいによって売春させられている。ふたたび新城氏によれば、みずから語る言葉を奪われた女性たちを描いたこの小説は、「戦中から米軍占領期にかけての沖縄における重層化されたレイプを描いた文学」であるという。[8]

「朝鮮人」が竹藪の下に小莉の死体を埋めた経緯を話した後、「朝鮮人」は私に次のように語る。

……あなた方は骨といえば、沖縄住民のか、米兵のか、日本兵のか、としか考えませんね、じゃあ、何百何千という朝鮮人は骨まで腐ってしまったのでしょうかね。……だが、考えようによっては、朝鮮人の骨は幸福かもしれません。正体がわからなくなるんですから。ちゃんと慰霊の塔、近頃つくられはじめているようですが、その塔に納骨してくれるんですからね。ただ、中で、朝鮮人の骨と日本兵や沖縄人の骨がけんかをしていても、将来、この塔を訪れる人達は日本兵と沖縄人の骨に花束を、黙禱を捧げるでしょうね、永久に……。

狂気に瀕した「朝鮮人」は亡霊に祟られていると感じるのだが、その一方で、なぜ「私のような弱虫」に祟るのか疑問に思っている。だがそれは、彼がまったく関係のなかったかもしれない女性を殺害しておきながら、自分が弱い立場におかれた民族に属し、弱い性格であったのを示すことで、その行為を正当化することにつながっている。彼によれば、「私は小莉を精液でめちゃくちゃにした男達に殺意が生じませんでした。誰を殺していいのかわかりませんから。日本兵、米兵、沖縄人……朝鮮人の男は一人もいなかったに違いありません」という。だがそこに、「朝鮮人の男」がいなかったといえるのはなぜか——小莉に加えられた暴力を告発し、その罪と責任を追及しようとしないだけではなく、同族意識を理由にして、彼自身がふるった暴力に免罪符を与えているからである。

4　戦争の記憶

三カ月前に「私」と売春宿で再会した小莉は、「たどたどしい沖縄方言」を使い、「まだ人をみつめる力」を失っていないと思われた。だが「長い髪」を持ち、「二重瞼の黒目がちの目が沖縄人に似ていた」という彼女と同じような特徴を持っていたのは、ヨシコーであった。ヨシコーは「知恵遅れ」とされて言葉が拙く――いや、小説の中では発言さえしてない――、「長い黒髪」を持ち、「柔和な目は赤ん坊」のようだと描写されているのである。しかも二人とも売春婦になることを強制されていた。

小説の結末部分、勇吉は衝撃的な事実を明らかにする。女性に対する暴力が二回目に描かれる場面である。

……あの男がわけのわからん朝鮮語でしきりにヨシコーに話しかけているのを見て俺はぞっとしたよ。どうみても気違いの顔だった。……急に泣き出したかと思うと、ヨシコーの首に抱きついたりさ。首をしめてヨシコーを殺すのかと俺は思ったよ。地面に倒れたヨシコーがどこか打ったのか、悲鳴をあげたら、あの男はすぐ顔をあげたよ。長い間、両手で頭をかかえこんだまま身動きしなかったが、やっとヨシコーをおこして、ごみを払いながら何度も頭をさげてあやまっていたよ。……あの男がみえなくなってから、実際にやったのは俺だが、だが、ヨシコーが俺に抱きついてきたんだ、ほんとだよ、ウチナーンチュどうし好きになって悪くないだろ? 金で抱くというのがよっぽどきたないじゃないか。

「朝鮮人」はヨシコーを小莉の亡霊だと思い錯乱状態におちいっていたのである。だが実際にヨシコーを強姦したのは勇吉であった。ヨシコーに抱きつかれた勇吉は、以前から彼女を狙っていたこともあって、彼女は自分に気があると勘違いしたのである。この意外な結末に驚きを禁じ得ないのだが、もっとも弱い立場におかれたウチナーンチュどうしなので——相憐れむべく——それが許されると弁解しているところに、許しがたい彼のエゴが存しているのである。

「朝鮮人」が「私」ひとりに過去を告白したのはなぜか、との疑問は、この後に服毒自殺する「朝鮮人」が「私」だけに莫大な遺産を託したのはなぜか、という新たな疑問につながってゆく。沖縄戦当時、読谷で朝鮮人や台湾人とともに飛行場建設の強制労働をさせられていたとき、「私」は「朝鮮人」を介抱した経験がある。それを覚えていたかどうか明確に示さないのだが、実は「朝鮮人」はそのときの光景を「私」に語っているのである。日本軍の軍用トラックから隊長とともに降りてきた女性を小莉だと思い、彼は鶴嘴を捨てて走り出したが、担当班長に捕まって暴力を振るわれ、持ち場に引き戻されたのである。

小莉はこの騒ぎを一瞥しただけで幕舎の方に去りました。私はしかし、たのもしく感じましたよ。十九の娘が遠い異国の兵隊達のまっただ中で平然としているのですからね。私は笑みを浮かべたのかもしれません。私の顔の血をタオルでふき、水筒の残り少ない水を飲ませてくれた若い沖縄人も妙な顔で私を見たのですから……。私達朝鮮人は毎晩集まって北の方角、朝鮮の方角を見て、慰め合いました。しかし、その夜はあの女は間違いなく朝鮮人だと私が主張しても、ちがうとか、見なかったとかで誰もとりあわないのです。あの仲間もその後、いっせいに洞窟に閉じ込められて虐殺され、もう証人はいないんですが……。

右の場面で登場する「若い沖縄人」こそ「私」であったと推定されるのである。その場にいた仲間が虐殺され、日本軍も四散全滅したいまとなっては、小莉があらわれたその瞬間に立ち会っていた唯一の証人が「私」なのである。しかし、「私」が「朝鮮人はあの飛行場の炎天下で狂ったのかもしれない。地から熱が湧いた。監視の童顔の日本兵も日射病で倒れた……恋人の幻があの白日にゆらめいていたのかもしれない」と回想していることから、それが白日夢であった可能性も高い。

沖縄戦史でいえば、一九四三年四月、読谷山国民学校南側の山野に沖縄北飛行場の建設がはじめられた。沖縄県民は一七歳から四五歳までの男子が召集され、防衛隊として飛行場建設や陣地構築、糧秣および兵器弾薬を輸送する役割を担っていた。記録によれば、読谷山には一〇〇名が浦添から動員されている。他方、朝鮮半島から強制連行されて犠牲になった人びとを慰霊する「恨之碑」が読谷村瀬名波に建立されたのは、二〇〇六年五月のことであった。

共有する戦争の記憶を呼び覚まそうとする「朝鮮人」の試みは、忘れようとしていた戦争の記憶を「私」に思い出させた。戦争を想起させるのは「朝鮮人の罪悪」であるとさえ感じる。

沖縄戦で「私」の一人息子の弘が六歳で死亡していた。妻であるツルと弘が避難していた壕が攻撃されたことを知った「私」は壕に戻ったが、壕は跡形もなく潰され、無残に崩れた岩山の下敷きになっていた。終戦まもなく、宜野湾の親戚の家にいた「私」のもとにツルが「放心したまま倒れ込んできた」。「私」は「役場や政府や米軍にまで奔走」し、「骨を掘り出し、骨壺に入れなければ気が狂いそうな強迫観念」に苛まれることになった。「私は早朝も真昼も夜中もツルの肉体にむさぶりつき、手を尽くしたんだ、全力を尽くしたのだと気持ちを落ち着かせた」。だが親兄弟、そして一人息子まで喪ったツルは精神に変調を来した。八歳年上の彼女との生活に苦しんだ「私」は、自分の両親に彼女を預けて「何もかも忘れるために春子を探し歩いた」という。春子は「私」の愛人であった。現在三五歳すぎの「私」は無為徒食の身で、春子を飲み屋で働かせて生活費を稼がせている。「春子とのセックスの時だけはツルを忘れる事ができた。私より一五歳も若い春子の肉体に私は酔いしれるように努めた」。過度の精神的ストレスから「私」は性依存症におちいっているのである。

「私」の記憶によれば、「戦争末期、与那原の原野の小さい壕から黒く汚れた顔を出していた時、すでに春子は悟りきったようにもの静かだった」。米軍砲兵部隊の徹底した砲撃を受けた与那原の市街地は焼け野原と化していた。当時一二歳前後の少女であった春子の不思議なまでの「もの静かな」雰囲気は、家族を喪った悲しみに由来するものであったに違いない。

春子と暮らしている「私」のもとにツルがあらわれ、「朝鮮人」が戦争の記憶を思い出させると、「私」は悪夢にうなされるようになる。

鮮烈な夢だった。いつまでも忘れられない。ふっとんだ息子の首は父ちゃん、痛いようと叫びながら、どこまでもころがり、私も何か叫びながら懸命にその首を追うのだが、足が動かない。後ろをふり向くとツルの顔が私の肩ごしにニュッと出て、ニヤッと笑った。私におぶさっていたのだ。もう一つの夢。土に埋まってもがいている息子を私は必死にスコップで掘り出そうとするが、掘れば掘る程、土は盛られていくのだ。よく見ると、すぐ向かいでツルが大声で笑いながら（声は聞こえなかったが）手で土をすくって、かぶせているではないか。

ツルを背負う夢は、ツルによって重い責任がかけられているという意味がある。自分は解決に向けて懸命に行動しているものの、それをツルに妨げられている。心の整理がつかないのは、むしろツルの責任だというのがもうひとつの夢の意味である。息子が死亡したとき「私」がどこにいたのかは明らかにされていない。「私」はツルに、「あの壕に、私やお前が入っていた壕に私はほんとにまい戻ったんだよ、すぐ、だが、あとかたもなく潰されていたじゃないか、そうでしょう、それでも私は石や土をかきわけてあなた達を探したんだよ」と釈明する。その場に居合わせなかった後悔だけではなく、妻から責められることによって「私」は苦悩しつづけることになるのであった。「私は一人息子を失った憎悪や悲しみは不思議と薄らいでいる。ツルを忘れようとしているために違いない」。現在の「私」にとっては、息子の死よりもツルの存在が精神的苦痛であるとさえいうのである。小莉にとらわれつづける「朝鮮人」に比して、「私」は春子との現在を選びとってツルとの過去を断絶させようとするのだが、精神の均衡を図れないでいる。

5　差別の不定形な構造

ツルの夢をみた「私」は、彼女の家を訪れようと決める。ツルの家のそばで彼女と会話を交わすが、内心を打ち明けることはなかった。その後、米軍通訳をしている「ナイチャー（内地人）二世」とアメリカーが突然ジープで「私」のもとを訪れる。ちょうどそのとき「私」は、「ツルは勇吉に背後から犯されていた。ツルは私をにらみ、売春婦になったから、あんたの世話にはならないよ、と言った。ツルは笑ったが、歯は一本もなかった」という夢を見ていた。「背後から犯す」のは勇吉が嘘をつくような人間であること、「歯がない」のは老化や貧窮を意味している。この夢もまた、小説が終わった後の展開を予想させる伏線になっている。

二世によれば、「朝鮮人」は「私」に財産を与えるという遺書を残し、毒を飲んで死んだ。死体を発見したのは勇吉とおじいであったという。「あなたはできるだけ早くこの件を落ち着かせた方がいいですよ」といって「私」に名刺を渡した二世は、「私」が殺したのではないかと推理している。二週間ほど自宅での待機を命じられ、「私に相談に来なさい」といわれる。「私」から遺産を横領しようという下心を持っているのかもしれないが、そもそも「私」も「朝鮮人」を脅迫したのである。

「私」には、朝鮮人軍夫や慰安婦のことを語り継ごうという気持ちはない。むしろ遺産を受け取ることの正当性を確かめ、保身を図ることだけを考えている。勇吉は、「朝鮮人」の遺産を独占した「私」に向かって「長い間の仲間だったのに、俺達を裏切るのか！　同じウチナーンチュだのに」と言う。そしてこの言葉の直後、ヨシコーを強姦したのは自分であったことを告白したのである。勇吉が信頼できない人間であるのは言うまでもないが、結果からみれば「私」もまた、周囲の人びとを裏切って遺産を独占したことになる。

この小説は、合理的な思考と行動がプロットを構成するのではなく、精神の闇を抱えた人びとが幽霊と噂に導かれて踏み込んだ世界を描いている。「朝鮮人」には長期記憶の健忘と、自己の健忘に対して作話で辻褄を合わせようとする症候（逆行性健忘症）がみられる。非暗示性が強く、過去の記憶と妄想の区別がつかなくなっていた「朝鮮人」が語った小莉の記憶は「戦争後遺症」による幻覚であったとも考えられるのである。

ギンネム屋敷の井戸の中に「二体ほどの白骨」が沈んでいると「朝鮮人」は語った。それが誰の遺体なのかは明らかにされなかったが、遺産が手に入ることになった「私」は、「井戸をさらわれ、ひきあげられた骨が米人のものだとわかったら」どうなるかと危惧しはじめている。この変化は、屋敷を売り払って基地の近くの街で米兵相手の店を開こうという希望を持っているものの、「私」もすでにギンネム屋敷の幽霊に引き込まれはじめていたことを意味する。もうひとつの新たな物語が展開する予感を抱かせるのである。

先にも引用した村上氏によれば、「「ギンネム屋敷」において〈亡霊〉が呼び起こされる際には、常に語り—聞くという回路が成立していた」という(9)。米国在住の日系移民は、太平洋戦争がはじまると敵性外国人のレッテルを貼られて強制収容所に送られたが、国家への忠誠を証明するために二世の多くは米国陸軍に志願した。彼らはかえって一般の米国人以上に強いナショナリズムを持つが、それはアイデンティティを引き裂かれた反動である。沖縄戦当時、日系二世の兵士は、暗闇に満ちた壕をのぞき込んで、ぎこちない日本語で投降を呼びかけた。「のっぺらぼうの細長い顔」をした「内地人」二世は、闇にひそむ存在に共感できる聞き手になれるのか、あるいはやはりアメリカ人として、ウチナーンチュに対する収奪者でしかないのか——。

日系移民のあいだでもウチナーンチュは「内地人」によって露骨に差別されることがあった。凄惨な戦場を目の当たりにした沖縄移民二世の兵士は、アメリカに帰国して救援活動をはじめ、沖縄の戦後復興に尽力したとされる。「私に相談に来なさい」と語った「内地人」二世は、ウチナーンチュの声に共振できる移民二世なのだろうか、もしくは沖縄移民を蔑視した日系人のひとりに数えられるのだろうか——。

ジェンダーの抑圧を共通項としながら、民族的属性が恣意的に読み替えられる、差別の不定形な構造が示されているのであった。

注
「ギンネム屋敷」の本文は単行本『ギンネム屋敷』（集英社、一九八一年）に拠った。本章には、今日の人権意識では用いない言葉が含まれているが、原作を尊重する観点からそのまま引用した。
（1）又吉栄喜「戦死者の声」（『神奈川大学評論』第八二号、二〇一五年一一月）。
（2）『浦添市平和ガイドブック』（浦添市、二〇一五年）六頁。
（3）又吉栄喜「遊び場と自作」（『すばる』第二九巻二号、二〇〇七年二月）一九五頁。
（4）又吉栄喜「消えたギンネム」（「沖縄タイムス」二〇一〇年五月一六日）。
（5）新城郁夫『到来する沖縄——沖縄表象批判論』（インパクト出版会、二〇〇七年）一六九頁。
（6）村上陽子「〈亡霊〉は誰にたたるか——又吉栄喜「ギンネム屋敷」論」（『地域研究』第一三号、二〇一四年三月）一二七頁。
（7）『浦添市史』（一九八四年三月）三四一—四〇八頁。
（8）前掲、新城『到来する沖縄』一四七頁。
（9）前掲、村上「〈亡霊〉は誰にたたるか」一二九頁。

第12章　真藤順丈「宝島」

――「生成流転する沖縄《シマ》の叙事詩」――

1　戦果アギヤー

真藤順丈の長篇小説「宝島」は、『小説現代』第五六巻六号（二〇一八年六月）に掲載され、二〇一八年六月に講談社から単行本として刊行された。同年、第九回山田風太郎賞に続いて第一六〇回直木賞を受賞した。『オール読物』第六四巻三号（二〇一九年三・四月）に掲載された選評によれば、直木賞の審査では「ほぼ満票の圧勝」であったという。「沖縄だけでなく、全ての苦闘している人びと、圧迫されている人びと、辛い現実をかき分けながら希望を目指して前進している人びとに、「そろそろほんとうに生きるときがきた」とエールを贈る物語」（宮部みゆき）、「かつて日本ではなかった日本が、抱かざるを得なかった情念のありようは、錯綜した複雑なもので、過剰なほどに人間的で哀しい。その哀しみが、南国の花のように鮮やかであった」（北方謙三）など、どの選者からも高い評価を得ている。

北方が「復帰前の沖縄の街や基地の姿が、ストーリーとは別に浮かびあがってきて、印象的であった」

とし、林真理子が「東京生まれの作者が、沖縄の魂を書ききるためには、大変な資料と取材が必要だったろう。しかしそれを感じさせない」というように、米軍基地闘争を主軸にしながら、沖縄やくざ抗争史を交えて、本土復帰に至るまでの戦後沖縄社会史が、敗戦時一〇代であった若者たちの眼を通して活き活きと語られている。

他方、宮城谷昌光が「真藤氏の賢さは、物語の中核となる人を増やさないで展開したことにある。しかも氏のずるさは、もっとも重要な人物をすぐに不在とし、それを謎として、読者を巻末までひきずったことである」と指摘しているが、視点人物となる主役の数は限られ、コザの戦果アギヤーの若者たち——一九五二年当時二〇歳のオンちゃん、一九歳のグスク、一七歳のレイ、二〇歳のヤマコの四名である。オンちゃんとレイは兄弟、ヤマコはオンちゃんの恋人《ウムヤー》であった。沖縄戦で両親が洞窟《ガマ》で自決したグスクは戦争孤児とされ、沖縄県民の四人に一人が戦死したという悲劇は「われら沖縄人《ウチナンチュ》、よくぞまあ白亜紀の恐竜のように絶滅しきらなかったもんやさあ！」と語られる。

「宝島」は、キャンプ・カデナ襲撃事件を企んだオンちゃんが行方不明となるという本格ミステリー的な謎からはじまる。沖縄刑務所から釈放された後、琉球警察の刑事になったグスク、沖縄やくざの一味になったレイ、小学校教員になって沖縄県祖国復帰協議会（復帰協）で活躍するヤマコたちの姿は、青春小説、ミステリー小説、クライム小説、歴史小説を総合した「生成流転《せいせいるてん》する沖縄《シマ》の叙事詩」として結実している。

小説の冒頭、一九五二年の精霊送り《ウークイ》（旧盆の最終日におこなわれる慰霊の儀式）の夜、オンちゃんが地元の嘉手納のほかに那覇、金武、浦添、名護、普天間から腕自慢の戦果アギヤーたちを集めて、キャンプ・

カデナ襲撃事件（嘉手納戦果アギヤー強奪未遂事件、嘉手納アギヤー）を企てた。米民政府は急増する略奪行為に手を焼いており、戦果アギヤー対策として、彼らを見つけ次第、射殺を許可するという指示を与えていた。

「戦果アギヤー（戦果をあげる）」とは何か――米軍統治下の沖縄で、米軍基地の倉庫から衣類や薬品などの物資を奪って横流しして荒稼ぎすることである。盗品の中には拳銃や火薬などの武器弾薬も含まれており、密貿易団がそれらを中国大陸や台湾などアジア一帯で売りさばいていた。「宝島」では、戦果アギヤーが次のように説明されている。

アメリカに属する領分から奪ったものを〝戦果〟と呼んで、すでにけりのついた戦争をあえてつづいていると見なすことで、強奪や窃盗のうしろめたさをごまかして。故郷《シマ》に居着いた占領者に一矢《いっし》報いる雪辱戦として、一攫千金を狙った博打《ばくち》として、はたまた勝利の快感を得るための個人競技のようにして、老いも若きもだれもが盗みを生活の糧《かて》にしていた。

オンちゃんは密貿易団とは違って私腹を肥やすことなく、奪った物資を沖縄の人びとに配る「義賊《ウフヌスル》」として名を馳せていた。その彼が米兵に発見されて逃走しているあいだに、「生還こそがいちばんの戦果、だからおまえらはその命《ヌチ》を持ち帰らんね」という言葉を残して忽然と姿を消したのであった。

原稿用紙一〇五三枚におよぶ長篇「宝島」の作品の素材となった戦後沖縄の事件・事故を次にまとめてみよう。

2　戦後沖縄社会史

「第一部　リュウキュウの青1952―1954」には、一九五四年一一月の沖縄刑務所事件が描かれる。沖縄刑務所には、キャンプ・カデナ襲撃事件の後、琉球警察に逮捕されたグスクとレイが収監されていた。当時そこには、戦果アギヤーなど戦後の犯罪の急増によって収容定員の四倍以上の一〇〇〇名近い受刑者が収容されていた。不満を抱いた受刑者たちは独房を破壊し、刑務所を占拠した上で武器庫を襲撃して武器を奪い、琉球政府と新聞社に待遇改善を直訴するという計画を立てた。実際、約五〇名の脱獄者が出て、その対応に沖縄本島全域から警察官が六〇〇名集められたが、事態の収拾に五日間を要した。

　このとき獄中には、沖縄人民党事件で懲役二年の実刑判決を受けた瀬長亀次郎がいた。「宝島」では瀬長は「郷土の叫び《シマ・ヌ・アビー》を代弁できる運動の旗手」とされ、「かたや人民党の政治家、かたや戦果アギヤー、立場こそまるでちがいこそすれ、米軍や政府に立ち向かうその雄姿、土地をあげての信望、民族の魂に火を点すような存在感と、共通点はひとつやふたつじゃなかった」と称えられた。

　実際にあった瀬長のエピソードが「宝島」に盛り込まれている。犠牲者が出ても徹底抗戦を呼びかける争議リーダーに、瀬長は「だがそれでは、先の戦争で日本軍《ヤマトゥ》がとった玉砕戦術と変わらない。これからの闘争はどんな局面でも、玉砕であってはならん。生きて前進することでしか輝かしい〝戦果〟は得られん。それを世界のどの民族よりも知っているのが、われら沖縄人《ウチナンチュ》ではないかね」と呼びかけた。暴力に頼るのではなく、自分たちの代表者を選び、テーブルについて当局と交渉することを勧めたのである。瀬長の言葉には「生還こそがいちばんの戦果、だからおまえらはその命《ヌチ》を持ち帰らんね」というオンちゃんの精神に通じるものがあったとされる。

このとき争議に加わっていたグスクとレイは、後戻りのきかない暴動を起こすのが英雄ではないと感じる。しかし「なんくるないさ（何とかなるさ）」という言葉で何でも片づけてしまう〝半端者〟のままでいてよいはずもない。この事件を経験したグスクは、「この世界には、いったん転がりはじめたら止められないものがあるさ。貧乏とか病気とか、暴動とか戦争とかさ。そういうだれにも止められないものに、待ったをかけられるのが英雄よ。この世の法則にあらがえるのが英雄よ」と「自分の言葉《ワー・ヌ・クトゥバ》」で語るまでに成長したのである。

「第二部　悪霊の踊るシマ1958―1963」には、沖縄社会を震撼させた三つの事件が描かれる。まず一九五五年九月の由美子ちゃん事件である。幼稚園に通う六歳の女児が殺害され、死体が嘉手納海岸近くのゴミ捨て場に遺棄されていた。まもなく米軍憲兵隊によって三一歳の白人軍曹が逮捕され、軍法会議によって容疑者が殺人および強姦、誘拐の罪で死刑判決を受けた。しかし犯人の米兵はその後本国に強制送還され、四五年の重労働に減刑されたのである。「宝島」ではこの事件の直後に発生した、二一歳の照屋サキ殺人事件の捜査をグスクが担当する。エドモンド・E・ウェストリー海兵隊員に容疑がかけられ、その足取りを追っていたグスクは、彼がAサインバー（米軍が許可した軍属利用可の酒場）の女給を車に連れ込もうとしたところを現行犯逮捕する。車のトランクには、洞窟《ガマ》で戦死した犠牲者の頭蓋骨が五つ隠されていた。それは〝トロフィー・スカル〟と呼ばれる、軍人特有の野蛮な心理《ナムジャー・ヌ・ククル》であったとされる。

一九五九年六月には、石川市（うるま市）の宮森小学校に米軍のジェット戦闘機が墜落した。死者一七名、重軽傷者二一〇名を出すに至った大事故である。これが引き金になって島ぐるみ闘争が激化することになった。「宝島」では、この事故がヤマコの勤める小学校で発生した「惨事《ワジャウェー》」とされ、墜落現場の状況がヤマコの目を通して語られる。

髪の毛が燃え、衣服が燃え、絞りだされる悲鳴《ヤナアビー》まで燃えていた。人の肉が焼ける臭いがする。島全体が火葬場になったあの戦争でも嗅いだ臭い。オレンジ色の火のかたまりとなって校庭を走っていくナミは、数メートル先の水飲み場へと向かっていた。

焼死するナミの姿を目の当たりにしたヤマコと級友たち。彼女が担当する児童だけでも三人が犠牲になった。頭上を仰いだヤマコは「ありったけの声を上げていた」。「宝島」全篇の通奏低音になっているのは「慟哭《カジチリアビー》」――墜落事故によって負傷した児童や教員たち、米兵によって傷つけられた女性たち、理不尽な運命によって大事な人を奪われた遺族たちが全身の力を込めて絞り出す呻き声であった。

「第三部　センカアギヤーの帰還1965―1972」には、沖縄の民衆が実力闘争を通じて勝利した一九六七年二月の教公二法案阻止闘争と、米軍基地撤去闘争に油を注ぐことになった翌六八年一一月一九日の嘉手納飛行場B52爆撃機炎上事故が描かれている。

教公二法案阻止闘争とは、教職員の政治活動を制約し、争議行為の禁止、勤務評定の導入などを盛り込んだ「地方教育区公務員法」「教育公務員特例法」制定を阻止しようとする闘争のことである。当時、沖縄教職員会は祖国復帰運動や自治権拡大運動の中心組織になっており、与党の沖縄民主党は党選挙での劣勢を押し戻すために、その活動に制限を加えようとしていた。

六七年二月二四日、一〇割年休をとって実質的な全面ストライキをはじめた沖縄教職員会のメンバーは、続々と立法院前に集結した。約五〇〇名の警官隊は、座り込んでいた約二〇〇〇名を排除することに成功し、沖縄民主党議員団や議長を院内に入れることができた。しかし立法院周辺に集まっていた二万名を超えるデモ隊は警官を実力で排除し、ついに立法院を占拠した。立法院議長は午前一一時すぎに本会議中止を決定したが、デモ隊はなおも引き下がらず廃案に持ち込んだのである。

「宝島」では、デモ荒らしで稼いでいる暴力団コザ派の辺土名《へんとな》が、教公二法案阻止闘争の現場でグスクに発見され、コザ派の最高顧問である喜舎場朝信と那覇派の首領である又吉世喜のいる宜野湾の古い倉庫に連行される。辺土名はキャンプ・カデナ襲撃事件の夜、密貿易団クブラの指示によって戦果アギヤー狩りをすべく、嘉手納基地の周辺を見張っていた。辺土名はオンちゃんが行方不明になった謎を解く手がかりを知っていると思われたが、喜舎場や又吉たちの追及によっても、なお真相は闇に包まれたままであった。

嘉手納飛行場B52爆撃機炎上事故は、「基地の即時無条件全面返還」を訴える屋良朝苗が行政主席選挙で当選を決めた九日後、嘉手納飛行場で発生した。水爆搭載可能で《黒い殺し屋》と呼ばれた同機は、ベトナムを爆撃するために離陸しようとしたところ、燃料と爆弾に引火し大爆発を起こした。爆風などで付近の住民一六名が重軽傷を負ったほか、校舎や住宅など三六五棟が被害に遭った。事故現場から数百メートルの距離にある知花弾薬庫には、核兵器や化学兵器が収納されていた。

この事故に続いて、沖縄の施政権返還に合意した佐藤栄作首相・ニクソン大統領の共同宣言の直後の一九六九年一一月二一日、米軍によってウチナーンチュの基地労働者を含む二四〇〇名の解雇の方針が発表された。経費節減を目的とした人員整理などの合理化に対する全沖縄軍労働組合（全軍労）のストライキ闘争、さらに嘉手納基地の弾薬庫から殺傷力の強いＶＸガスが漏れたという事故が「宝島」には描かれる。このとき、一七歳になった戦災孤児ウタの口からオンちゃんの名前がこぼれ、ヤマコはオンちゃんの行方の手がかりをつかみかける。

猛毒の化学兵器ＶＸガスは、わずか一〇ミリグラムで成人男性を葬り、五リットルもあれば島民を残らず死に至らしめる能力を備えているとされる。戦果アギヤーのレジェンドであるオンちゃんが実は島内で生存していて、彼が弾薬庫に潜入した影響でガス漏れが起こったのではないか、と疑われた。なぜなら、差出人がオンちゃんであることを思わせる消印のない手紙がグスクやヤマコのもとに届いたり、コザのあちらこちらで匿名の贈り物が届けられたりしていたからである。小学校には文房具や用度品、病院にはヨードチンキや絆創膏、農家にはエンジンオイルや肥料、最貧困地区には食料の缶詰、組合や市民団体にはダースで酒瓶など、米軍から掠奪した戦果と思しきものが配られていた。毒ガス対策のマスクがその中に加わるようになっていた矢先、ＶＸガスが漏れる事件が起こったのであった。当初真相は隠されていたが、米軍の毒ガス部隊二四名が入院したことを米紙ウォールストリートジャーナルが号外で報じ、さらにその内容を沖縄の新聞が報道した。これらの描写は、現実に起こったできごとがふまえられている。

星条旗を中心に世界が回っていると思いあがったアメリカ。人権を重んじるふりをして、地元の人々を庭先の石ころ《ナー・ヌ・グマシ》としか見ていないアメリカ。基地にはいつなにが持ちこまれるかわかったものではないし、軍事機密の名のもとにその情報は開示されず、あげくに管理まで杜撰ときている。このぶんじゃ核もいずれ誤爆でドカーンだ！　つくづく思い知らされた。アメリカはたえずどこかで戦争をしていたい国であり、この島をそのための島だとしかとらえていない。

毒ガス部隊が配備されていたのを日本政府は知っていたと沖縄の新聞がスクープする。恩納村で反戦地主として活動し、米軍のブルドーザーの前に立ちはだかって公務執行妨害で実刑を受けていた国吉は、この報道を知って落胆した。彼は、刑務所ではレイと同じ雑居房で服役し、刑務所での処世術をレイに授けた人物であった。「おためごかし《ユクシ》、空約束《ユクシ》、口からでまかせ《ウフユクシ》。それらをテーブルに並べて、沖縄《ウチナー》を裏切ってきたのが日本《ヤマトゥ》だ。アメリカに追従するばかりで、不都合な真実にふたをしてきたのが日本《ヤマトゥ》だ。これじゃ本土復帰の旗もふれない。」——これは国吉個人の嘆き節というよりも、「たしかに土地の叫び《シマ・ヌ・アビー》」であったのである。

「ずっとそうだった。飛行機が墜ちようが、娘たちが米兵の慰みものになろうが知らんぷり。毒ガスが持ちこまれようが見て見ぬふり。なにもかも本土《ヤマトゥ》の政府にとっては対岸の火事《トゥナイバタ・ヌ・ワジャウェー》さ。自国の領土なら大騒ぎすることでもこの島で起きたらやりすごす。肝心なのはわれら沖縄人《ウチナンチュ》の安全や尊厳やあらん。アメリカーの機嫌を損ねずに自分たちの繁栄を守ることさ。残念ながらこの島はもうずっと日本列島には勘定されておらん。」

本土復帰・反基地を掲げた闘争を尻目に、アメリカから日本へ施政権が移ったところで何も変わらないのではないかという疑いを、グスクや国吉は抱くようになっていた。佐藤・ニクソン共同声明が発表されても、グスクは「基地の問題はうやむやにされて、核や毒ガスもなくならない。戦闘機は墜ちつづけて、娼婦の子は慰みものにされる。この返還で喜べるのはうしろめたさに格好《かっこう》のついた日本人《ヤマトンチュ》だけさ」と、失望させられてばかりいたからである。

現実と同じように「宝島」の中でも、一九七〇年九月の糸満轢殺事件に続いて、一二月にはコザの軍用二四号線でウチナーンチュの軍雇用員が米兵の車にはねられるという交通事故が発生する。米軍に対する不満が爆発し、群衆約二〇〇〇名によって警察のピケラインが突破され、八〇台を超える米軍関係車両が焼き打ちにされた。これが世にいうコザ暴動である。「たっくるせ（たたき殺せ）」という叫び声が地上を覆う——「おれたちはもう我慢ならん。たっくるせ、燃やせ、だれも赦《ゆる》すな。これがおまえたちの支配の結果だ。最後のひとりまでアメリカーをたっくるせ」。

このときガスマスクを装備したレイは、仲間たちとともに嘉手納基地に侵入していた。オンちゃんを騙って沖縄の人びとに戦果を配っていたのは、実はレイであったのである。彼は弾薬庫から化学兵器は奪えなかったのだが、誘拐した米兵に合成製造させた化学兵器を携行していた。彼らメンバーは「奪われたものを奪い返す、それが戦果アギヤーの流儀やさ」と語って、「この島の主権」を取り戻そうとしていたのである。化学兵器を交渉の材料にしながら、コザか那覇に日本の首都を遷すことと、佐藤栄作を更迭し、瀬長亀次郎や屋良朝苗といった政治家を内閣総理大臣に任命することの二点を日本政府に要求するというのであった。彼らの論拠は「戦争をしないことにした日本の平和がアメリカの傘下に入ることで成立しているなら、その重要基地のほぼすべてを引き受ける地方が国政をつかさどるべきだ」とするところにあった。レイは「この夜の暴動は、基地の島がたどりついた民族のレジスタンスだ。この世界で生きていける場所を奪い返そうとする、戦果アギヤーの魂の発露だ」と考えていたのである。

しかしレイは、琉球警察を辞めて探偵業をはじめていたグスクに見つかる。一七歳のウタが米軍に銃撃され死亡し、グスクとレイ、ヤマコは又吉世喜の車で逃走する。ウタが遺してくれた手がかりをたどって宜野座の原生林の中にある洞窟《ガマ》を訪ねる。そこにはひとりの人間の骨が安置されていたのである。

3　いくさ世

〝いくさ世《ゆ》〟と呼ばれる沖縄やくざ抗争は、深作欣二監督『博徒外人部隊』（東映製作、一九七一年）や中島貞夫監督『沖縄やくざ戦争』（東映京都製作、一九七六年）などの映画に撮られた。冷戦対立が激化の一途をたどった五〇年代になると、銃器や弾薬、燃料類、戦車や戦闘機の部品が中国大陸に渡っていることを知った米軍が警備を厳重にしたために、戦果アギヤーたちは戦果では生計を立てられなくなった。彼らは徒党を組んで、コザの美里や八重島などの特飲街（半ば公然と売春をおこなう特殊飲食店街）のミカジメを商売にするようになった。米兵向けの飲食店や遊技場、売春宿がひしめくこれらの界隈では、器物破損や暴行、料金の踏み倒しなど米兵による犯罪が相次いだものの、地元警察には逮捕権がなかったために自衛が必要となって、戦果アギヤーがコザ派（喜舎場朝信首領、構成員二五〇名）という暴力団へと発展したのである。喜舎場の通称は「ターリー（大人、親分）」であった。「宝島」には、米軍基地から出る鉄屑や弾薬などの横流しで、レイが喜舎場から制裁を受ける場面が描かれる。

コザ派に対して、空手道場育ちの喧嘩屋《オーエームーシー》に組織された那覇派（又吉世喜首領、構成員二一〇名）が結成される。「宝島」でも重要な登場人物となる又吉は、一九三三年那覇市壺屋の生まれ、通称「スター」と呼ばれ、一四歳の頃から奄美大島に出稼ぎにゆき井戸掘りなどの重労働に従事していたという苦労人であった。それと同時に彼は天才的な武術家で、空手道場に通うかたわら用心棒に生活の糧を求めてアウトローの世界に身を投じたのであった。

「宝島」では、密輸船に載せる銃器を横流ししていた米兵を那覇派が襲撃する。実はその米兵はコザ派に通じていたのだが、米軍による内部調査が入ることになって、コザ派は武器の供給源を絶たれてしまう。それに恨みを抱いたコザ派の辺土名が又吉に報復しようとし、タイラやレイもそれに巻き込まれる。那覇生まれの港湾労働者タイラは、三〇代半ばで反米闘争に明け暮れていた。沖縄やくざ史では実際、那覇派は〝戦果アギヤー狩り〟をおこなっていたために、コザ派の怒りを買っていたとされる。一九六一年九月九日、コザ派幹部の新城喜史（通称「目玉《ミンタミー》」）が又吉を旧日本軍飛行場跡に連れ出し、石と棍棒を使って集団暴行を加え、瀕死の重傷を負わせる事件が発生していた。

「宝島」では、辺土名が重要な役割を演じているが、彼のモデルは一九六四年一月、コザに近い泡瀬出身者をメンバーにした泡瀬派（構成員一五〇名）のリーダー喜屋武盛一であった。

コザ派の交易全般を仕切り、港からの正規の密貿易（というのも変な表現だけど、密貿易といっても書類や請求書などが偽造で、あとは正式な出入港によっていることが多かった）を牛耳っている目の上のたんこぶ《ワーバムン》。

親分《ターリー》のおぼえもめでたい出世頭だったけど、そのぶん猜疑心《さいぎ》が強くて、鼻筋に寄ったちいさな目はいつでも他人のあらを探している。そのうえこいつは奄美《あまみ》や山原《やんばる》出身者への蔑みを隠さない差別主義者《ヤナグチャー》で、同輩に儲《もう》けを分けない吝嗇家《コーパー》で、景気のよいものからはシノギをかっさらう。

コザ派は喜屋武の泡瀬派と、山原出身者の多い新城の山原派（構成員二〇〇名）とに分裂する。一九六四年一一月、喜舎場の車に銃弾が撃ち込まれるという事件をきっかけに沖縄やくざ第二次抗争がはじまり、那覇派・山原派・普天間派と泡瀬派とのあいだで闘われることになった。六六年六月、二度にわたって喜舎場殺害を企てた喜屋武が逮捕され、約三年に及ぶ第二次抗争が終わった。翌六七年一月に泡瀬派は解散する。第二次抗争での検挙者は四八二名、押収された武器弾薬は六三〇点に達した。

沖縄やくざ第三次抗争は、第二次抗争が終わった直後の一九六六年一〇月、那覇派から分裂した田場盛孝の普天間派（構成員七〇名）が泡瀬派の縄張りを独占しようとしたことからはじまった。那覇派・山原派と普天間派の闘いは六七年一〇月までの約一年間、田場が頭部に銃弾二発を受けて即死するまで熾烈な争いが続いた。検挙された暴力団員は四七五名、押収された凶器は九七四点を数えた。

一九六九年一一月、佐藤・ニクソンの共同声明が発表されると、三代目山口組を中心とした本土の暴力団の沖縄進出が囁かれるようになった。那覇派と山原派は、これを迎え撃つために過去の抗争事件を水に流して手を結び、七〇年一二月に沖縄連合旭琉会が結成された。又吉と新城が理事長を務める同会は、系列下に四二の二次団体を抱える組員八〇〇名の大組織となった。

しかし、沖縄連合旭琉会理事の上原勇吉が脱退し、上原一家を旗揚げしたことから沖縄やくざ第四次抗争が発生した。新城は七四年一〇月二四日、宜野湾市のナイトクラブ「ユートピア」で至近距離から拳銃で撃たれ即死し、又吉は翌七五年一〇月一六日、那覇市首里城近くの識名園で銃撃されて即死した。第四次抗争では死者六名、押収された凶器は八〇〇点以上、米軍がベトナム戦争で使用していた武器類も多く、軍隊の一個中隊が組織できるほどの重装備であったとされる。

沖縄やくざ史に名前をとどめる新城は四五歳、又吉は四二歳で銃撃されて死亡した。沖縄のやくざ組織はお互いの親分を殺すまで抗争が激化する傾向にあるが、本土よりも暴力が過激になった理由は、①戦前にはやくざ組織が存在せず歴史が浅い、②任侠思想が希薄で擬制血縁関係がなかった、③親分子分のタテ社会ではなく上下関係が緩やかな兄弟関係が強いため組織が分裂しやすかった、④地縁血縁関係が強く組織構造上対立関係が生じやすかった、⑤大物がおらず絶対的な仲裁者がいなかった、⑥米軍基地が近くにあるために武器弾薬が入手しやすかった、などが挙げられる。本土には盃を交わしたり手打ちをしたりする儀式があるが沖縄にはそれがなく、二次組織も持たないために、末端の争いはすぐ組織の上部に及び、調停役を買って出るような中立派もいなかったので、一旦抗争《ソーロー》がはじまると相手を徹底的に壊滅するまでの烈しい暴力の応酬になったのである。

琉球警察が誕生する前の沖縄民警察の時代、沖縄戦が終わった後、米軍によって刑務所が解放されて自由の身になった囚人たちは、行き場所もないので真っ先に米軍に投降した。みずから進んで投降した彼らに好感を持った米軍によって彼らは警察で重要なポストを与えられた。琉球警察の刑事になったグスク、沖縄やくざの一味になったレイの背景には、このような戦後沖縄社会の裏面が存在していたのである。

4　『ウンタマギルー』

高嶺剛監督『ウンタマギルー』（パルコ、一九八九年）は、沖縄県中頭郡西原町に伝わる民話「運玉義留」を作品の素材にして、本土返還直前の沖縄を描いた幻想的な映画である。台詞は全篇日本語字幕付きの沖縄語《ウチナーグチ》が使われている。

サトウキビ搾りの職人島尻ギルーは、満月の夜、目の不自由な西原親方のもとで暮らす女性マレーを「毛遊び《モーアシ》」――若い男女が村はずれの野原に集まって夜中から朝まで歌い踊ること――に誘い出す。情交が露見したギルーはこの後、西原親方にヤリで命を狙われることとなり、放火犯の疑いもかけられて聖なる森「運玉森《ウンタマムイ》」に身を隠すことになる。実はマレーは、親方がニライカナイの神から預かった豚の化身であった。木の精霊キジムナーから空を飛ぶ霊力を授かったギルーは義賊となって、米軍嘉手納基地倉庫から武器弾薬を盗み、その戦果を貧しい農民に惜しみなく分け与えて、貧しい村の人々や独立党ゲリラたちの英雄となる。

架空の義賊「運玉義留」が戦果アギヤーとなってよみがえるところは、圧政に苦しめられた沖縄の民衆の無意識の願望が投影されている。映画の中には、照屋林助による政治漫談「ワタブーショー」――デブのショー――が巧みに取り入れられ、「ドルは世界に通用するお金だったが、今では値打も下がってしまったよ。日本復帰はドルドルドン、聖徳太子は尻をまくり、腹を出しドルドルドン」などと、円とドルの固定相場制を廃止し変動相場制に移行したニクソンショック（一九七一年八月）を諷刺するシーンが登場する。
『ウンタマギルー』と同じく沖縄の民衆の悲喜劇を描き出したのが「宝島」であった。沖縄の民衆にとって戦果アギヤーは、広汎に分かち持たれる自分たちのヒーローの原像であった。

　渡るそばから崩れる桟橋のような世界を走りながら、ちっぽけなお頭《つむ》には収めきれない人の死を目の当たりにした。幸福のひとかけらも知らない子どもが子どものままで事切れた。敗戦のあとも飢えやマラリアに苦しみ、動物のように所有されて、それでも命をとりとめた島民は、こうなったらなにがなんでも生きてやる！　と不屈のバイタリティを涵養させた。濡れねずみは雨を恐れない。裸のものは追いはぎを恐れない。飢えや貧苦のあまりに居直ったほとんどの島民が〝戦果アギヤー〟に名乗りを上げていった。

　前にも触れたように、「宝島」全篇を貫く通奏低音は「慟哭《カジチリアビー》」であった。オンちゃんの行方がわからないヤマコは、嘉手納基地の金網の外にうずくまっている女性の姿をしばしば目にしていた。先祖伝来の墓のある土地を軍用地として米軍に奪われた人びとは、沖縄戦で犠牲となった家族を金網の外から弔うしかなかった。

　この島にかぎっては、みんながみんなそうなんだよね。
　自分だけやあらん。だれにでも大事な人を奪われた過去がある。

消えかけた希望を、離散や死別を、失った過去をひきずりながら。

それでもたいていの島民が、きちんきちんと日々の暮らしを営んでいる。

現実と向きあって、明るく、強く、生活や仕事に根を張っている。

それが大事なことだと知っているから。さもなければ過去の亡霊にとらわれて、死んだように生きることになると知っているから。

毎日生きなきゃならない。毎日生まれたばかりのように。


奪われた悲しみを抱く人びとは、奪い返そうとした戦果アギヤーに期待を寄せたが、奪い返すことだけを目的にするのではなく、「生還こそがいちばんの戦果」と語ったオンちゃんの生き方に、誰もが深い共感を抱いたのであった。

作品の構想から完成までに七年を要したという「宝島」の魅力は、近代小説がそこから離れようとしていた《物語性》を前面に押し出しているところにある。東京出身の作者は、沖縄にルーツを持たない自分が米国統治下の沖縄社会を描き切ることができるか、その重圧に耐えられず、二年近く執筆を中断したという。(1) 沖縄戦後史をふまえた壮大な構想の〝青春叙事詩〟は、作者によれば「海辺に上がったクジラの活け造りを、一人で作った感じ」であったとし、米国統治下という特殊な状況下で起きたことを普遍化したのは「外の人間だからできたこと」と考えているという。(2) 「宝島」の結末にある「そろそろほんとうに生きるときがきた」との言葉は、暴力に立ち向かう人びとを鼓舞し、現実社会にコミットすることを読者に求めている。「宝島」は、〝文学の自律性〟を唱えて政治的コミットメントを差し控えようとした文学のありかたに、一石を投じるものとなっているのである。

注　「宝島」の本文は単行本『宝島』（講談社、二〇一八年）に拠った。
（１）「今度はわれわれの番だ　真藤順丈が語る「沖縄」の熱量」（『アエラ』二〇一九年三月二五日号）四七頁。
（２）「沖縄が舞台、必要だった覚悟　「宝島」で山田風太郎賞の真藤順丈さん」（「朝日新聞」二〇一八年一一月七日）。

参考資料
（書籍）
石原昌家『戦後沖縄の社会史――軍作業・戦果・大密貿易の時代』（ひるぎ社、一九九五年）
石原昌家『空白の沖縄史――戦果と密貿易の時代』（晩聲社、二〇〇〇年）
佐野眞一『沖縄　だれにも書かれたくなかった戦後史（上下）』（集英社文庫、二〇一一年）
（ＤＶＤ）
ＯＺＡＷＡ『実録・沖縄やくざ戦争　いくさ世《ゆ》30年（１～３）』（二〇〇三年）
吉原圭太監督『実録プロジェクト８９３ＸＸ　ＦＩＬＥ１　沖縄抗争編（１・２）』（二〇〇四年）
西村隆志監督『実録ドキュメント８９３　伝説の親分　沖縄ヤクザ　新城喜史・又吉世喜』（二〇一一年）

あとがき

「沖縄平和ネットワーク」の下地輝明氏とともに摩文仁の丘を訪れたことがある。平和祈念公園には、他の都道府県の慰霊塔とともに、三重県の戦争犠牲者五万三〇〇〇柱（沖縄戦戦没者二六〇〇柱、南方諸地域戦没者三万一三〇〇柱、その他の地域戦没者一万九一〇〇柱）を合祀する三重の塔がある。一九六五年六月二六日に建立された三重の塔には、次のような碑文が刻まれている。

嗚呼国破れて山河あり人は逝いてその名をのこす。すぐる第二次世界大戦においてここ本土内激戦終焉の地沖縄に祖国の発展を祈りつゝ草むす屍と化せられし勇士は申すに及ばず広く異国の山野にまた南海の孤島に玉の緒絶え給いし本県出身戦没者五万有余の勇士は三重の男の子の誇りを胸に秘めて祖国日本の守り神世界平和の礎となり給うその高く尊き勲は鈴鹿の山の嶺より高く五十鈴の川の流れ尽きざる如く末永く称えられん。（後略）

戦没者の追悼自体は尊いことではあるが、下地氏によれば、他の都道府県のものに比べて三重県の碑文は、沖縄の人びとへの配慮がもっとも不足しているという。たしかに、宜野湾市嘉数にある京都の塔には

「また多くの沖縄住民も運命を倶にされたことは誠に哀惜に絶へない」という一文があるのに比べれば、碑文に書き加えるべきものが多々残されていたと考えられる。

沖縄戦に参加した三重県出身者の多くが配属されていた部隊は、陸軍第六二師団（京都・通称石部隊）であった。嘉数高地や前田高地での激烈な戦争を通じて、部隊の九〇パーセントを超える多くの戦死者を出した。浦添城内には、おそらく行政には無許可で両親が建てた、桑名出身の戦死者を追悼する慰霊碑がある。この師団は沖縄に配備される前には、独立混成第四旅団として北支戦線の要衝である中国山西省で治安警備の任務に就いていた。

石炭と鉱物資源の豊富な山西省は、日本軍と国民党軍閥の閻錫山軍とが対峙する場所であるとともに、省内を南北に貫く大行山脈には中国共産党軍が革命根拠地を形成してゲリラ戦を展開していた。四日市市出身の作家田村泰次郎は当時、独立混成第四旅団本部に配属され、中国人捕虜をメンバーに入れた劇団を使って現地農民に対する宣撫工作をおこなっていた。郷土芸能である晋劇を取り入れた宣撫工作は中国共産党軍もさかんに展開しており、山西省は情報戦の最前線でもあった。

一九九八年から二〇〇五年にかけて東京地裁・東京高裁・最高裁で争われた山西省性暴力被害者損害賠償請求訴訟（万愛花、趙潤梅、南二僕ほか七名が提訴）は、独立混成第四旅団にかかわった軍慰安婦が対象とされていた。地裁判決では請求は棄却されたが、被害事実はほぼ全面的に認められ、日本軍による加害行為を「著しく常軌を逸した卑劣な蛮行」と断罪した。さらに立法的・行政的な解決が望まれる旨の異例の付言がなされた。高裁判決では地裁判決の事実認定と付言がふたたび確認され、法律論でも正当な弁論をおこなったにもかかわらず、国家無答責で敗訴となった。最高裁では上告棄却と不受理が決定し、この一連の裁判は終結した。田村泰次郎の小説「春婦伝」や「蝗」では軍慰安婦の朝鮮人女性が主人公になっており、軍組織による戦時性暴力が作品のテーマとされている。

一九四三年五月、独立混成第四旅団が師団に改編されて第六二師団となり、四四年八月には上海呉淞から輸送船で運ばれて那覇港に移動し、第三二軍に配属された。桑名出身の元兵士の生存者近藤一氏は、沖縄戦の悲劇を語るとともに、山西省での性暴力の実態を法廷でも証言した。第六二師団が沖縄上陸に際して、沖縄全島にわたって慰安所を設け、朝鮮人慰安婦（軍性奴隷）を連れていたことは調査の結果明らかになっている。

山西省から沖縄へと続く暴力の連鎖を検証しようと思い立ったのが、本書執筆の最初のモチーフである。私自身も歴史的に、戦争加害者につながる人間として、ガマの入り口で住民に銃を突き付けて立つ兵士のひとりにつながる人間として、この問題に向かい合おうと考えた。ただし私は正直に言って、自分が「ヤマトゥ」に属する「ヤマトンチュ」と呼ばれることに違和感を抱く。

鹿野政直『沖縄の戦後思想を考える』（岩波書店、二〇一一年）によれば、その土地をメインランドとする意識を反映した《本土》という呼称は戦後一般化した。《ヤマトゥ》というカタカナ書きの表記は「政治から一応独立した文化次元の（それのもつ〝政治性〟は免れないものの）、また上下関係を一応払拭した呼称、しかもヤマトー・ウチナーと対応させる呼称との響きをもち、なによりも沖縄発といいうる呼称」であるとされる（七〇頁）。だが古代王権にまでさかのぼって王に服属した民衆をイメージさせる「ヤマトゥ」「ヤマトンチュ」と総称されることの違和感は――あえてそのように呼ぶ／呼ばれることを通じて、沖縄に対する加害性を自覚させるという遂行的《パフォーマティブ》な発話の機能があることは理解できるものの――どうしても拭い去ることはできない。民族であれ、国民であれ、そもそも人びとを総称して呼びかけることの暴力にもっと敏感になるべきではないか。これが本書の第二のモチーフである。

このような問題意識は、新城郁夫氏や小熊英二氏が見解を示しているように、一九七〇年代の《反復帰》論につながってゆくであろう。二〇一五年、国連人権理事会で故・翁長雄志沖縄県知事が「沖縄人は先住民族である」と発言したことで、「沖縄県民であると同時に日本人である」ことに誇りを抱いていると考える人びととのあいだで論争が生じた。これまで〝琉球独立〟論は、沖縄内部ではネガティブな文脈でとらえられることも多かった。しかし沖縄人《ウチナーンチュ》の自立を考えるには、もはや避けて通れない論点のひとつになっていると思われる。ただし、琉球国が独立したとしても、新たに出現した国家によって市民が抑圧されるようでは意味がない。集団強制死（集団自決）の悲劇が生じた場所であるからこそ、国家と集団と個との正しい関係を問われつづける必要があるだろう。

そもそも民族は、国家によって操られるイデオロギーのひとつである。沖縄に住む人びとが《日本人》一般に含まれるのか、あるいは含まれないのかは、その時々の政治状況が反映している。そのことよりも重要なのは、戦後七四年が過ぎてもなお、米軍基地の存在が原因となった事件や事故、環境問題が市民生活に大きな影響を与えている現実である。辺野古基地建設をめぐって市民の意思がないがしろにされている状況は、どのように説明できるのだろうか。市民の自治権を尊重するのは、基本的人権を擁護する民主主義にとって最重要なことであるはずである。どのような理由であれ、それが軽視されてよいわけはない。あらためて明確にしなければならないと考える。

ところで、沖縄をめぐるアメリカの世論が変化しつつあることを実感させられるテレビドラマを観た。

アメリカの全国ネットワークテレビ局CBSが夜の一〇時台に放映している人気ドラマ「S.W.A.T.」は、ロサンゼルス市警察所属の特殊武装戦術部隊員たちが主役である。二〇一九年二月七日放送の第二シーズン第一四話「Bチーム」には、沖縄の独立を求める過激な活動家である「カイト・ナカマ」が登場する。彼の組織はプルトニウムを購入して核爆弾を製造し、沖縄の米軍基地を破壊するという計画を持っている。この設定自体、まったく荒唐無稽なものであるが、沖縄基地での勤務経験がある主役のダニエル・ホンドー・ハレルソン隊員は、「基地があることに憤る住民が多い。独立運動家たちは沖縄が蔑ろにされていることに怒っているが、過激なことはしていないはずだ」と発言する。爆弾テロは決して許せないものの、沖縄の人びとの声には理解を示すのである。アフリカ系アメリカ人のダニエルは、アフリカ系アメリカ人が多く暮らすサウス・ロサンゼルスの生まれとされている。

SWAT隊員によってレコード店で射殺された「トモ・ヤラ」が犯行に加わるようになった動機を、ジェシカ・コルテス警部が彼の家族から聴取する。「トモ・ヤラ」は、アメリカ生まれのアメリカ育ちだが、数年前、沖縄にいる一六歳の従妹が米軍基地の男性にレイプされたという。事件が表に出ないようにと米軍と日本政府は、家族に小切手を渡して口封じをした。その後、男は無罪放免になり、従妹は人が変わってしまったようになる。「トモ・ヤラ」は、ひとたびこの事実を知ってしまった以上、知らないふりはできないと考え、自分がどうにかしようという《信念》を抱いて独立運動にかかわるようになったのであった。この話を聞いたジェシカは、幼いころ両親とともにメキシコから移住して苦労した体験を持つ女性であることから、多くの人が犠牲になるテロ計画は非難するものの、彼の《信念》は否定しようとしないのである。

このように、アメリカの最新のドラマの中には人種や民族、ジェンダーなど多様性を尊重しようとする視点から、沖縄の基地問題に触れた作品がある。ウチナーンチュがテロリストの一員になるという設定自体はとても納得できるものではないが、ウチナーンチュが理解不能な《異なる者》としては描かれておらず、むしろ共苦《コンパッション》の可能性が示されている。たかがひとつのドラマにすぎないのではないか、トランプ政権下のアメリカ社会では白人至上主義を掲げる輩が跋扈《ばっこ》しているのではないか、と言われるかもしれないが、日本の地上波民放キー局が制作したドラマの中で、米軍基地の犠牲になったウチナーンチュの女性に触れた例がこれまでにあっただろうか。

本書は四六歳で死去した末弟・理誠に捧げたい。長弟・教彰と三人で、今帰仁の城跡や風葬墓を訪れたのは懐かしい想い出である。死者を追悼すること、それも本書に込めた大切なモチーフのひとつである。最後になるが、本書の企画段階から刊行に至るまで、大月書店編集部の岩下結氏にお世話になった。心から感謝の気持ちを伝えたい。

二〇一九年八月

尾西康充

初出一覧

第1章　「《知る》ことと《語る》ことの倫理——目取真俊の文学を考えるために」(『三重大学日本語学文学』第三〇号、二〇一九年六月)
第2章　「目取真俊「風音」論——沖縄戦の記憶をめぐって」(『近代文学試論』第五四号、二〇一六年一二月)
「目取真俊「風音」論——死と性をめぐる記憶の葛藤」(『国文学攷』第二三五号、二〇一七年九月)
第3章　「目取真俊「水滴」論——ウチナーグチとヤマトゥグチの境界をまたぐ」(『国文学攷』第二三一号、二〇一六年九月)
「目取真俊「水滴」論——地域社会における支配と言葉」(『民主文学』第六三三号、二〇一八年六月)
第4章　「目取真俊「魂込め」論——地域における集権主義と〈嘘物言《ぬくしむぬ》い〉」(『民主文学』第六二〇号、二〇一七年五月)
第5章　「目取真俊「眼の奥の森」論——集団に内在する暴力と《赦し》」(『三重大学日本語学文学』第二八号、二〇一七年六月)
「「強靭な意志をもって人間の悪を裁きに」没後五〇年　フリッツ・バウアー」(「赤旗」二〇一八年六月一九日)
第6章　「目取真俊「群蝶の木」論——暴力の共犯者と家父長的権威」(『近代文学試論』第五五号、二〇一七年一二月)
第7章　「《依存》と《隷属》の社会——目取真俊「虹の鳥」論」(『近代文学試論』第五六号、二〇一八年一二月)
第10章　「沖縄戦を書き継ぐこと——「棒兵隊」と「K共同墓地死亡者名簿」」(『民主文学』第五五九号、二〇一二年五月)
第11章　「又吉栄喜「ギンネム屋敷」論——沖縄戦をめぐる民族とジェンダー」(『民主文学』第六一〇号、二〇一六年七月)
第12章　書き下ろし

主要参考文献一覧

『沖縄県史』第八巻（各論編七　沖縄戦通史）琉球政府、一九七一年四月
『沖縄県史』第九巻（各論編八　沖縄戦記録一）琉球政府、一九七一年六月
『沖縄県史』第一〇巻（各論編九　沖縄戦記録二）沖縄県教育委員会、一九七四年三月
防衛庁防衛研修所戦史室編『戦史叢書　沖縄方面陸軍作戦』朝雲新聞社、一九六八年一月
今帰仁村歴史資料館準備室（沖縄県今帰仁村歴史文化センター）編『なきじん研究』第一号―一九号、一九八九年一月―二〇一三年三月
今帰仁村史編纂委員会編『今帰仁村史』今帰仁村役場、一九七五年七月
沖縄県教育庁文化財課史料編集班編『沖縄県史』資料編二三（沖縄戦日本軍史料　沖縄戦六）沖縄県教育委員会、二〇一二年三月
石原昌家『虐殺の島――皇軍と臣民の末路』晩聲社、一九七八年一月
――『証言・沖縄戦――戦場の光景』青木書店、一九八四年一一月
――『空白の沖縄社会史――戦果と密貿易の時代』晩聲社、二〇〇〇年一月
――ほか『争点・沖縄戦の記憶』社会評論社、二〇〇二年三月
岩波書店編『沖縄「集団自決」裁判』岩波書店、二〇一二年二月
臼井隆一郎『アウシュヴィッツのコーヒー』石風社、二〇一六年一〇月
NHKスペシャル取材班『NHKスペシャル　沖縄戦全記録』新日本出版社、二〇一六年五月
大江健三郎『沖縄ノート』岩波新書、一九七〇年九月

大城貞俊『「沖縄文学」への招待』沖縄タイムス社、二〇一五年三月
大城将保『改訂版　沖縄戦』高文研、一九八八年一〇月
――『沖縄戦の真実と歪曲』高文研、二〇〇七年九月
大田昌秀『新版沖縄の民衆意識』新泉社、一九九五年一二月
――『醜い日本人――日本の沖縄意識』岩波現代文庫、二〇〇〇年五月
岡本恵徳『現代沖縄の文学と思想』沖縄タイムス社、一九八一年七月
沖縄タイムス社編『沖縄戦記　鉄の暴風』沖縄タイムス社、一九五〇年八月
鹿野政直『沖縄の戦後思想を考える』岩波書店、二〇一一年九月
川村湊『風を読む水に書く――マイノリティー文学論』講談社、二〇〇〇年五月
北村毅『死者たちの戦後誌――沖縄戦跡をめぐる人びとの記憶』御茶の水書房、二〇〇九年九月
国場幸太郎『沖縄の歩み』岩波現代文庫、二〇一九年六月
小林公二『アウシュヴィッツを志願した男』講談社、二〇一五年五月
佐々淳行『菊の御紋章と火焔ビン』文藝春秋、二〇〇九年四月
佐野眞一『沖縄　だれにも書かれたくなかった戦後史』（上下）集英社文庫、二〇一一年七月
新川明『反国家の兇区――沖縄・自立への視点』社会評論社、一九九六年九月
――『沖縄・統合と反逆』筑摩書房、二〇〇〇年六月
新崎盛暉『未完の沖縄闘争』凱風社、二〇〇五年一月
――『新版　沖縄現代史』岩波新書、二〇〇五年一二月
――『私の沖縄現代史』岩波現代文庫、二〇一七年一月
新城郁夫『沖縄文学という企て――葛藤する言語・身体・記憶』インパクト出版会、二〇〇三年一〇月

――『到来する沖縄――沖縄表象批判論』インパクト出版会、二〇〇七年一一月
――『沖縄を聞く』みすず書房、二〇一〇年一一月
――『沖縄の傷という回路』岩波書店、二〇一四年一〇月
瀬長亀次郎『沖縄からの報告』岩波新書、一九五九年七月
――『沖縄の心――瀬長亀次郎回想録』新日本出版社、一九九一年八月
――『不屈　瀬長亀次郎日記』（第一〜三部）琉球新報社、二〇〇七年一一月、〇九年四月、一一年八月
田口律男『都市テクスト論序説』松籟社、二〇〇六年二月
谷川健一編『叢書わが沖縄』（全六巻・別巻一）木耳社、一九七〇年三月―七二年一〇月
知念功『ひめゆりの怨念火《いにんび》』インパクト出版会、一九九五年一〇月
冨山一郎『近代日本社会と「沖縄人」――「日本人」になるということ』日本経済評論社、一九九七年一二月
――『暴力の予感』岩波書店、二〇〇二年六月
――『増補　戦場の記憶』日本経済評論社、二〇〇六年七月
――『流着の思想――「沖縄問題」の系譜学』インパクト出版会、二〇一三年一〇月
仲里効『悲しき亜熱帯――沖縄・交差する植民地主義』未来社、二〇一二年五月
仲宗根政善『沖縄の悲劇――ひめゆりの塔をめぐる人々の手記』おりじん書房、一九七四年六月
――『ひめゆりと生きて　仲宗根政善日記』琉球新報社、二〇〇二年八月
中野好夫・新崎盛暉『沖縄戦後史』岩波新書、一九七六年一〇月
名嘉真宜勝『沖縄の人生儀礼と墓』沖縄文化社、一九九九年六月
野村浩也『日本人の米軍基地と沖縄人』御茶の水書房、二〇〇五年四月
林博史『沖縄戦と民衆』大月書店、二〇〇一年一二月

広津和郎『さまよへる琉球人』同時代社、一九九四年五月
福地曠昭『沖縄女工哀史』那覇出版社、一九八五年三月
西山太吉『沖縄密約――「情報犯罪」と日米同盟』岩波新書、二〇〇七年五月
宮里真厚『少国民のたたかい　乙羽岳燃ゆ』私家版、一九九五年五月
村上陽子『出来事の残響――原爆文学と沖縄文学』インパクト出版会、二〇一五年七月
目取真俊『沖縄／地を読む　時を見る』世織書房、二〇〇六年一一月
――『沖縄／草の声・根の意志』世織書房、二〇〇一年九月
屋嘉比収ほか『沖縄・問いを立てる』（一～六巻）社会評論社、二〇〇八年七―一一月
山川泰邦『秘録　沖縄戦記』新星出版、二〇〇六年一〇月
クリスタル・パウル『ナチズムと強制売春』イエミン恵子ほか訳、明石書店、一九九六年五月
クロード・ランズマン『パタゴニアの野兎』（上下）中原毅志訳、人文書院、二〇一六年三月
スーザン・ブーテレイ『目取真俊の世界《オキナワ》――歴史・記憶・物語』影書房、二〇一一年一二月
ソール・フリードランダー編『アウシュヴィッツと表象の限界』上村忠男ほか訳、未来社、一九九四年四月
ノーマン・デイヴィス『ワルシャワ蜂起１８４４』（上下）染谷徹訳、白水社、二〇一二年一一月
ヘレナ・ドゥニチ・ニヴィンスカ『強制収容所のバイオリニスト』田村和子訳、新日本出版社、二〇一六年一二月
ヤン・カルスキ『私はホロコーストを見た』（上下）吉田恒雄訳、白水社、二〇一二年九月
レギーナ・ミュールホイザー『戦場の性』姫岡とし子監訳、岩波書店、二〇一五年一二月

著者

尾西康充（おにし・やすみつ）

1967年兵庫県神戸市生まれ。三重大学人文学部教授（日本近代文学）。広島大学大学院教育学研究科博士課程後期修了。博士（学術）号取得。主な著書に『北村透谷論――近代ナショナリズムの潮流の中で』（明治書院），『田村泰次郎の戦争文学――中国山西省での従軍体験から』（笠間書院），『『或る女』とアメリカ体験――有島武郎の理想と叛逆』（岩波書店），『小林多喜二の思想と文学――貧困・格差・ファシズムの時代に生きて』（大月書店），『戦争を描くリアリズム――石川達三・丹羽文雄・田村泰次郎を中心に』（大月書店）ほか。

装丁　鈴木衛（東京図鑑）

DTP　編集工房一生社

沖縄《おきなわ》　記憶《きおく》と告発《こくはつ》の文学《ぶんがく》

―― 目取真俊《めどるましゅん》の描《えが》く支配《しはい》と暴力《ぼうりょく》

2019年11月15日　第1刷発行

定価はカバーに表示してあります

著者　尾西康充

発行者　中川進

〒113-0033　東京都文京区本郷2-27-16

発行所　株式会社　大月書店

印刷　太平印刷社

製本　プロケード

電話（代表）03-3813-4651　FAX 03-3813-4656　振替00130-7-16387

http://www.otsukishoten.co.jp/

ISBN978-4-272-61239-0　C0095　Printed in Japan